VOCAL

(2020-1980)

Mauricio Salles Vasconcelos

MAURICIO SALLES VASCONCELOS

VOCAL

(2020-1980)

KOTTER

Coordenação Editorial: Sálvio Nienkötter
Editor executivo: Claudecir de Oliveira Rocha
Editor adjunto: Daniel Osiecki / João Lucas Dusi
Capa: Jussara Salazar
Produção: Cristiane Nienkötter
Diagramação: Caroline Costa e Silva

Dados internacionais de catalogação na Publicação (CIP)
Angelica Ilaqua CRB-8/7057

Vasconcelos, Mauricio Salles.
Vocal / Mauricio Salles Vasconcelos - Curitiba : Kotter Editorial, 2022.
616 p.

ISBN 978-65-5361-108-5

1. Poesia brasileira I. Título

22-3370 CDD B869.1

Kotter Editorial
Rua das Cerejeiras, 194
82700-510 | Curitiba - PR
+55 41 3585-5161
www.kotter.com.br | contato@kotter.com.br

Feito o depósito legal
1ª edição
2022

Reunem-se aqui nove livros de uma produção de quarenta anos. Dos três primeiros – *Lembrança Arranhada, Tesouro transparente* e *Sonos curtos* – foi realizada uma seleção (espécie de foto/flagrante de cada um deles, com sentido compactador, projetado sobre outro tempo), havendo refeitura/reescrita de textos/trechos. Na íntegra, são incluídos os seguintes, publicados entre 1998-2020 (com novas versões de alguns poucos poemas e algumas, mínimas, inclusões de textos), trazendo mais um inédito, *Cantarolado*. Fica, assim, registrada em conjunto uma passagem de vida/época/criação de poesia.

SUMÁRIO

CANTAROLADO
(2015-2020)

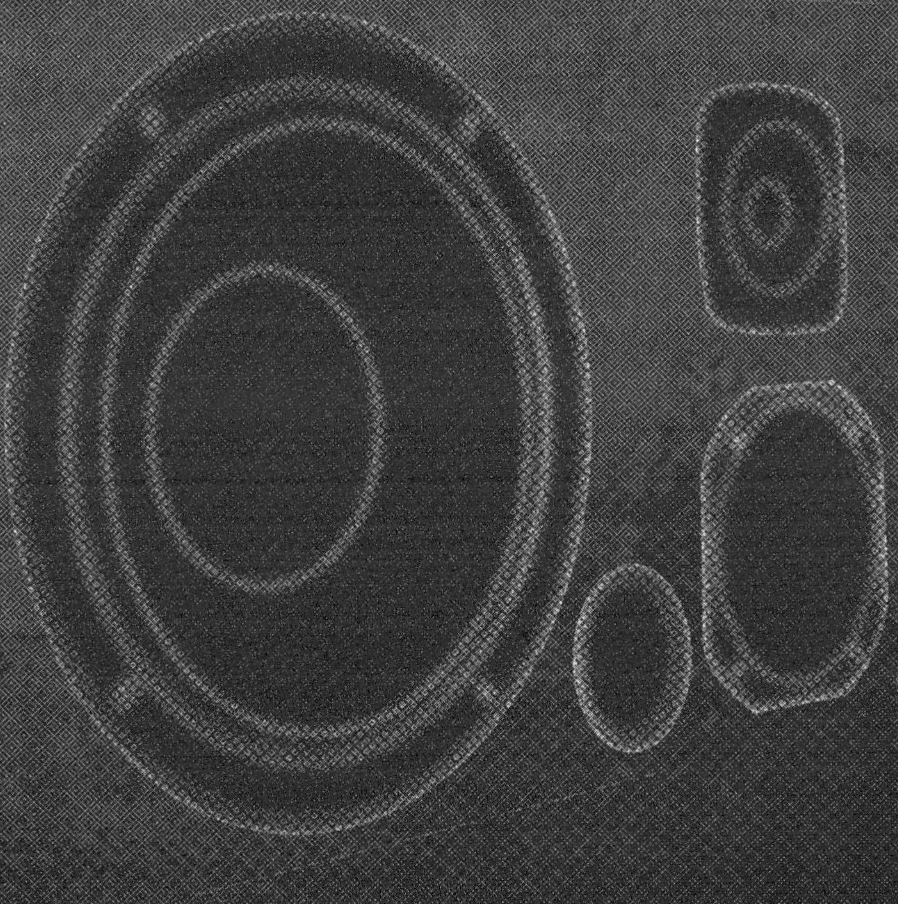

REPIQUE

Coisas-de-Antes dizem demais
Continuam a ser,
Causas-de-mãe desconhecida
Implantam-se
De repente (pertencem
Ao gênero *repente*)

Cortes (Coisas) na origem:
Escapam pelas bordas
Bocas
Fazem-se enquanto
Há canto, palavra-sequência
(Andante,
Ato Aberto)

"De cabeça", desata
Dizer memorial:
Vindos desatinos
Constroem uma vida
Sempre sempre o resto
Insabido, puro embalo –
O que se entoa à toa

"O que se entoa à toa"

Dentro/Dorso (pedra,
Pena sobre o corpo,
Pluma à revelia)

Alguém (por inteiro) colhido no ar.

Passar (um cântico
Mais do que uma prece) Passar
Por um cantarolado
Eis o grande desafio
Não se trata de –
Preceito –
É a própria messe se dando
A o

Ao estado proeminente
Progressivo, quando se fala
Promessa
Vira rota involuntária –
Rompante-
Feminina Sílaba mne-
Mônica, Maria/Marta/Música só-de-ouvido

Quando tarde demais, reza ruído,
Realiza-se do Z ao A
Pontuável nome-humanidade
Ao coro
(De cor)
Cabe um a um
Na menor palavra já dita
Lançada ao léu
Do Musical
Onipresente – Que passa a ser

O fundo
De tudo (nascente
Sempre)
Na ponta-da-língua

Não há lazer –

Canta-se porque
O vazio está instalado
Sem data de surgimento, placa
Sequer aviso senão retirada próxima
(Apenas por escrito a carcomer toda-letra)

Reunião de quem ao acaso
Aparece e se implanta:
Parque-do-Pico
Praia/Psicotrópica
Poça borbulhante   "*point*" (estação-maratona)

Porque não vêm da natureza
O esforço o espaço para habitar
Uma réstia, um respiro.
Paisagem ao mínimo adentro (areia

Em ascenso, onda viral
Grossa, greta gris – musgo em estilhaço

Até o grão)   confluente
Com a pessoa menos prevista

A por-se ao pé da canção
Ali escoada –
De viva voz –

Exatamente   por nada

Cantor e Comunidade: Endereço ou extravio
Mímese/Mímica duplo caipira sobre-mínimo todos os sons rebatem:
Revérberos, capturas para lá além industrial corporative refrains
Insurge Arenga vital nativo alheamento

Mais tudo que escapa à mera posse potestade local

Os auditores as vozes dicções sereias seres outros

– Não param de exaurir uma só melodia –
("Nem sei
Mais quem disse

Nem sou eu o alguém da letra

Reincidente (Grude chiclete clichê jingle)

Fundamento nenhum
Não fia

Nada finaliza") –

Cantarolar
Sem querer (renovado risco

Do que sabia ser
Repetido)

Todo sinal (sexo) –
Coincide com redundância – atrita a memória,
Um verão tudo esvazia

(Simples homem, mais um, à mostra, pronto
Para uso, uma concha entre volumes,
Voluteios)
Remete-se ao gozo escorreito remoto sem parar, a
Praia primitiva multissônica

(Mulheres em correria acenam para o imenso intercalado
Mar
Ou ar)

Primeira gravura quando
Os olhos se fecham junto com o sol

Ar ou mar

O que há-de-humano é um eco

Logo ouve-se

Não ultrapassa
O-que-
Há
–

Mais que preciso: extremo
Firmar de olhos ao que retorna

(Com os mesmos nomes,
Sob outras aparições enquanto
Objetos provocam) girantes
(Bem em cima do já visto
Sobre lógica e permanência)
Outra volta: então

Chamemo-lo de realidade, elo
Personal a ser irreconhecido

Porque nada se completa
Senão a palavra   presa ao alheado
Juízo,
Estrita experiência
                    Em desaparição

Neve é um aditivo
Não adianta alterar: assim
O é (clara de neve também,
Oclusa/explosiva),
Toma toda essência, excresce
O nó vital (neva)
Deixa de se mostrar (nada
Mais há) Neve (onde nem se imagina)

(Onde se imagina a dissolvência)

Nunca cessa

"de repente", palavras em seu étimo, insurgida letra musical (mal se
[distrai o fim-do-dia) dispositivo
"de modo que" – Modular
Ramal Aberto –

Colam-se à anotação (o imediato acabará
por ser guardado   Não haverá incógnita a respeito –
Acaso suscite sombra, sorriso ideado bruxuleante,
Memorial automático (apenas
Peças cantaroladas celebram)

Por pura pulsão, um vocal
Desloca a fonte, a primícia, cedido enfim
À mais obscura,
Criatura transitante
Distraída, a ocupar (um quarto, uma época)

Não ultrapassa da luz à distância um
Favo   (flutuado horizonte registra refrão

Recorrente ao máximo) Exala tão-só o próprio
Fôlego

Uma nova língua, linha-de-vida partilha

A coisa alguém, causa aquém

Música vinda inteira

Mamãe virou toda a extensão da terra

A lua parou nesses olhos
Onde tudo se antecipa

Mãe estéril
(casa diminuta, longínqua

uma risada – batom – a sumir na noite

calendário – madrugada   para melhor se fixar sobre
        o rosto da mãe inamovível

        fim-de-festa   luminárias raiam

o único rosto, avesso de mãe
        mantra)

Aprendizado: fé e silêncio

        Luas vagam,
                Subúrbio e terra infindos

Uma palavra transita por tempo desmesurado e não deixa de ser aqueles mundos todos reunidos para melhor ficarem separados por conta de uma simples palavra, essa (o que mais passa, sendo assim
reservatório recorrível
turbilhar d'águas, intato
"passado esquecido"

logo à mão, aí)

Gatos de casa, arabesco – Estar em um plano
Correspondente com o que se depara de frente
– Deus – Os animais – Nenhum mais
Volteio,
Desejo
Derradeiro de ser
Apenas pólen, pétala pintada, piscina natural (com alguém
Dentro)

VOZ/VENTO

Uniformes de trabalhadores secam
(Varais) por um dia todo
Lavagem, alinhamento e urgente uso – haja
Agilidade, toma grande parte da vida (dia
Uniforme, máxima recorrência)
Ficam ali expostas as ausentes
Criaturas carregadas
Pelos uniformes ao vento
Para lá de quem os veste
Ferragens Ferraz, Oleoduto A Leste,
Estão por secar (sem fardo fantasma nenhum
De quem cabe ali dentro), entanto
O toque no ar como nunca visto tal
E tal, peça intransferível
Insufla (uma crescida fileira) –

Bairro feito de varais

Reouvir cantarolados – Do alto de um morro nacional à
Procura de droga ou novo amor colhido por fora de
[compromissos, missas
Contratuais – Deixar que as pedras rolem, nunca finitas – Decompor
[ditos
Caligrafias podem ser aparições
Em cada casa, viela percorrida – Histórias de desabrigo
(Economia familiar – Romance fugitivo, à mostra seu fio – De nascença,
Todos daqui adoram discos, dublam o que vem à mente)
Cantam em vez de se dizer desencantamento/
[desfiado tempo hora a
Hora (No topo de uma quebrada, quadro
Natural da cidade crua)
Por aqui não segredam sereias – serialidade, sim,
Do desvio em torno de uma
Voz pouco a pouco reconhecível
Na vida, vizinhança, menos prevista, parede sobre
Parede uma região se anuncia
Ou quem (cantoria no ar)
– Talvez tarde demais – acaba por chegar

Destinado à escuta da cantiga "igual
A mim tal qual", incansavelmente
Repetida

FORÇA BRUTA

Depois da pandemia, cúmulo contrassaúde-ambiente plus geopolitik
[depois depois de tudo (antes foi véspera da véspera) –
letra melodiada pelo horror horário, por
saudade absurda solidão sem pouso/confinamento alastra viagem
[forçosa para
dentro onde não há fronteira de si e dos poderes infiltrados a toda
[ordem, hora
(feitos-doenças, camuflagens se aderem, nomenclaturas selam)

"dou de cantarolar" por nada, dentro dos transportes-aplicativos
[mais e mais
velozes (escrevo-me enquanto o carro corre   para não perder o sinal
[aberto)
"dou   de" (doideira, na gênese, ninguém perceberia)
pelo simples verbo/fato de ouvir – em disparada involuntária

como se não houvesse automóvel e guia, cantor nenhum ao vivo
nem mesmo este escrito –
(em nome-ninguém), antes ou depois de qualquer fato
fabulado, preenchida veloz sintaxe ser-de-voz –

Música nas ruas

"Sem interromper o instante..., vejo você
Em um fuzuê sem fim, "teia de logos", aranhol" (anteposição

A qualquer juízo enquanto se esquadrinham
A consulta, volta da vela,
Borra no café do dia expresso)

Em simultâneo, apreendo a médium em profecia, quantos presentes
(Interrogante intervalo) ali se aninham;

Vê-se que a adivinha agrega palavras de passagem
Câmara única para um encontro nomeado: campânula, cápsula

Por onde astros aceleram
A paisagem retida em efígies, fetiches,
Festas do olhar em aberto

Reais ou não, primeiras sílabas
Sopradas (os destinos é que se investem, arremessam
Dão-lhes roupagens, retalhos reunidos)

Daí em diante, inexiste
Fundação ou fim (forro para o salto

Da livre boca soletrada
Pelo verbo
Posterior sempre)
A seguir

(Rosto frontal, pés sobre o cimento) à procura
De um limite, um livro

(Coincidente pessoa a ocupar a vagante forma

Entre pergunta instantânea e peregrina

Palavra inscrita)

ANTES DE IR

Saía. O quarto, cafua
Da adolescência não mais comporta livros e disfarce,
Em que pessoa espelho eternamente minha face?

Era uma vez Deus (quer dizer) Voz
Alta inconfundível (quero
Dizer o prescrito e o impulso jamais pensado)

Logo giram cidades enormes, exteriores
Conhecidos a cada gesto
Cansado de estardalhaço

Tudo é subúrbio e alter retrato

A mais nova criatura maternal
Desgarra o filho, este
Não tinha por nome Emilio,
Educação solitária, autodidata
(Mania de espiar data)

De repente, a direção do dia –
Integral, dessemelhante, a
Todo dispor – Acima

De qualquer medida – Recém-
Vindo

(Princípio)

Precipício

ROLL

Poema integrante da Récita Beat, evento paralelo à Mostra de Cinema BEAT, CCBB SÃO PAULO, janeiro 2017)

Rubrica – CANTAR "Girassol – Um sutra – Um
Parque de diversões da mente
Roda-Gigante de um eu bem pequeno"

*(Até que o poema ganhe corpo no poeta-performer-
Guia-Autor da Gira)*

"Gira Agora Sol
Não-Eu De Repente"

Caminhante ao longo do tempo
Injeto todas e apareço na dita (por demais) vida
Cada vez mais real – a pulsar
Dentro de um contorno saturado
Demasiadamente depois do Humano/Um/Humanista
Lá estou on the roll, mais do que na estrada,
O giro nada mais cede:

Eu ou um carregamento de coisas
Nas costas (Delírio para surgir
De vez nessa mesma vida
Entrecortada pelo nonsense/história fim de ciclos
Beatniks sob ressurgências sem nome)
À volta de Tristessas foxes belezas
Do corpo sempre mais à frente
Da datação, em abismo: a linha-tempo

Costura sua moral alucinada
Ao ritmo do ar que se respira
Naturalmente dentro redemunho
Tudo que antecede cada um e zera
A projeção de qualquer futuro

ON THE ROLL

(A estrada iconográfica, iterativa, jamais palmilha um
Plano liso)

– Um desnorteio de origem assumido como urgência pessoal

Mesmo por conta de guerras, abrigos ultratecnos (mesmo qdo
Nada se droga)

Like A Corso Poem – o mais simples respiro de fora para dentro – s'

Até se encontrar em um ponto interior, posto de gasolina
Perdido na distância/Panorama vestal varrido
Da Ideal Grécia/Amerika High-Tech cisco por cisco
Em caso de perda dos dentes se for: a poesia escoa
Conta relatos radicais beatrices dos sexos preciados, nascentes
Bocas-sem-dentes até o encontro de seu fim
Like in Corso's poem: "morrerei dentro de um canto"
Mesmo que as bocas (puras gengivas) da nascença toquem
Seu eixo/extremo de gente e tempo (sem nenhum dente
Apenas a fonte a força que cantam)
Guerra Química Farmaco Tecnologia Móbile –
Por exemplo, o reincidente automóvel/rodovia
In continuum e corpos
Como este até agora em avalanche
Rodeio no redemoinho

Bem leve, bem a mais
Só de tragar o símbolo (uma caveira
Piercing na ponta das línguas)
Todas as épocas num compacto – Girassol
Um Sutra, um Parque de Diversões na Cabeça Couraça Cromo
Em Desafio à essência a um lugar sol-posto – Aditivo
Sempre sinuoso modo de chegar até aqui

VIDA quer dizer idade
Enquanto faz rol
Queremos dizer e então somos: Roll
IDA = VIDA sempre por surgir

Só fumando um (unzinho) para tanto carregamento
Delegado ao indiviso, ad hoc deferido
Só se gastando e gostando da vida inteira que se dá
Apenas Através de um sozinho
De alguém bem real
Solitário à procura de seus desconhecidos
Numa única vida
De um jeito sempre single
Uma canção e um decreto em descoberta
Passar
Pela rolagem mais violenta – internamentos inquéritos milícias
Delirar em cima do morro onde se maloca o entorpecente

Em orbitação sideral – Pertencemos portanto ao Globo
Mundializado, mera transfusão do lucro em falso
Surgido feito delírio intransitivo
Em divisa da pedra pílula cristal nota de 100 Real entre moradores
Da Favela dos Desejos
Fazer viagem da cabeça

Aos pés
Em percurso dentro de si mesmo
Bem capaz – com toda surpresa –
DE traçar mapas
Imediatamente visíveis

Épocas são cruzamentos
(Do Não-Regresso)
O que se entendia como bem antes – ancestral, medievo, perdido de tão
Remoto e jamais finito –
– Escancara este ácido tabu tatuagem
Já entrei na minha pele –
O que antes eram cruzadas
Agora faz um ponto-cruz

Chamam-se épocas: lugares
Impossíveis do Planeta
Capitais e periferias
Em busca de só um
Porque alguém se põe a pé
– Meditação e tráfico

Migração Tópica (a inspecionar
"Unzinho", não mais: argumento logo se queima)
Na face revolta, pura crosta
De erva: superfície-toda terra

IDADE – quer dizer
Vida por Vir (Aquela a transcorrer
Em "você", coletiva clandestina, sim, só agora)
A vida toda de qualquer momento sempre
A continuar: toda sua e

Alheia
Idade – Ideia

Não está na mente
Quer dizer vida a ser raptada
No tráfego bem oculto da droga,
A mais aleatória, absoluta
A ser expelida até o fim
Desse um – para além "dele" 1
Dela, soberana sobra humanóide
Em representação de seu pronto extravio
(Um vazio uno original

Idade – Ideia – Uma só ida sem volta)
Uma espécie de transporte,
Trainspotting imóvel voluta mobília
De um quarto apenas para um
Roda rochas e cascatas do real
Onde todos querem estar ao mesmo tempo
All Natural

A Natureza é um empreendimento

Não se dá (assim, na mão), "acenda, então, a beata"
O pó de todo credo, paraíso a crédito

A era *beat* acabou, meu bem,
Acabou toda classificação em Eras
CUT-UP PLEASE THIS information
And zoom it
Em meu corpo esfomeado de gente e mais um
Um só a mais pela última promessa primeira vez
Do vício

Imanente à vida: O mais traficado interdito
VIDA quer significar IDADE
Conta de menos e Cúmulo

(Do deambulatório, carregado no corpo
De cada uno/último, carga e débito sem pagamento
("Em espécie", eis o grande logro sobre o ocluso ônix
De qualquer perda)
De todo tempo da espécie
Já rolada antes e ainda em ação
Sabe-se não

DO ÂMBITO DA IDA) – IDADE igual a VIDA
Da esfera do transcorrido

E seu curso não-dado
Nunca findo

Só (e sou) picando-se a pele –
EXPEDIÇÃO À CABEÇA
SATÉLITE SEMPRE CONEXO por fio desencapado

O cérebro tal qual gengiva
Come tudo devaneia por cima, nada retém
Vagina Dentada Sem Alvo Amoroso Ainda

Guia GUERRAS, AGREGAMENTOS DO CRACK e encantamentos
[nunca antes transpostos pelo dominante desnorteio
Missão autônoma de risco segue o rastro do mais disperso

Astronauta com os pés no chão instantâneo indescoberto

Logo aqui à frente

Só para um – o feito de um só na bagagem bagaço
[DO DESMEDIDO HUMANO Só se for

"Unzinho"

Desde a batida beata beat
Desde a última silhueta de alguém vivo
Estrada adentro sempre sempre pelo meio

Insemino todas (as coisas líquidas, soltas no ar, duras na fonte)
Só mais um, "eu" outra vez um:
"A vida tomada numa talagada"

Refs. Inserts/

Kerouac/Corso/Beatriz, Paul Preciado/Monte Hellman/
Conrad/Irvine Welsh/Ferlinghetti/Céline/Avital Ronell/W.S.B
Ginsberg/Pynchon
Dante

MOSQUITO

MOSQUITO

Há muito tempo esparso
minuto de escuta distraída,
Musicaliza, enquanto
O pensamento se toma por palavra
Saída de tudo quanto é boca
Logo borra – Tudo se trata de ditado mantido

Pelo simples exercício de reatar corpo
Voz e ruído adjacente (verdade se faz retaguarda
Das coisas visíveis, pano tremido nos varais)
Um horizonte
Mínimo de pertença, varredura
Sobre vestígios brancos, dependurados – pessoas –

O vivo e o já dito, prontamente
Confundidos com o sol
Em sua volta diária
Cega um mosquito e o
Ocupado ouvinte
(Talvez ser sequente
À paranoia da pausa)

(Sucessão pelo som)

Tudo o que não cessa
Repete (a própria pessoa)

(Repete-se) a própria pessoa

Contra um aturdido, reincidente,
No mesmo zumbido, inteiramente
Outro
          Mosquito

2001

1001 Noites Antes
Que eu desapareça,
Feno e fiação pela boca de um animal, um anjo
Andrajo de fala, a qualquer hora plena:
O fado de discorrer-se
Para além verdade e aparência
Vontade que logo se reúne
E se perde a cada sonoridade nascente
Em cima da sensação, imperante silogismo
(De existir)
Uma única noite   apenas

RAIO

O SEMPRE antigo pontual dom
Vem ao minuto
Mais desgarrado, não para de migrar

Ruína de runa,
Areia trilha umbanda aruanda reencontrada
arena afia os galos – As manhãs se antecipam

Linha-olho em rinha: raiares

Antes dos demiurgos, jogos são
Dados revoltos
(Jamais revelam as faces
Acima do escorreito mesmo tempo)

Apenas pela fissura desse agora
(Para quem quiser, comportas se aventuram ao desabrigo)

Ondas, dunas
Esparzidas pelo ar

Não passa – sem fundo, nem fundamento –
De ruído
Búzio deixa à tona
Reincidida oferenda,

"Vida não há
Igual

Outra
Nada Nada
Não"

SALMO

Tempestade, tapeçaria
Em tempos e tempos exalam
Um só estrato –
Terra
Cortina de seres vivos
Coisas em despedida
Revestem o campo atalhado
Em vidraça lacrimam
Grandes Histórias, para logo,

Espermam condutos, cristais
De tudo quanto é época e povoam
Os ares agudos, quebradiços
Ante-corpos em experiência
Depois de todas mais que humanas
Crenças a hora passa
Em-vez:
Viés (tudo a que se refere não reflete)

Duradoura chuva fina

TARDE SEMANA

Agora as nuvens
Fazem surgir seres coetâneos (carpinteiros
Chamam o que está de-fora,
Esquadro,   fixam por cima
Códigos   construções sobre a área ar)
São blocos

Caminhantes, desmontáveis

Para que sejam sempre
Possíveis a todos os olhares, aos
Existentes

Retalhos de religião,

Frames, em branco, crista/
Cisco toma o campo-de-visão, varia
Distância
            Ao mínimo

Nenhuma coisa entre
Céu e olho

(Desde sempre
Alguém à mostra/
                                    Contrai um ponto perfeito desenho/
Abisma
Arquitetura)

RUA CORRENTE

Pedaço de vida – desde/desenfreio,
Retrai o vidro invés espelho
Picota a chuva –
Antes de voltar (ser percebido
Anteparo), aparência entre
O dito e a rompida visão, veia
Aberta a gilete,
Giração de gente
Sobre possível paragem: desfeita casa,
Cor diluída em cortante
Caco, vira cerol,
Desfecho arcaico para fantasia dia claro:
Puro reduto reiterante,
Sem reflexo
De mais nada

Uma pipa (bem aqui)   a mais alta sequência

VIA

"Rola outra inteligência além da mente
Passante existe para lá da rua", diz-se no ato
E alguém cruza o que (escrito) está
Sempre afixado
Há Hölderlin Piedade das Vielas Mahrabar o Traficante
Parede pichada pelo nome público:

Sutil sinal de um nada
Varre o pensamento até a letra em superfície

Até a sina carne viva
Parede em tráfego

Muro esfolado, escarlate
Atravessa

"Mingua antes da hora, a morte,

A próxima palavra"

RAP

Não há ar, mesmo em espaço aberto

(ContraPaisagem Favela, vertigem
Em pedra dura, de onde
Rebate o rosto
Anônimo repto) Rap
Quebra-se o verbo alinhado
Ao livro dos povos: Efeito-rumor
Arranha som na origem

Tudo é tardio: O verso e o matadouro berço
Nome no átimo do Não/Natureza –
Por sobre o morro, voo
O agasalho sintético amianto

Rodopiam notas a seco vibradas   sem reinício
A nenhum território de fim e fome

A nenhum desperdício de ser vivo

Carne mordida dinamite

Sílaba   filete do fôlego

SOMBREADO

Água, linhaça –
Pigmento de tela e torso
Mar em volta, um gume
Sem alvo, senão
Passagem – voz
Una, abarcada – de outro
Corpo (seu não)
O lastro de sempre depois
A cada queda de onda
A cada depois

Sombra de homem

Sob
O
Fluente   findo

ORGANON

Para Milton Dobbin *(In Memoriam)*

"Não tenha medo da vida", façanha
De um só movimento,
Dentes falhos a cada fala – enquanto corre
Paralelo o ilimitado
Céu-Postal

Tal qual um Beco de Brecht
Onde se vê cada vez mais – o que
Falta, o aberto, o aéreo –
Aqui   são de toda divisa
Os lábios de poucas palavras, ao limite-escrito
BECO (sem nenhuma autoria referência a nada, tão simples Placa)

Concreto Coletivo   Cume-sem-Saída

PRIMEIRAS SÍLABAS

Ao Vic, em seu ano um de vida (Manhattan, 1993)

O bebê está começando a se interessar pelas Pessoas,
(Dizem nas jantas de agosto entre garfo e rosto),
E por Ti também – completo clandestino
Em visita a lar brasileiro junto a migrantes diversos –

Arregalam os olhos nos parques ao baby-sitter
Quando lança a criança aos céus,
Quando pensa querer existir sem Emprego,
Endereça por extensão aquele recém-nascido
Quanto mais encordoa o posto provisório àquele extremo
Exercício hora por hora

O homeless já velho, de tanto lixo,
Olhos vibrantes no subway, procura os surgidos
À sua frente, tudo nele retine, letras fosforescentes
Das latas reunidas dia após dia desafiam
O mais estranho ou externo à conta volumosa,
[coleção ali exposta
Sucata à superfície

Replicam nas jantas de agosto a vida sexual
Dos passageiros, contágio iminente pela senha explícita
De tudo erotizar juntamente com desgosto, dor
[antecipada por morte
Em qualquer notícia noite além no retorno à Casa.
"O desejo passou batido", Cárie e Cancro
Empatam o mesmo texto (durante lavagem louças pilhas
[Comidas ligeiras)

– O rapaz que serrou as árvores do pátio
          Guarda um dálmata dentro do Camaro.

– É dele a criança que alimentamos no fim
De noite, agosto, a única promessa balbuciante, por uma réstia
          Que seja
De memória
                    mês
                  nome

DIA ESQUECIDO

O sol sela um sexo
De graça, desgarra
Raio e cabelo caudaloso ao fundo
De onde correm uma vida e meio
Desejo de perder-se: logo
Não pensar (por alguém
E seu esvoaçado nome)
A tempo de tudo crescer no corpo,
Cada vez mais dentro: terreno
Sinuoso astro tomado por incessante
Outro
Ou
"Só vivido
Enquanto ausente sentido

"

LEITURA-GUIA (FÁBULA)

"A gente lê histórias ou ouve o eco do conto
Vindo de voz contingente, nitidamente humana"

(Para que se dê logo a entrada, casa própria,
Sala-de-visita, por obra do seu estranho lugar
Como que insidioso, infiltrado, nunca plenamente possuído)

Como se cada um tratasse de aprender algo
(Tomado de fora). De modo a ver in loco
Páramo, quanto mais
Íntimo: reiterado

Dentro da órbita de um livro dedicado ao ingresso
Uma casa – página a página emenda (enseada e barca para o
Logo Longe) –
A se tornar
Espaço imediato inédito

(Nunca antes conhecido, prestes a ser
Narrado, como se nada passasse comigo quanto mais
[intimado segundo a

Segundo "Era uma vez")

Jovem poeta carregada de palavras
        aponta gráficos, gnoses (desenhos se seguem
A confessados parágrafos até as bordas) Voejante página

Conta uma saga de salvação aos drogados,
        Aos suplicantes pelo Sexo Livre Comércio Natureza –
Um reforço à Arte, ela replica,
        Ou à travessia por este (exatamente) Dia

        Deixo escapar o papel de minhas mãos, sem querer,
Mas passo-lhe para o metrô um níquel, deixo no ar
    Os hierofantes de cada vocábulo, e fico sem ler o texto
        O texto urgente noturno (como que nunca, avesso

        A qualquer jornal/jornada de trabalho brutal que for, acrescenta
A mulher bem nova) "Não vejo os locutores, nem uno-me
        Aos estertores/extensão da fala fora-de-si, transnaciones"

Em troca do poema perdido, dá-me paga por sua voz
        Antes da corrida ao vagão, lataria lotada em emergência,

Poeta jovem recita o substituto escrito (ouço por detrás) um
        Grito "Apenas um mapa: o mínimo,

        O céu, o cimento, piso firme e muito tempo depois
Assino"

POPPY MIDNIGHT UP

Vidência gratuita sexosóagora quer dizer (cookies) chamado repentino
Para atender outro fonema seguido de meu corpo
Único e sempre partilhável por ordem se/quer instân-
Cia Cotidiano feito um Inciso ainda que à beira fim-
De-época profetizada – Vivo atendimento aos tópicos,
Pessoas às
Vezes, eu mesmo me cato entre Pandora e Píndaro
Abluções míticas – Intervalos respiratórios – Idas
Intermitentes à Fenomenologia sob um resto vocal
De minha biografia a se espalhar por delimitados terrenos
Geopolíticos face ao mundo (para lá do que se enlaça
À vista,
Ao alcance de minha vistoria) a recitar o tema próprio, irrefletido
Identitário dentro algum segmento-site-
Silêncio abissal o horror o holístico oh onomatopeia
Acrescida de letreiro: (nome provisório
Post) e mais nada se demarca depois
Depois de todo fim (postergado ou não)
À procura: sinais reflexos (tag?)
Instantâneos rebatem-se pelo sempre oculto (fórum)
Excedido direto destinatário
(Em dublagem) on-time all over (oh)
(On) oh hi você
- Você, agora aí Mauricio?

- "Mauricio"

BÍBLIA DE HOTEL

Bíblia Sagrada – o livro está ali há muito tempo
(O efeito passa a ser apenas "horas",
Devotado à estreita, circunstante, trajetória
De quem vem
Até aqui).

O tempo virou ainda agora. "Sinto circuito cerrado
[nunca serei eu mesmo".
Fica, contudo, difícil avançar da mirada do frontispício
– TUDO PERMANECE POR MIRAGEM E VERTIGEM –
As letras douradas duradouras em capa-dura.

Na real, fujo de ler tudo aquilo reservado a mim, a
Verter (tal qual jorro pelos mares avalanches palavras-sequências)

História em prospecto apontada ao passado o mais remoto, desde
Então, revôlto,
Altos nomes se encaminham até o círculo-leitura-sonho
(Bem antes do sono/Hotel Limiar Sul) Um senso agudo acalanta
Salmos hosanas homilias oxalá esteja lançado ao futuro
Do próximo a passar por aquelas páginas –

Um qualquer que se abisme.
"Só cai dentro quem quer". Nunca estarei preparado,
Gosto porém de ter o livro ao lado abajur travesseiro e gravura
(uma espécie de onírica onipresença, o livro em legendas
[linha a linha uma só iluminura)
A circundar palmeiras, terras bravas – Nunca estarei preparado
A cada toque diante do livro serial, sacro,
À minha frente

Feito para afrontar a capa, o dito longínquo, o ornato/Jurar
De passagem enquanto a cada segundo deixo de ser
Mesmo quando não há "há": Bíblia e Hotel criam vínculo
Bíblia-de-Hotel –
Está feito para proliferar *Está feito*:
Bíblia ou Hotel – Estadia (Enquanto Modo-Leitura)

Hospede-se quem quiser
(Aqui) Só há
Aqui

Nunca leve o livro para casa

INTERVALO/SILÊNCIO

AFASTA-SE DA BÍBLIA – MONOLITO ASSOMBRADO
(Recuo)

A Própria Casa (Nem quando
Do retorno, não há casa própria
Apenas uma legenda, lenda
Sem pouso último)

(Ida progressiva ao repositório/fonte/fogo vazio/alimento

Agarrar-se a um garfo – Coloca-se panela na mesa –

Desembrulhado, um pacote de miojo/o *performer*
Exibe-o horizontal e verticalmente – matéria de leitura)

Antes de colocá-lo no fogão, vive ascese em volta *O Irreparável* (ReceitaMiojo Universal contrapõe *Agamben* letra amiudada ao rodapé da filosofia 24/segundo a sequente fresta) – o cotidiano limítrofe lógica pelo pior – solidão e repetição da vida (Improviso/Prazo de Validade diminuído subcapítulo)

O gosto pela vida se suspende diante da repetição –
O irreparável Miojo na fonte – o menos custoso acrescido ao tortuoso
[ato de continuar

– sustento por um minuto apenas – o caldo requentado há eras – a fórmula industrial into the goat the ghost of the minute – the soap – the soup opera – tv axadreza a solidão ante irremediável momento político inflação crescente infração em nome toda gente – nos menores resquícios a geontopolitik – à beira de um uma boca volta a sorver e a falar – o prédio é mínimo microminuto gen-trificação perfuradora madrugada adentro tudo se move aqui estremece sempre à beira

Assim que colocado o miojo na panela (fervimento, frontal criatura em seu fogo), lê-se:

Miojo

(Zazen)

Nenhum prato-de-miojo
Ao limite/instante
Pode conter o restante existido
A respirar – por mim – través
          Já sem-fórmula
          Para pronta ação
Em dia de risco
-
-
Em dia
De risco continuado
(Jejum, enjoo)

Jejum involuntário
Imanente enjoo
Pelas mínimas coisas de sempre
Retornadas ou perenes
A ferver em forma-crosta-cápsula
À frente de onde estou
    (Toque/Totem faz-se testa sobre o

Meditador Incessante
Imóvel dentro casa/casca
(Bolha do charco, caudaloso

A jato

Em um minuto

Só para acontecer agora

Só para acontecer agora

Entanto, repetido,
Compacto, um

Único pacote restabelece

O minuto ao minuto contado, dessa vez
Dura demais
Por ser um)

Restabelece pacote único

Do único gesto-microfibra feito
Um a outro emendado /barbante umbilical massam-de-modelar/mira
schendel *speed junky jest*

/Está aí
Para ser servido *Ingredientes Selecionados*
#$ Lamen, Sódio%*

Fracionamento em tempo
Sem dar trégua Está aí/
A vida hora a hora:
Toda de uma só vez

DESDE OS ANOS 2000
(MINHA VIDA)
2020

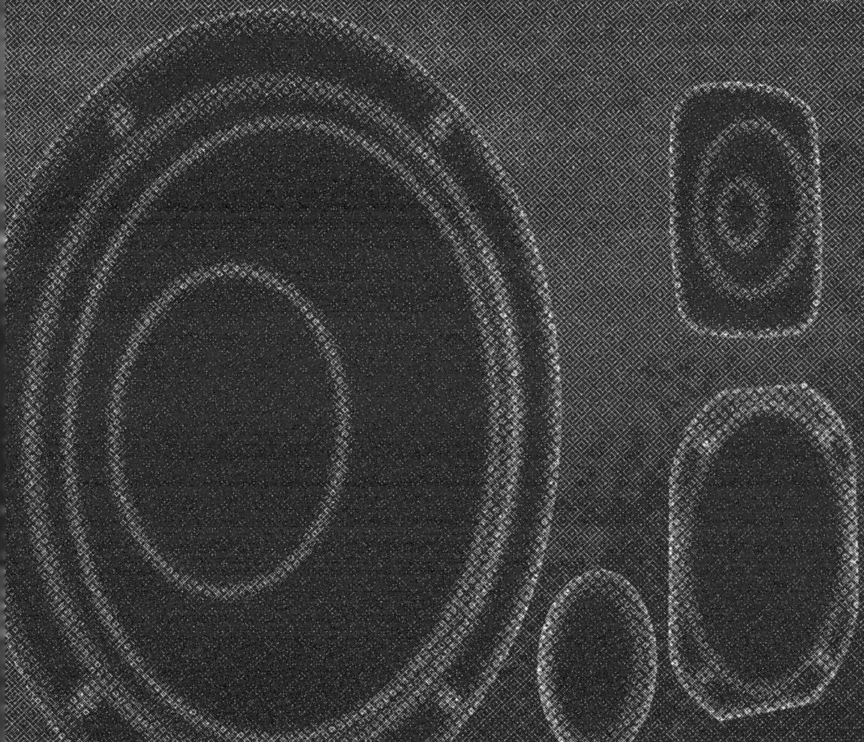

Este livro parte de um diálogo com *Minha Vida nos Anos 1990/My Life in the Nineties* (2003), de Lyn Hejinian. Tudo se iniciou com minha versão para o português dos primeiros poemas do livro, dando sequência ao trabalho tradutório realizado em *Minha Vida/My Life* (1980/1987), igualmente de Hejinian, publicado em 2014. O mote *minha vida – livro da vida* –, contextualizado em uma época (a exemplo da obra citada, em torno da última década do século XX), se estende em um projeto de escrita circunstanciado à minha vida, a partir dos anos 2000 até o momento.

Para Ivo, amigo e filho

ZERO ZERO ZERO

O futuro chegou cedo demais. Não vem através de viagens siderais ao acesso de todos.
O tráfego é lento, entre máquinas (datas e dados) à distância, contendo letras, fotos, algumas imagens extemporâneas.
Nada mais de Apocalipse. Nenhuma ressonância de fim. O Advento ao meio – pequena história corrida às expensas de um nome (meu) implicado no desbordamento e na antecedência ("gênero humano"), sempre em meio. A. Zero.
Entre zeros e suas esferas. 0. O. Ou.
Morre-se na velocidade das horas (sem mais notícia/por conta apenas do tempo a jato universal, sob um toque mecânico-abstraído de pertença).
O desmonte de tudo ocorre por imperceptíveis ruídos. Mesmo depois do terror e da sigla circulante CRASH. Sou impulsionado a soletrar, de súbito, depois de todo test-drive-escola-tese-trabalho-proficiência ao infinito: O VELHO E O NOVO – um título de Eisenstein até atritar-se em formato hit INTERESTELAR ou serial-streaming DARK título-além seguimento: extremada ficção irrefutável (O cosmos divisado dorso de uma biblioteca clandestina lá onde reina o roteiro da película, vetor-galáxia se replica, tal qual parasita) – Era de degelos e dejetos do Norte ao Novo Oeste Pós-Ocidental – O mais Novo e o remoto milenar se emaranham. Fazem um site de filmes privês até que encontre a angústia de um só indivíduo. Este ("ele", variante-eu) repentino compartilha seu sôfrego sofrimento vindo de onde não-se-sabe. (Por isso mesmo o endereça à solta, esse lugar feito de ecos encadeamentos de faces). A espécie, extração em abismo, sobrevive da busca de seu autorretrato. Algo a ser exposto e diluído a cada dia, em um adro: agenda à cata do que se publica. Coincide em algum polo não-visivo onde digo "vivo" e desapareço.

2001

Zero/em meio.
Chegar ao Brasil como quem chega à vida por conta de uma – exo-órbita – dada época entre dissolução e descoberta

Chegar ao Marco Br – Abreviatura rodovia/velocímetro –
Depois de Pós-Doc Neo York – Filosofia Desconstruída e Alta Tecnologia – chegar justo aqui no dia 11 de setembro. A tempo de ver pela TV a incrivelmente distante (feito filme) – megacidade depois de tantos veios próximos oferecidos nas ruas – detonação da Segunda Torre do Comércio GloboCapital. (Feito filme não-encerrado)

Estou, na sucessão dos dias, em um vale ocupado por Comunidade de Videntes em torno da Ave Maria. As casas possuem antenas parabólicas, mas à noite fazem oração como que vinda de uma tenda espírita – Meus pais são agora meus sogros, embora os originais estejam vivos, separados e em incompatibilidade com seus filhos (por obra das novas famílias).

Na companhia do casal unido comigo sem pacto consaguíneo, vi em certa noite um coelho. Todo branco a correr no Vale Místico. Afinal, é o que vislumbro dentro da Comunidade Visionária Piedade dos Gerais; já aprendi por antecipação com a criança/coringa Alice, guia e fronteira de todas as idades: tenho que correr e segui-lo (o coelho todo branco em fuga). Ainda não saí daqui (todo lugar é o vale, em qualquer idade segue-se um coelho). Quero dizer, um caminho-de-rato um homem-de-rastos. Para melhor me perder no bosque da noite sem o abrigo de contos morais e palavras de retorno.

2

Arma-se o terror, uma tentativa de paralisar o meio de um transcurso – contaminação geral por onde passo (basta o começo de uma palavra quando o assunto é o simples ar respirado em conjunto) – Tenho interesse em filmar o roteiro de Guy Debord, disponibilizado em livro, apenas para apreender o sentido/sensor Atmosfera – algo que também espoca em *Gravity's Rainbow*, de Pynchon. Ao modo de uma instância orbitada, se espalha feito vírus pela boca de todos, logo encadernado verbete consultável em páginas ou telas de *tecno portables* –

Movemo-nos na noite sem saída e somos devorados pelo fogo – A provocação de qualquer imagem percorre palimpsestos dromes palindrômicos. De acordo com o título *In girum imus nocte et consumimur igni*, só pode ocorrer em registros noturnos realizados dentro de nosso automóvel (um Gol básico) girante pela cidade de Belo Horizonte. Tomadas se dão na casa de minha cunhada – onde seu único filho, Victor, de 9 anos, atuará juntamente comigo e Mel, esposa e companheira de performances/projetos fílmicos – formamos a pequena família reunida em volta da mesa de jantar (a mesa sempre induz a uma gota de sangue, presumida origem ou abreviado fim)

Nada se ingere, como a indicar o gesto último de agregação nuclear de 3 basilares componentes a despeito do pacote de leite forrado em papel-alumínio à volta de mãe-pai-filho-papai-mamãe. Sem que nada seja servido, leite que for, diante do trio incapaz de destacar o olhar/cada um sobre aquele mais próximo, ensimesmam-se, invocam figuras distantes sobre um duradouro vazio (Aqueles três não passam de arquétipos à procura de seus desfibrados pronomes) De acordo com um rotativo roteiro/Residual Debord (ou a dita realidade semovente)

Miradas (Infinitude) – não há diálogos no vídeo – A câmera se abisma: a capa da edição norte-americana de *Empire* (espiralado rastro-satélite), de Negri-Hardt, posta ao lado do casal (Mel e eu) em combate/cópula concentrada nos longos cabelos que temos, nesse mês maio, por todo o ano em que correm as filmagens e as retículas do *final-cut*

Ocupam nosso horizonte – uma forma de espaço adentrado, um refúgio em nome do real abrigado pela tecnologia a recontar nossa vida. Um tanto de alastrada convivência (casados há quase 20 anos) e extremidades desconhecidas: a deriva da luta fictiva pelo Par-Debord nos revira inteiramente quando vemos disposições irreconciliadas – Dentro – Embalo autogerador de imagens – até o dia hoje, muito bem feita edição final, nunca exibida em um público recinto.

Dentro de um filme situacionista para ser visto exclusivamente para os 2 daqui: do que é a casa em tese e trânsito. Como se nunca chegássemos a ser um ou outro, nenhum de nós mesmos. Quanto mais firmamos o olhar sobre o registro mobile, movimento acelerado de câmeras à mão, altamente definidas.

TERCEIRO ANO

Um casal sem filhos. Fiz teste espermático. Passei, mas o gozo não tem alvo além. Cogitaram-se, então, mediações in vitro, depois de muitas noites de amor espraiadas em nós apenas. Um casal e o universo incógnito (mesmo que vindo desses duplos corpos). Não se efetiva – é fato – a menor equivalência.

Tenho 47 anos, nunca estive tão bem antes. Ainda que soem o sino do tempo, o eco puramente verbal: sem filhos. Muitas viagens são feitas para Piedade dos Gerais, na companhia de Mel e meus sogros. Pois o Vale, mais que asilo/réstia de religião/*transfer* coletivo, está em sincronia com os eventos mais diferentes. Inclusive aqueles de ordem material bem precisa, para não dizer os que gravitam nas tecnoesferas.

Há um aparelhamento da estância comunitária formada bem aqui. Declinações dos modos de fazer mundo e reunião espantam-me, levando meu movimento para a escrita, um enunciado de estenofonia já lido em Avital Ronell (minha supervisora pós-doc nova-iorquino) e encontrado no livro MY LIFE, de Lyn Hejinian. Em Piedade, começo a ler MINHA VIDA sem ter outra chance de seguir suas linhas senão pelo empenho tradutório. À minha roda, as revelações diárias da Vidente (Marilda Santana), desde pequena, transmissor corpo-presença, no papel de Virgem Maria. Há a questão de "ver com olhos virgens" (Oswald), a "dimensão- virgindade" do olhar (Godard explícito, *Je vous salue Marie*) ou *lavar os olhos entre um plano e outro* (Mizoguchi); talvez o talho da tela nunca cesse

(Lucio Fontana). Em meio à saturação dos signos da História, tomada como entidade-registro, e a automática máquina da mente. Chego a agradecer à vida – na borda de Deus vir-a-ser (sempre) e ficar por aí, aerial alegorema/torrente barro vermelho – pelo inusitado bólide/ bônus no Auge Alta Tecnologia: encontro propiciado a essa altura da existência com uma outra formulação de família, recomposta religiosidade primeva – estábulo, estrela a caminhar por 3 entes/ magos do Oriente a se perder-de-foco – Nesse espaço rural onde me vejo em correspondência com o que penso e logo responde (justo no eixo expandido de meu pensamento) Maria, Mediadora, Acasalamento Gritante Prece (um tema para Murilo Mendes, o poeta-pintor-crente de la Cosmópole Avant La Lettre et l'Annonce Faite à Le Vierge À Venir).

Ante a forma-letra – Um memorial – um Vale – gente ao redor (não necessariamente, devota). Depois de toda escrita, da vida imensa (des) dita, o nome Maria, geratriz a cada sílaba do segundo que passa, não consegue fixar a sua face. Por isso mesmo, a fonte dessa mínima vida se intensifica – por circunstância, minha pessoa, ou melhor: um dos eus em giro, feito de ar e mais nada em volta. Até à vista.

QUADRÂNGULO

Os recém-revelados poetas comentam até muito tarde, passada a hora-performance hommage a Waly Salomão, durante Evento Cultura e Literatura Árabes no Brasil (UFMG/Faculdade de Letras), tremidas legendas. Quais serão incorporadas? Quem voltará a fazer um "apronto" tão vitalista, não esquecido por quem (?) o assistiu.

Os tópicos vivem de buscar pessoas. (Não são elas que perseguem seus temas-de-vida).

Um grupo de 8, eu inclusive como proponente-diretor de cena. À volta de *Algaravias*, um livro-chave dos 90. Um ano após o falecimento do autor. Imagens em profusão, dotadas do corte em potência a ser percorrido via/ gradatura pequeno volume (onde) W. S parece estrear como poeta na linha do verso, apresentando um prospecto-proposição para a época que se anuncia desde há muito tempo. Após projetos diversos entre biorrelato e objeto já bem além de Concretismo, Trópica Marginália, o escrito rítmico-melopaico se reintroduz no tempo retrátil profetizado "futuro do livro" –

Contrátil decurso verbal confrontado por mídias instantâneas, possantes parágrafos se deslocam, enfim, do retângulo sintático sob imagens-de-síntese.

A escrita como plano (captura/aventura, ângulo/quadro). Globalidade e rumor multifônico – conversamos sem desenlace, somos 8 criaturas saídas da Universidade para a Casa do Chouriço, depois de fechada (hora alta) rumamos para o Pavimento, só restando depois a deserta Avenida Affonso Pena até que alguém se abisme no ap-cubo (o sono que nos resta no menor lugar rota-mundo, reserva onírica anti-freudista, nem dá contraparte esquiza não mesmo esquiva). O que somos daqui a pouco?

O sono invés do sonho. Nada falar para começar a ser. Não pensaria estar em SP, segmento 2005 (o próximo ano), guindado a uma mudança duradoura, quando mais distraidamente percebia a veia performativa em Michel Mingote. Realidade significa viagem urgente.

O verbo segundo Ashbery (citação em *Algaravias*) no corpo de Lenise, visto pela lente Walyflex convertida ao intermezzo videográfico por Letícia. Um panorama suspenso para mim em retirada imperceptivelmente gradativa, a mover-me dentro de um poema breve, com curvatura de parábola –

Ante a encenação que nos quer comunicar, parem aí, justo agora "um qualquer/passante diz (...) e imediatamente apaga a tecla, e também o sentido do   queria dizer".

Qual foi sua última imagem-palavra, aí, então? Bagagem (vida-valise) para as vindouras madrugadas em cena (sem perder nenhum desvão da iluminura vinda exclusiva para o seu sono longo de centramento e saída)?

Para os próximos anos, em leitura e miragem da fábula falada noite, testamento assentido por você mesmo você (scriptor) se encerra no que há de mais alheio

QUINA

SP

De repente, passo a povoar um apartamento mobiliado. Das mãos de Lúcia, cunhada, no cargo de gerente Moda Autoral transferido para Mel, mulher minha em nova cidade.

"Precisamos ter um cachorro, pois Sampauleira é *hardcore*", os hinos de uma vida-em-comum são canções tingidas pela cor da cólera e se escanteiam em uma tão vasta quanto indemarcável periferia

(Minha mulher dá a deixa – um intervalo se faz preciso quando não existe natureza em torno e um casal junto por muito tempo faz esgrima do que é esbatido como retrato em partilha) –

Um humano para cada cão.

Haverá um forçoso apelo misto quanto a adaptação e passeio – tal como monitora uma capital desmesurada – A início vejo um espetáculo atrás-do-outro. Começo a entender o que é viver do lado-de-fora. Cidade-Teatro.

Conheço Juliana Galdino antes de seu ingresso/inauguração Club Noir. *Prêt-à-porter*. Impressionam-me a dicção e a prosódia cênica, sim, porque ela insemina gestual picotação de texto em voz talhada por relevos, acentos sincopados, delirantes, raia de um outro espacejamento – o pano-de-boca é passarela de sua exclusiva emissão, também desfiladeiro do que não está ali. JGaldino passa a ser minha guia entre tablado e transitar urbano. O sentido de um local vem, intrigantemente, de um modo inédito de atuar teatro afora. Decorre dos sinais fabulados por uma artista/personagem.

Só teremos um *pet* se o pouso for por aqui mesmo. Por enquanto estou no meio de minha licença-prêmio, com certo sabor de férias (fiz a mudança paulistana, aparentemente breve, apenas por um ano) completando dentro de um jogo de preenchimento e salta-lacunas a concessão de 3 quinquênios, direito anterior às determinações trabalhistas do Governo Fernando Henrique, timbrado que foi por empresariamento privê da lógica produtiva. Dou um passo na esquina logo me torno transeunte da Av. Paulista, "meu caminho-da-roça" – Brinca Mel comigo – está entre a Livraria do Conjunto Nacional e o dry-martini/electro house servido no Inferno Studio SP/pulo mais algumas casinhas, estou em nossa sala. (Consegui ingressar, através de concurso, em uma Universidade do Estado, onde um gabinete se divide com 8 ou 9 profissionais do mesmo cargo, disputa metro a metro é a infindável meta de trabalho)

Tudo se faz rápido em sp spam jamais pensada como residencial. Lá teremos nosso primeiro cão depois de anos de casamento, vamos abrindo um atalho para sua chegada: um vácuo entre ruas, cômodos do imóvel Sumarézinho e as negociações para ficar aqui onde a realidade se instala para além de uma simples decisão de mudança/permanente pensar que tudo planejado "nessa vida" – constante subtema de todo percurso de um existente em êxodo – acaba por não se efetivar.

Somente quando me lanço de cabeça ao momentâneo, tendo uma parceira e depoente de todo meu corpo à sua frente, como ninguém mais pode me ver nas fissuras/comissuras da intimidade, ao itinerar por um lugar como esse (onde me enlaça natureza impensável intempestiva).

Porque um cão também precisa de nós rua após rua, porque acaba por recair/*cul-de-sac* (br metropol não sai da frente) sobre si mesmo. Um arabesco sem progresso. Chamo isso, assim, de atividade física inadiável (suma saúde), o faro, o foco preto-e-branco do olho de um cão ao acaso adiante.

SEXTANTE

Agora cada um acorda com o *download* feito na noite para a próxima noite. Engraçado, ver que a companhia de Santo pontua minhas notas traçadas à luz da Rede/Reunião a distância do coletivo global. Santo, nosso cão. Santo, um cão de São Paulo.

Cada *post* aponta a passagem para o que justamente acontece agora. Sem que pareça: urgente ida à próxima esquina, por uma coisa de nada não-escrita nem tecnomediada (em estreita correspondência, entretanto, com o internalar abrigo sedentário).

Já não sou o mesmo. Amizade de rua (vem de relance o título da peça de Hamilton Vaz Pereira, nos anos 1980), quando me agrego ao que se forma na órbita de fora. Cada vez mais inserido nas cavações de terra através/ desdobramentos de uma esquálida silhueta na velocidade (*whippet,* quer dizer cachorro-chicote). O dia-após-dia se revela como recolha e acelerador do que não apenas escorre entre estocagem digital e simultaneidade de dados (fatos transitórios mais que transitivos).

Estou na cidade, sou morador das inúmeras referências que me alinham ao sentido de pertencer a um lugar. Criada está a vizinhança – pessoas para as quais aceno, dando prosa e endereçamento –, ao passar com Santo pela encruzilhada de bairros, em ronda: ressurge o prédio enorme, azul pastilha, gerenciado por muitos porteiros. O edifício mais antigo da área, quase um clássico, código-morada classe-média projetada para a vivência ultraurbana com senso de harmonia e fácil deslocamento. Hoje, um peso-pesado-elefante com data (nada branco, azul-piscina sempre repintado), acaba por impor uma história habitacional onde trafego, estudo, enfim, resido. Santo ficará aqui, entre o sofá e o maior quarto da "casa".

Quando o levo para as ruas sou eu mesmo quem faz uma fomentação involuntária de passeio. Mas por outro lado, ele não teria idade, em relação a mim, para ocupar lugar de filho (por mais que eu me chame perante ele de "paizinho", o animal é mais antigo, até mesmo porque não ficamos sabendo de sua idade ao certo quando da sua doação). É um contemporâneo, lado a lado, passo a passo. O animal é mais antigo – por obra da contação de uma aritmética tripudiadora logística dos aniversários e faixas etárias delimitadas na tabuada de um eterno, inopinado jogo – Tenho mais chance, contudo, de ver a sua morte, aflito para substitui-la pela chegada de outro *whippet*, pois confesso a Mel não poder passar mais sem cachorro.

Precisamente, para ficar a par do que é pulsante e dá salto: a ultrapassagem de um tempo tão intenso, recortado pela vida breve que me acompanha mais que tudo nessa vida (tornada matéria maior ao atravessar o meu corpo/instante), só pode existir dentro do prisma de Santo, de SP. Pois é ele, sim, o ser capaz de resumir os anos de um tempo com um senso de súmula inviável por outra via, outra biografia.

Só assim ganha contorno a história daqueles anos – lembrança de passos – através de um cachorro (resumido discurso/deambulante presença sobre aquela, ainda estendida, "minha vida" incabível em si-só).

De passeio a passeio. Está prestes a morrer (quando estampa a curta duração comigo no mesmo embalo) e carrega toda uma pauta/um desenho de época. Como nunca mais.

07

Sou pego no fio solto do prazo para ter custeada a compra de um apartamento. Caso o tempo avance mais um tanto, não tenho a menor chance, após 55 anos, de ter "casa própria".
Se não fosse a pertinácia de minha mulher, moraria até hoje na casa alheia paga com tudo o que tenho mês a mês ("dinheiro posto fora") até o fim dessa história, vida, linha.
A imagem da bolha é concreta e residencial, transferível nuvem/espuma/esfera de Sloterdijk para os articulistas das empresas instaladas nos governos. (Devo ao Governo PT a abertura de crédito, na mesma tacada em que me abrigo na contagem de "minha vida" desafiada por uma conta de menos? Sob fiança da última via)
Preenchemos um *locus* vicário quando mais abraçamos existências/histórias nunca vistas de perto, passadas a ser todo o álbum de afeto possuído "um dia na vida", seguido por letras/legendamentos. Criaturas hipotéticas, porém invasivas, tornadas fonte de *Angst* genuína: sincronizam o desejo de continuidade (influxo neoera zero implícito).
Uma pendência se articula no centro do recesso (do "doméstico"). Não estou inteiramente por aqui. Mel digita, nas horas vagas (após o turno pesado na gerência da Loja Autoral de Moda que está bombando em Vila Madalena), um séquito topológico interventivo de coisas nomeadas como *Mindfulness Project – Centramento Orgânico – Enclave Não-Violência – Autonomia e Propagação – É preciso que seja esquecida ao menos um dia a Internet integralmente para eu subsistir (paradoxalmente linha-adentro-tempo). Agora temos nosso cão. Vá pra fora. Não chegue perto do comp. 24 horas. Não mais.* Como se fosse a lenda de um cachorro-chicote e seu outro.
No mesmo compasso em que ela delineia um traço de lugar a ser ocupado por nossas idades-limite em face da casa própria, conglomerado de prédios que se avizinham dentro da Paulistânia – Aos poucos, minha mulher desbrava um novo cargo (uma nascente profissão) enquanto

Performance Designer – uma vez que, nos lineamentos de um futuro contíguo, ela perderá o cargo por conta da administração estritamente familiar da butique (retraído negócio) Eva E Suas Crias – no interior - realidade seguida de um contagiante discurso nomeado como Crise, em sua derivação iconográfica de Bolha, fica rastreada a passagem de uma impraticável moradia (no espaço e no tempo) –
Tudo que em breve salto-de-hora se tornará o dinheiro-polpa-insumo o bem simbólico do populismo sob a chancela Miséria Não Mais –estrutura/ argamassa de Qualquer vida brasileira resumida em casa a ligar a tv do próximo passo –
Atração seletiva entre canal pago e *web world* lançado ao aberto de uma abissal placenta diária ao nosso alcance e desabrigo.
Meu apartamento próprio é o 07 – todo um eu transmuda-me a buscá-lo/ jogo-de-encaixe e pista-adivinhação-tabuleiro-taco sobre taco tornado asfalto –

Em um bairro já distante daqui.

8

O aparente termo final do Tractatus *("Do que não pode ser falado é melhor guardar silêncio") pareceu-me transicional, conduzindo não ao silêncio de algo transcendente, uma indizível estabilidade, porém a um extremo, o presente.*

Chegar aos gritos no interior do círculo universitário (pós-hermenêutica) – apenas para expor minha indisposição ante os ditames do poder-saber. Porque, em sintonia com vertentes vivas de conhecimento (para lá de "linhas programáticas"), coloquei minha voz ao alto durante-debate, em plena desarmonia (igual ideia antecedente à chegada a uma escola) – O início se deu com meu próprio lábio inferior mordido durante o café-da-manhã como indício de um embate violento cursivo, sem sangria. Anunciada autocolisão diante da toada pedregosa monolítica mantida entre lábios duros dos que defendem a vida dos corpos sexos somas multidões dentro de um cerrado sistema disciplinar guarnecido nomeável como Estudos Culturais. Quando tudo se move e não se paralisa feito teoria-pronta (prato-feito) autogerativa:
Mesmo dentro das grades (grito, voz solitária) de pesquisa nas quais o Estado insere o controle em contramarcha de investigação, potência e prazer: ser/ler/grafar na pulsação-impacto do que se emite em aulas (e volta a ser disposto por *escrito*, quer dizer à beira do silêncio).
Tudo de bruto e do mais idealizado experimento cara-a-cara com os agentes reais das Ciências Humanas se entremeia da alegria em caminhar pela cidade – das aleias do Campus até haver alguém: eu, à toa, exemplo próximo extremismo/puro impulso cão-deambulador ("você, que não deixa de me acompanhar")
Quando não é o caso de ir à Praça do Por-do-Sol com Mel apenas para ver que há pessoas, casais que se desdobram de nossos gestos mais intimizados. Enquanto não podemos deixar de ser todos-outros. Esses visitantes da praça, a cada sol-posto – todo aquilo/aquele quase único, até o último, na maior metrópole latinoamérica – proliferam o domínio

interioridade em amostragem do que não faz domínio.
Irrompe uma mutação, flagrante subjetividade como enlace múltiplo corrente (entre o que silencia em tempo e o sinuoso real). Desde que não se segmentem as conquistas infindáveis de etnia classe gênero abertas que são ao erotismo disseminado sem divisas. Vindos da hora de agora, movidos pelo menor resquício solar e coletivo, capazes de mesclar o campo do conhecimento com o que acontece em vazante veloz

Aqui onde
O transcendente não-mais vibra: não tem nenhuma identidade altaneira. Nem chega a falar nada de idade/historiografia datada/diagrama-duração

Ou achatado desígnio ao além uma vez que: prevalecem voantes viragens nascidas desses precisos corpos mostrados a tempo.

Por obra do surpreendido beijo que a todos beija –
Os primeiros atos manifestos de vida homoerótica despontam por cá (Praça e Sol) – para intercambiar fronteiras, repercutir na história das sexualidades que passa por mim Mel e não é um particular pertence –

(“Lance tudo à mão” do Sol e da Praça, nós todos dizemos nos pontos próximos ondulantes, onisciência não penetra os poros os picos urgentes) –

Uma embalada reposição do natural e sua cultura distribui os pares, as presenças, os lugares-de-fala em uma matinada contagiante, complexa (borda e breu). Sorrimos entre todos. “Este é um lugar – instante estalado na boca antes da voz – em que qualquer um quem bem quiser beija”

9

Conhecimento é incitamento passado para trás.

Um ano passado em branco. Enlouqueci – "   " –, esqueci da loucura que é segmentar 12 meses em semestres (modelação-tarefa por conta de uma autônoma agenda) e assim por diante. Caderno e esquadrinhamento. Uma linha passada para outra, sem que morra a incitação do conhecimento. Por tudo que morre. E não dá pra trás (por detrás). Estava outro rosto onde desrecitei Cecília, o espelho da cantiga de Sueli Costa (primeiro lp juventude mpb, canção involuntária toda manhã). A Universidade nos retira a música. Eis o mote, transformado num repente, para ver o que não consegue ser lembrado termina em xaxado de feira multicultural onde venho aportar num segundo, sem Mel nem o cão que eu acompanho. "Ai que vontade de comer goiaba, vontade da mulesta de comer uma goiaba". (A fome se revolve em fruto, "goiaba", triângulo zabumba zoeira de uma família mendicante dublê dançarina dos sucessos típicos a cada dobra Mapa-Brasil, a música ao vivo se faz anti-metáfora esfaimada percutida em cada combo regional-expositivo de las culturas del mondo em entrelace, faiança de faquires). Um andarilho do modelo-capital de emoções globais é aquilo a que viso (invés de ser o que viro). Para alívio da hipertensão diagnosticada mal enveredei a casa de meus cinquenta – um arremesso de tômbola numérica tal como na disputa desenfreada pelo brinquedo perverso Monopoly desde a mais terrífica tese- infância entre jogos e jatos de contenda, sexo, ser-de-classe e competições preparatórias do infindo delimitadamente humanoide, umanismo. Unívoco Urgente/ Pra ontem: praticar (sair-de-si) caminhada. Diminuir o ritmo trabalho de modo que um inesperado ataque (justo no "âmago", axial coração gesticulado pela onda a preamar, miligrama minuto sob a forma concha/ útero/código oval) deixe de dissolver essa vida aí a ponto de anotar um livro – este, de agora (um ano passado em branco).

O alheado (o livro) me constitui e pousa para trás (onde não se veem posição e marca temporal): perenemente a zero hora de todo-um, passado por cá, descarte de gincana gol final sentido, conhecimento não-cumprido.

É a caminhada que leva o corpo onde bem deseja. Mas o contorno, a carcaça, a sombra recheada silhueta são um ano a mais, só meu. Não dou conta = o corpo está lá na frente.

10

Um choque – querer ser tão impessoal quanto.

Enigma (azulejo) erro (eixo) – onde alcançar o ponto de irradiação que faz da parede pastilhada um conjunto uniforme?
O começo-ligadura pode ser percebido em qual trecho (azulejo, cerrado erro)? Jogo da infância quando paralisada no interior da casa onde se reside, aberta para outros interiores, sempre volta; trata dos polos de incisão, vazio e emaranhamento no disperso.
Viver: estar entre casas nunca completas, lançadas para recônditos bem distribuídos e, a um só minuto, inóspitos. Há algo ali de quebradiço a se impor em honra a uma ordem ondeante, zoada desde o z de qualquer lista ou pista.
Nada sei de cabeça – quer dizer, do olho não me sai – o filme *Providence*, de Resnais, como experiência retornada sobre o foco cego da câmera rumo à brecha de floresta –
Portal para a existência de um eremita, mas também pontuada marcação do espaço/falha de mata desde a origem, clareira ao avesso
das criaturas tateadas ao longe –
Subsiste um paralelismo tocado por intervalos que se reúnem assim como extensões nunca preenchidas, capazes de ocupar os motivos de uma inteira vida, nucleares temas de compactação e fuga

É o que vem de filmes mais recentes – especialmente, os de Tiago Mata Machado, *Os residentes* e *O quadrado de Joana*, extraído de um conto de Maura Lopes Cançado – Narrar o que se desenha na cápsula-limite-morada. (O que se passa na quadratura/tela entre visão e voz?) Por cima de um apenas um, devolvido ao seu múltiplo infinito indiscernível, de retorno, incessantemente, a-um. (Submerso, sob os azulejos das localidades, para-sempre locações)

Até que se conheça o dínamo-dinamite de cada instante. Através do lado-de-fora, rua migrante. Sobre qualquer sentido interpelativo recaído sobre apenas 1 (ser-vivo no palco da prova, entre marionete e patetismo *selfie*).

Nunca se detém o movimento escavador (Um ao 1), história e viagem, imóveis que sejam.

Há sentido fundante de tempo/trajetória de vida? Tal construto – artesania (a princípio) – faz forma (distraído painel ladrilhado sobre quem o habita)? Entre o desenho conjugado e cada peça integrante (perseguida aleatoriamente?) Desfolhar de vez uma vida – Até o alcance – – radiador pelas beiras: como podia cantar o repentista do Festival Multiculto no Aberto – Fruto faquir (goiaba selvagem) sem dar trégua recria o prenhe/nascedouro coração oculto – Quanto mais bichado, promete uma talha extratempo (toda gruta em lugar-flor).

A mesma forma escava, uterina, enfim escancarada, "seu" rosto – nunca sou eu – Nunca cessam as coordenadas e o flagrado estado-das-coisas (onde o ser-humano, desvestida unidade, se ajunta para se tornar mais

intensamente esparso).
Em nome, p. ex, do neutro falante sobre a mais pessoal pergunta (a casa que criatura cada carrega abre espaço contra a cara da parede própria).

11

Meus sonos são vívidos confins da mente

Cristais de Caieiras – agora chamo assim o núcleo de terapia floral e tratamento através da viagem. Feito uma placa distanciada, vista/lida bem depois do trajeto até lá no talo. Na emergência de alguma palavra extra, idealmente excedente ("que não eu nunca"/e assim eu me curo).
Há 9 anos, já, fazendo visitas mensais ao sítio onde M, a estudiosa/espiritualista, me recebe a partir de um translado incapaz de se deter somente no que é imediato. Acontece o dado rolado desde o princípio "Assistir aos próprios pensamentos" não poder ocorrer senão por um veio, "As pessoas que chegam"   Essas conhecidas ao embalo do trajeto que me leva do Jardim Paulista ao município fora da Grande SP – Nunca vistas antes (ao sabor da mensagem que vem contiguamente, cristal florado caieira, enquanto permaneço em viagem bem aqui)
Porque o autoconhecimento/a cura/o contato/a réstia de qualquer ato capaz de produzir ação sobre o presente (tomado teatro de sombras/em homenagem ao real) só rolam feito seixo formador de praia e escala de uma paisagem: se eu me puser como espectador da performance desenrolada sem parar. Desde quando estou no centro da cena –
Já esplende no conto-kafka ("Um artista da fome"), na carta do visionário A. R (escrita e ida pelo ar, quando Arthur Rimbaud, A. R), a revelação enquanto forma de expor o que é mais externo. Algo inseparável entre programa-poesia e andamento communard do mundo (barricada tornada norma), das simples coisas/nomeações subsistentes por meio da imagem eclosão – palco – fronteira porosa tocada pela pele de um faquir
Um vidente do lugar projetado próximo a um risco abismo à superfície. Como se dissesse respeito à busca do mais distante. Para que o ato agora faça- se presente (desde as gesticulações e os esgares comandados pelo mestre-de-cerimônias e seu antropo animal indissociado). Dentro de um Teatro-de-Variedades quando se torna gritado e mais físico o estreito local onde se desenvolve o espetáculo, revelado sem-saída.

Do momo-homem ao mimetismo-mímica

– De novo vem, sem que eu espere, a encenação vista recentemente (Comunicação a uma academia, *extraída de Kafka*) – *É preciso destacar as cortinas pesadas da festa de praça, profecia do popular – o ingresso pago e as pessoas em volta – a bilheteria, o porteiro, o passageiro que ocupa assento para tomar um ar, algo evola sobre si logo se espalha contra o céu mais amplificado do* Átlas *de Feira. Todos os seus garranchos arquipélagos desenhos vazamentos de lápis/hidrocor, cada vez vão mais longe, os florais só se dão em Caieiras, são colhidos enquanto viajo.*

Onde me sento, sou movido e penso.

Mais alguém se achega. Bem ao meu lado. Isso é tudo que interessa. Feitos para ficar aí, os passageiros, enquanto há trocas de caras e horas (mero esmero de detalhe). Tão-só.

O ingresso ao Cerne-Cristal-Caieiras acaba de começar.

12

Facticidade consiste em estar no princípio

O ponto está aí   Onde pousa
Situação ou cena
Ao cume/coincidência em estreita formação de flagrante –
Retrato a se recorrer quanto mais irrepetível –
Acolha o mais falso/conversa "jogada fora" (joio joioso
Lá onde realidade se replanta por força ventríloqua
Instante muito falado para vazar daqui de uma só vez
Quanto mais "te" fixa; impossível alguém ver-"se")

Faça um sucessivo exercício – para melhor atravessar
Ano a ano, os desertos abarrotados – como nunca antes – de gente
Os que chegam por download jamais se separam (pacto planetário)
De suas aparições in extremis, intermitentes mostragens

Repasse o sentido de qualquer evento, estar
Apenas "consigo" venceu distâncias, apronta uma linha repleta
Aleatórias conversas, compulsivas para além controle olho
Órbita dotada do poder de reunir, colecionar, expor listas
Diorama/Passagem do tempo (um móbil

Um motivo
Serial enciclopédia (póstuma) post-human assinada por tudo
O que posso ser) Desde agora, zerado ao
Z
De um zoom portátil, maquinal
Quem –
– Não-se-sabe –

“(Para que não exista sozinha sombra essa estendida
Replicante ao ideal vazio variável do um em/si impessoal)”

Sou, imediatamente/2012/compartilhado

13

Toda palavra tem efeito de aposta

Tramita Entorno Passe-Livre a via não-consecutiva, nada linear,
Do possível princípio Acontecimento Novo Milênio – torres
Detonadas à altura: prova-de-real/audiência onde for,
Direta ou mediada, sem exclusão – O rumo é a rua

Desde o desconcerto inaugural   Anos 00 (fundamentalista
Marco de ideologia somado a economia-globo e terror constituinte) –
Simultâneas preces a monolíticos terraços/totens de comércio/
Poder/polícia, em um só momento
Sofrem abalo, enfrentam máscaras, tarjas – ainda que pareçam
Veios verossímeis desarmam gestos básicos todos os dias
Sob o mais alto custo (quando se aumenta apenas um dízimo/
Tarifa corrente contrai inumeradas coisas) CONTRA
O VANDALISMO DA IMPRENSA

Mesmo que alguém tenha casa e carro, estamos na rua,
[somos todos Pedestres.

Tudo de nós faz longos percursos, não cessando
O desafio diuturno em atravessar o seguinte segundo (uma ópera ou o
Sedimento silêncio) Enquanto existo: o mais
Simples passo entre os espaços
Visíveis e permitidos; transitamos subterraneamente, pela primeira
Vez – Aprendizado através/aposta – nos tornamos
Conhecidos umdooutro (um ou outro)

Todos nós, blackblocs.

14

"Uma carruagem, rápido", até que desapareça em arvorado disparo

O dia em que a cidade parou por conta da caça indiscriminada. Ao próximo a surgir: Primeiro Comando Capital (tal como se deu o anúncio desde 2006), ressoante toque subjacente a ponto de percutir em minuto vago de anos posteriores – Facções criminais em revolta se prolongam até hoje não adstritas a um único modo de sobreviver, esboroam o limite exclusivo a uma classe.
No ar do Rio – um enclave urbano entre morros – zune a bala cruzada pelos alvos múltiplos de poder e traficante lavagem sobre dorsal despercebida criatura. Ao ponto de rasgar roupa junto com o próprio corpo (torneira aberta ao interminável ruído, não há mais praia, expandido esgoto). – À Imagem-Cristo, estampa-se padronagem postal sangrento cartão-de-visita – Natureza pontuada pela morte em qualquer parte que percorram aterro, brisa marinha, costa a costa corcova andarilha. Qualquer um tem seu fecho coincidente com a beira de um meio-fio,
Dia da morte de Santo: horas mais tarde foi introduzida Gaia, a graça grega de um símbolo no corpo do novo cachorro-tradução para *whippet*. *Ersatz* da vida que se repõe subitamente a reproduzir *ad infinitum* o cão que vem, não para de se gerar, logo alterno
Tornado matriz da singularidade sem a qual uma mulher e seu correspondente homem não podem se refazer (variar o vivo previsível)
Da crueza dia-dia. Mel e eu. Um animal ao centro do que se chama casa; em cada investida da continuação (o que lateja tão intensamente, interno panorama) em mundo autoritário, corporativo, corrupto, burô por demais quente acima da oração-da-manhã, sol possível: haja pílula e epístola, ramos de arruda ramais da ciência em voluteio. Até o tal-do-humano não está posto, embora indiviso, guerreante pois.
Uma cidade como SP pode parar repentinamente. Tudo está por uma esquálida fibratura-telefone automático presídio e clonagem

do encriptado lucro feito pedra de tão dura (procissão-favela sobre a malocada droga compacto veneno permitido). Delírio ao redor de uma mesma coisa, vicioso violento pacto com Progresso-Paradeiro-Emparedamento.

Quanto o dia que se incrusta antes de alguém despertar para cumprir catálogo impositivo: palavras-monólogos, ítens tornados seres (vozes comandam entidades-pessoas, mimetizam mecânica unitemática) bloqueadores de passagem. A cidade se encontra imobilizada; contracenam os trafegantes, nem mesmo trégua,
Desaparecidos em suas casas, anos em hipótese de uma original corrente, sucessiva armadilha por cima do mais domiciliar posto ao fundo de-um Legado, por força-matéria/filamento nervoso neorreal

(Obra-tarefa   Através sinais de concretude carnal, Contra-Karma Irremissível Juízo
        Ordem Ou Ovni

Cada vez mais aqui)

De segundo a segundo   pontual História do Fim-da-História

15

"Nada se move". Fissura, fluência do fim: os políticos somos nós. Tão somente. E ponto. De pronto. "Só se for agora".

"Nada se move" - Decorrer e Desafio - performance-respiração (DO ANO DEDICADO À SAÚDE, À GUISA DE NOTA, rodapé à força, conta e caudal de um naturalista fluxo)

"Fissura, fluência fim" - Em ato, a pessoa está totalmente tomada de fora enquanto dispõe (depois de anos) de seu (corpo quer dizer) outro âmbito.

"Somos nós, os políticos" -

Em aprendizado do que se delega a instâncias já formadas, ao que é totalmente externo e inatingível. NINGUÉM ME REPRESENTA. Trata-se: o crivo da clínica, tal como plano holístico ambiental ginástica genuflexão (resíduo religioso) e gosto por um repentino prazer de estar sozinho.

Sob o galope tomado pelo próprio corpo em câmara de "autoterapia, tête-à-tête tatibitate com o mais cru, tanto quanto inconcebido".

Após os últimos acontecimentos, dispara ante projeto Coletivo-Caminhada à altura de um levante físico e topológico. "Ninguém me representa".
A câmara - Estúdio Automodelação em giro - Ninguém é suficiente (O corpo dita/Quem o diz divide)

Traz por vezes apenas meu fôlego, não dizendo mais nada nas horas da tarde em que há brecha no trabalho e não aparece ninguém por aqui. Ou mesmo que venham multidões em malhas musculosas, sarados sedimentos, ao influxo *self-fitness* até o último dia de moldagem e retiro: sou eu bem que repenso a alucinada biografia: Poema da Respiração. "Ninguém me representa", se saio daqui a dizer "estou numa fase totalmente corpo". Eu não me represento.

Justo através Pneuma, a escansão basilar (o Poema em curso) – a Vida-Causa (nenhum dos presentes segura sequela-resposta) pausa nenhuma (o mesmo ar respirado)

Entre a blocagem maximal disposta na Arena desde a Ditadura, embora nenhuma chance de se travar luta com os idênticos apetrechos do que foi levado para trás – Uma brisa passa entre buracos contrajanelas mais altos edifícios da Nação – A família Le Pen se prolifera, a digressão bang bang Continente, o massacre os primeiros habitantes da Terra – Vejo o que vem de mim – *Afflatus*, dicção – O solitário da Academia Corporal compreende o silêncio e seu contradito – Já não fala por mim.

Tudo o que vem no ar e vira coisa, abstrata atmosfera, quando mais concentro-me. Volta ao – atributo – ar. Espiral em cerco. Circuito-Palíndromo.

Toda a conversa jogada fora como patente, perene confronto de cada um contra si

Via voz-do-outro em altivo chamado/legível nome notícia: torna-se matéria, ela mesma, essa além de meu esticado coturno/contorno dom & domus.

Matéria da Salvação de Si/Legenda Soberana Vida a comandar o limite demasiadamente físico (Gym Tratamento Organicista) – Para medir enfileirado decaímento a contar dos Dias-Temer-Trump Tower (irrestrito horror horário regressivo)

(Contrariamente ao que se pensava e vivia em décadas atrás, somos mais o país do telejornal do que da telenovela.

Ficamos enredados na crônica política. Há fatos em excesso. Falta fabulação).

2016

Só a velocidade para poder alguém habitar a exuberância o excesso o eximido: um simples ano que corre "batido"

Massacre de Srebrenica advém, assim como os lugares retóricos e *dead-end* Fora Temer Agora 2019 enquanto escrevo Expurgo Bolsão-Milícia Impeachment se redobra só se for: desde (longo) Agora Embutida, invaginada palavra autogeradora infindável Alegoria-Agora

Massacre-Srebrenica *Ad Hoc Hic et Nunc* – Inventa-se um nome remoto, recorrente, dado distante quando o Governo-Desmonte no País Mais Que Presente/Para ficar aqui Futuro Continental Aporia se ergue por paramentos portes-de-armas ascendente classe metralhadora

/"Os desvios trabalhistas do Brasil", papai não está mais em casa, "acabarão com território", *não corra papi*/reza o adesivo domiciliar automobilístico (3x4, família 2 filhos), "não há-de resgatar História", eu mesmo replico a voz morta paterna, siderado vejo um rosto retícula manhã caco-de-vidro onde mira algum de mim, entre aspas e dejeto-verbo//

Intenta-se uma data retilínea, estirada ao insondável, tal qual som-de-sonda beira sumidouro:
Não paramos de fazer arqueologia. Pelo menor cisco, coisa trincada no decurso escoado, esgotante: A Insônia prematura na Infância queria dizer, então, isso, cisco, coisa trincada (o irremovível igual a/primeira pessoa intransitiva).
Quando é noite e deixa de haver voz humana a cobrir o súbito o extenso o estanque, a seco surge um deslizamento, nenhuma profecia acerca

coisa cisco *trick as a brick*: Um não-cessar na arrumação de objetos íntimos e pessoas não-coincidentes muito antes do caos cartografado, seja hipotenusa-desmatéria novo nominal arbítrio/Viceja o vintage Quando-não, Música Progressiva/

Insônia/Infância –

Tome 1 Sédatif no meio do Dia/Integralmente Sua Vida/

Inteira se resolve enquanto revolve a criatura sempre a ser arrumada, pendente pingente do conglomerado retrô implante onde menos espero – Enquanto ser? Nódulo Numeral extenso intrínseco intrincamento espaço-tempo a reboque do recesso a ladrilhar os sintagmas Crise Cúmulo Abeira Zero Zé -
Ninguém nunca saldada dívida
Dou de remexer guardados/gavetas nesse Ano Dezesseis (Zero ao Centro) – Haja enigma para tanto escaninho – Os lugares em reserva desatrelam um dado desígnio – Por mais que não se queira (Todo desejo começa onde há urna, brenha, forma endereçável altamente interna/ ante a vocação desgarrada a girar em contrapartida) Até encontrar a Série "Saldos" (poemas mal-entrados numa condição convalescente postergável sempre/adolescência)

Começo a ler o conjunto de textos preparados para mimeógrafo marginal poema levado pela febre ao fim-da-ditadura

Febre de tudo – o imenso imaginário fio
Traçado por esse iniciante crescimento, igual a
Volúpia por palavra (O adolescente, em luta prévia,
Quarto desbrava a falta-de-sono sob
Outro décor; na real, não há floreio onírico,
Reina delirada origem   Paisagem sobre paisagem

Quarto Insone Adolescente
Indaga-se além adivinha) a respeito saldo, súmula
Antecipatória, lavanda
Em meus cabelos a correr entre uma e mais nova
Residência onde penso existir o fundo dos dias
Fugidos, uma tragada nalgum bagulho por aí, gozo
Muito rápido com o primeiro a aparecer

Esbatida charada quanto mais criança se é,
Caso seja a serpente a própria dobradura, fluido e fecho
Vá lá e solucione o dito per se elastece por cima
Da conta-de-menos

Febre pelas menores coisas – Justo quando há Nação, quer e quero
Dizer Paralaxe-Polícia – Sobra sempre

Iniciante crescimento
Do ponto que for "nessa vida", porque
É esvaída, vitral vacante a ser visto do único quarto

Fotográfico colchão esperma sobre si-mesmo iluminura pátina van Gogh
Estrado Beckett entrecortado, prego, palha quando
Não-Gregário Asceta Varada Fome – Saldo

(Em qualquer época) – Tudo resta – Saldo
A compor um confronto unicamente por conta: Apartada
Vida   Ali Ao acaso   (Por mais
Que não se queira)   Toda minha

017

"toda minha, sem volta, vida,
não sai de dentro porque
se ocupa de sua própria forma de fuga"

Rediagrama-se – sem anterior aviso –
o caderno – itinerante nota-escola,
indomável escalada depois de todo tipo de prova e pauta –

Descontinuação do Poema – Outros trechos intervalam
Tratamento floral versus retornante sequência ano a ano debaixo (de)
[droga
(dízimo substituto equivalente descenso)
Incurso – Salmo – Saldo

Jamais chamei de vício o curto-circuito neuronal-
[continente a me tomar intrépido índice
"Hierba buena" Abre-Caminho. Por delicadeza, passei a debulhar galhos, desde muito cedo, entre folhas espinhentas (não parei nunca mais mesmo rompido com o ato entorpecente) Até esculpir quanto mais desbastado o impossível o bonsai do fumo: um cigarro insurgido de outras mãos conjuntas dispostas para o toque um beijo nas pontas visões narcisas nascidas de um escavado aldilá aldebarã xangrilá choupana xamã todo trêmulo tão igual sequente minuto de corpos precisos tornados línguas e pelos grossos prontamente despidos
Fora-de-hora, 25 anos junkies interceptam o fluxo tardio quando estou na lavagem da minha própria pia – anti-batismo da louça suja nunca cessada entre jatos d'água (o mais tocante Porta-Senha Hejinian ainda é "I laugh as if my pots were clean") – Alucinação ganha foro de História (e é bem o curso da mais nova louça suja da vida). Devaneio acidulado

colhido no ar enquanto se empilha material bruto, encardido (cobre, vidro, torrencial torneira) –

Mais uma coisa a chegar, mais um chega ou então nasce, bem velho vem sem visita. Tal humano o tao é que há sempre um acrescido além ao léu e lhe (inexiste terceira pessoa relativa personal) diz (dêitico) respeito.

Nunca me assento definitivamente para a gargalhada reinante sobre copa-cozinha-pano-de-prato-palácio envidraçado copo-geleia reluzente no lugar que seja meu afinal.

"Agonia fim-de-época" – A filósofa do Lanche Expresso Meio-da-Tarde explana. Avança com seus gestos hipnóticos, de olho em todos os audientes (Medição da plateia) –

"Fim-de-época"? Mal entramos numa "Nova Era"?

"Trata-se do aprumo para o fim da segunda década. Vem, daí, algo feito agonia"

"Soa, então, como resiliente fim do Segundo Milênio (?) Paralelo inopinado?"

"Inopinado! Essa é mesma a palavra!
Só se lida com décadas – decupagens de anos restantes e pregressos, quando mais aceleração avança – sob o toque da última hora".

"Última hora!?!!"

"Não é fim, mas novidade (nada igual). Daí o agônico – jamais tal qual O Fim – estar sempre à beira do que não vem congraçado coletivo. Só se lida com o desdobrado, de borda/deriva do devir"

Ela, a Filósofa, não se refere a "nós": toda a focagem recai em uma incógnita circulante, aproximativa. Algo assim, nebulosa/nevasca recém-retornada galática tese Retraimento dos Universais/Quanto mais se expandem os cosmos-coisas soletrados sobre imaterial imanência (extracampo permanente)

Deu-se, assim, a viagem pelo Futuro – rodopio ponta-fumo nesga-quarto de sempre. Ali na sala, mamãe com suas cantigas de Babo (Romantismo Automotor Lamartine) e Bobby Di Carlo (Jovem-Guarda Primal Iê Iê Iê) enquanto ajeita as poltronas projetadas colunas de pó (luzente faixa solar reduz a partículas a casinhola em-prestação). Rodopio,

Mamita também estava nascendo – Os 5.000 Dedos do Sr. T/La Violetera/Godzilla –
Junto comigo estava aprendendo – ínfimo segundo simultâneo – a entrar e sair da vida (numa simples doméstica balada/um bólide, emendada falta-de-fôlego)
Anoto durante a Conferência-Cognição (lá na outra ponta-idade, meridiano em Cápsula Cultural, acompanhada de Sigla, sold-out) – É preciso um rol em tributo ao ínfimo. Assim como madrita escrevia dessa forma direta R o l letras góticas para as atividades semanais: roupa, poeira, passeios (aproveito até o fim a fina linha do fumo a ponto de me queimar assim à vontade, *loco* incandescente)

Requisições
De ser (Não há trégua)
Onde abisma o afirmativo senso mais vivido –
A um plano repleto insuportável (Sob a mão pesada de ninguém
Acima dos nossos dedos, 5000 que sejam em igual escalada
De cópia e incompletude, ditado exercício vaza em caligrafias
Incessantes até que tudo se leia logo posto
Enquanto tema, por último por
Escrito)

Cada um a postos: rota de um lugar oculto onipresente
Em nome de/que – Todos falam e voltam a falar (sob efeito-notação
Adendo nada linear de olhos, escuta,
Boca aberta, farejada imagem
Do que vem; não chega o agora ainda)

Nova volta (plexo de sentido)
Mesmo quando em silêncio inoméavel ou pressentido fim

Sempre aqui.

Ano 2018

A última unha da mão é criança.
Não deixa de crescer. Unha. Por último. Criança.
Entrega-a toda. À toa.
Jamais sai da miragem da própria mão.

Ocorrência. Tempo. Polo dual divergente –
Nume/Noema Genealógico, sem escapar da girândola onde um gomo que seja (real, gotícula) gera nó/noo –
Mora nas bocas dos conferencistas.   Cada vez mais para dentro da Cultura dos Eventos.
Ocupo-me com uma restante formação. Ante impulsos incontrolados que jogam com a "minha pessoa" de um lado a outro das épocas
Até no ramal daquelas (vezes, vindas) não testemunhadas por um complexo-retroação. Nenhum fundo-fim. Passo a vibrar na memória (crédito perdido), esfumada extração comunal, códice pele-osso-céurevolto-terra ao excerto mais deserto
De modo que eu vá avante sobre cacos-de-vidro calçadas-entre povos-de rua (daqueles achegados dos muitos lugares, países extintos, geoplataformas erguidas por lavagem-de-capitais).
De fato, o debate decorre intimamente. Ainda que multidões se imponham, não restando horizonte horário. Tudo anoto, sem que queira replicar à Pensadora Cognitiva (a quem recorro quando não estou no Interior SP, SPA jamais, Caieiras tão só uma placa ao longe).
Ela, involuntária, me segue depois de Imersão Vespertina "Desafios Cotidianos ao MegAmbiente", em sutil contra-ataque das Eras: um som feminino depurador aponta a Presente Hora Antropocênica, porque se trata de cenário, vocalização e Programas Intensivos –
Depois que a Instrutora não estiver entre nós, pronta partida para outra peregrina porção do mundo progressivo rachamento
Em Torno, subsistirá
radial emissão percutida em meus ouvidos/olhos fechados/pulso

piloto-automático na rota do que não-se-sabe
A escrever o ritmo da própria mão:
Sem pensar, faço inventário e pontuação. Irrompem Rol Heterodoxo Minecraft Cartelas Ginasianas Post-Doctor Mind Game Casamento entre Espécies Mico-Preto Efeméride Atomic Power Jogo-da-Velha
Como preencher vazios (cheios de catálogos códices preexistentes, ainda assim visados num jorro por hora) pelas mãos mais novas ocupantes de uma residência ou resma reatada em puro brinquedo (por mais que ilustrado, implica-se o passatempo). Grave se torna – desde cedo – qualquer tipo de distração.

Se não fossem os florais, estaria explodido o porta-erva que impõe um eu um embrenhado no próprio bosque (contra-ataque guiado
por contínua camuflagem)
Bosquebruxuleio penetra uma cantiga antiga intensamente reincidida no recanto mais desértico (pretenso "fórum íntimo")
Outra meditação ascende enquanto exala e se extingue o exímio defumador; tudo se atiça no auge da mais nova dúvida: acerca do que cessa e logo cerca. Incenso (Incêndio)
Cabeça feita na cinza ultrapassa arco-íris cinevisivo a favor gincana, maratona de quem se põe frente à frente concentrada decifragem:
do que some e lança instantâneas pistas (para o que não regressa)
Embora tudo se passe a contar do regresso;
Outra meditação ante promessa fascifacínora presidência montada pelo ódio ao poder popular corrompido desde a última efígie século XX (subtraída conta coletiva). Recesso ganha a cena – //Olho o real e não é bem o (remissivo/redito) real//
O desgaste percebido (um relance) na imagem mirada tem a ver
com erosão. Enrugamento, talvez. Desfolha-se musgo na casca acobertada *in totum* pelo nome *paisagem*; ao mesmo minuto por correspondência a um ser-olho cindido. Talvez ruga livre de figura e fala, musgo em cheio encorpa a criatura/totem da paisagem *Em Nome do Homem*.

Meditações –

Rechear os planos. Enquanto um súbito sinal esvazia-se

Sem mais alarme

Contraplanos –

Os mais completos, assim sejam, ditos na iminente falha após à voz que comemora o pleno. Em recreio do mutante *chocolate cake* apagado aniversário; tão-logo se incandeia a vela sob um

Sopro

À luz do menor evento

19 ( )

Meditação Ativa –

Na base, um solo gradativo decrescente

“Eu jogo”

O nome *Ludo* assim (“Eu”) significa (Jogo). Exibe em cada rodada sua raiz –
Eu (é isso q está sendo significado) em jogo –
Entidade permutável –
Quando digo a procedência (ação volitiva em ocultamento) daquela partida lá atrás desemboca bem aqui (inesperadamente, o tabuleiro
Tal qual tablado parece inicial, os personagens vêm de você, ser uno interlocutor nada fixo, forasteiro desde sempre) Deslizantes vértices de um pressuposto
Título/Ludo/Ali lá dentro um só movimento

Meditação Toda-Vida
Quando é o tempo?

Como suportar fim do Futuro (“Bifo”/Franco Berardi Filósofo frisa “depois”, em outro milênio, na capa de seu livro legado orbital descaminho) – penso
Abandonar a recreação as horas vagas as ondas da praia próximas férias – deixar o limiar/liame colhido no mais frágil: cristalina correnteza –
Entre um lazer momentâneo e o trabalho forçado o mais leve que seja ensejado enquanto rola o processo pelo direito à aposentadoria integral (em dissídio com Universidade) Mandado de Segurança nada detém o contágio processo-procedimento atribuído a tudo – Anti-Ludo

Desde quanto, o tempo?

Procedimento – A palavra se espraia –

A ponto de encontrar seus operadores ubíquos porta-vozes

Estamos em Pro-ce-di-mento
(prévia silabada de uma monológica nomenclatura multi uso)

Perde-se toda uma vida por enveredamento em algum termo vagante voltado para uma única ultimada criatura – Eu mesma em cada morto –
Única e ultimada. Era uma vez. Como se fosse.
Um. A cada vez.
Último um. Reza a lenda-ludo. Nada se dá à
Toa. Como se: ultimado (não parece intimação)
Único.
Era a sua vez. (Não-eu).
"Fui"

Um

Em todo segundo uma ameaça – Armadilha posta em irrefreável deslindamento – Até que um novo ponto se enrodilhe. A despeito de: desencapada filiação para todas as idades de um-mais (toda humanidade). Entanto,
Só se divide o passar do tempo em semestre ////Agenda acima dos fatos e seus fatiados cronométricos. Talvez haja alívio aí quando não é caso de engolfamento numa época terrífica (Estado-Massacre-Milícia). Sem haver transmissão do dado/data para a menor segurança acerca trilha em risco ao longo (hipótese/início) de um ano apenas

Dois

Não consigo sair de janeiro por força de uma inaceitável posse presidencial embasada em pantomima tiro-de-caça e *fake news* – *datação da farsa* (feito-premissa)
Algo se prolonga no pico de criar estranhamento face às coisas que habito e tomam meu lugar (tudo o que julgo pensar) – Primeiro mês de um ano hiperquente – dou de repetir o mote país calorento e burocrático onde resido e, por seu turno, incapaz se mostra de parasitismo. Há um chamado no ar. Conheço novas pessoas. A tal da vida diz dia a dia a engrenagem de sempre haver gente nunca antes suposta jamais projetada no mais vasto/vetorial campo-de-visão. Estimula, então, caminhar sob o letreiro País Calorento e Burocrático (neon piscante adentra esfera solar permanente). Em desacato – Canções de escárnio e descantos, ante o insuportável: a mais bela prova de honrar a vida que se tem, e é uma, essa mesma discorrida em cenário extenso, acolhedor, portanto imprevisível.

> "Não falo por mim"
> "Nada falo, enfim"
> "Em nome da absurda razão-arte-da-existência
> Nunca há vida em si"

Três

Parece que as horas não passam. Impossível, destrinchar acontecimentos tamanho é o jorro (janeiro) entendido como coisa adstrita à minha alçada (alcance afirmado, mesmo volante, atribuído a um modo de falar do pensamento em ref. ao ser fluido, sobrecarregado, a se identificar entre veredas de concreto granuloso e temáticas em abundante oferta).

Jamais se mostra próxima a vida, um aparte, adiado pacto justamente quando mais estou aclimatado (côncavo, casa) e respiro, enfim, a comer da própria comida que eu cozinho, tendo uma lista de compras à mão, à medida em seguida.

Nova postagem sobre o Bolsão do Bolso Mínimo – rebato cada notícia oficial jogada na Rede, empenhado em charges, não-ditos, desmontagens de palavras reais; impraticável aceitar avalanche aviltadora logo no princípio de um mandato a corroer o último ano de uma década até às vísceras – *homo sacer/necronegócio* sobre o agro o aéreo o ambulante –, revolvida, muito mais do que em revolta.

No entanto, a mão cria uma nervura eletrificada tão de imediato deparo os mandados presidenciais diminuições de direitos acionam portes-de-armas – Alguma (além autorreconhecimento de cada sobrevivente) dimensão se materializa em partilhados pedaços mensagens contra o bozo buzz série b de todos os assaltos erigidos em norma: não há lado bê para a história agora, trato nenhum, devastação territorial, o cotidiano perde seu solo, a terra se revela sob emergência policialesca. Justo quando uma Central Recorrente dos crimes em vigor indefere a denúncia mais alarmante. Caí na rede antes de haver trapézio.
Uma voltagem instantaneamente verista ao transcorrido na linha flutuante correspondência coeva do que se inicia enquanto escrevo apenas aqui. Bem mais do q katharsis, máquina ao limite do impossível emergem os primeiros meses sob a tarja 2019. Por mais que eu não

queira a data se crava: *Tecno telos* repagina a história-de-um-corpo ao ex-quadrinho – distribuição de atividades/tarefas/empregos do tempo; não é nouveau-instant roman nem = = Language = Position, mas a polaridade surgente tabula-rasa jogo-vida testada destinação por um fio. Por baixo maciço coletivo jamais visto antes, são culturas nunca antes aparecidas migradas ao vórtice voraz de uma época explosiva margem/ contagem. Tão trágico quanto trepidante ter a ver com tudo-isso.

Corri para a praia, último infinito visualizável. Não é diferente com a natureza, esmaecido flagrante postal. Tudo se tabula – Datada denúncia do desvario – endereçamento hiperhumano. ("Não é exatamente a mínima vida me/mim que está em pauta pentagrama/programa fim-de-estação e estância") As ondas do lugarejo menos visível de um mapa fazem compasso com as vozes invasivas multidões dos que se achegam a 1 mesmo lugar. Bem onde seu esconderijo exibe a solitude sob cerco; senão desfiladeiro de um grão-de-areia e gota nervosa ao nome do mar mais e mais ao longe. Um humano bem distante. Caio sobre a esteira da pousada: o sono expõe o que bem quiser (não importa quem). Depois saberei (sonho adiante).

Ouve uma vez um verão. Uma vez que seja. O calor extremiza o literal. Jamais existiu refúgio. Deadline/descanso anos em luta por conta de um bafejo praiano, pesca submarina supervisionada amostragem (photoshop tal qual o posterior real). Spotify – todos selecionam a mesma música nesse um-só lugar em agito, bem mais que repouso. Por isso mesmo, não há olho obsedante sobre a cara, nada a ver a biografia dum outro olho vincado sobre uma monotemática volta. Imersão-torrente, coisa compactuada durante interno particular modo de dissolvência. Entre uma postagem maníaco-maquinal e o irrespirável ar em busca de seu próprio foco: "fora"; uma viagem nunca o pouso sobre o filosofema *fora*, não chega a si quanto mais declinado boca a boca mais-que-perfeita gramática. (Este é o mote, o motor ante qualquer paragem).
Permanente Posto-Verbo em Ação: De fora.

Quatro

Verão (é o que houve).
O q virá impulsiona um refrão: eis o q vira de onde se-está/
Agamben Aura ao redor tese de que tudo por acontecer já encontra-
Se manifestado aqui por um mínimo deslocamento
do permanente-
Virtual universo relativo a quem, um repentino, põe-se a mover
Vivência do tempo por conta pouca
Remanescente trilha em procura
Do contraído dínamo, ditado
Irreversível, inapelavelmente inciso
A contrapelo
001
Da Mathesis – HipóteseHora – Ao
Incurso Axioma-Ficção

Fico sob tais comandos no ato-de- dormir. Sou eu quem me desligo, involuntariamente. Por força (nunca finda) de um decurso mnemônico, nenhuma razão nuclear apenas ruído (repetição referida à natureza, norma da vasta nominação em voo), varredura sobre vestígio destituído de reta ("ninguém dorme"). Em honra à onda + e + alastrante quando se ergue quebradiça ermida: toda praia resume ser retiro para eremitas, distraídos cumprimento e corte do escorreito (um eco) espaçado *off*. A diluição (o que concebo enquanto ser-na-história/levante de um átomo) começa a se descortinar. Tenho de contar com minha própria extradição diária hora dada. Para que possa me desdobrar: volta ao logogrifo desde os primeiros números, nomes (quero dizer o que não se inteira). Compulsória soma de sono. Nada mais se acresce. Sim, nessa casa estou hospedado – Brooklyn (NY) – já vivi mesma cena, igual endereço (anos antes outra constelação de objetos e uniões familiares). Meio fugido do Despenhadeiro Governo NeoMilitar, escapo por uma folga nas funções de Mel dedicadas anualmente à imersão no Grupo Psi Não-Violência em paralelo ao nosso trato cão-e-gato (Gaia e Fiama, fêmeas desprovidas de outros tutores nessa mais que escaldante febre-fevereiro, precisam da mulher-da-casa em revezamento ao trimestre passado tendo o homem-pai à frente/ cozinha/aconchego/ração distribuída entre seres surpresos cruzamentos biológicos). Nem consigo dormir, entretido espaço reservado ao meu sonho; bem amplo, rumoreja ao fundo metrô muito longo desde Manhattan a Oeste à ponta da Ilha onde fica enramada a ideia de distância. Ali estou residindo, dentro de um compósito tabulação-gramatura-quadrante jardim-casa-escada-tijolo-brownlilac parapeito aquecimento central claraboia encardida folha-outono acima. Sou diluído por meu próprio olhar a ocupar cada milímetro habitável – De modo a não perder a alegria de morar por algumas poucas semanas em ambiente recôndito, relax conexo ao real descarrilado carrossel. Até o pesadelo insurgido minuto retrocesso soa paródia do Emparedado em

Viagem ao Exterior/Examinador Hospedeiro: todo transcurso assim/aqui desemboca, Mr. Lector (Poe impõe portais, afugenta faces). (Já estou no sono) Regresso ao ruminado típico ressono bem meu. (Vejo-me em fantasmal folia dos olhos fechados) Enorme exaustão; durmo por cima do "ainda muito pouco vivido".

Cinco

Ver-se na dissolvente captura neonírica

Rompida fica toda divisória em rel. ao real enfrentamento. Porque o sonho vem. (É o mais certo, reto retorno) Aba de um acontecimento (há pouco ou não) insuficientemente transcorrido, sem mandar aviso:

Criatura ou figura (jamais sabe-se quem) penetra – senso surpreso de avariada aventura – no paisagismo e na narrativa indesviáveis (porções mínimas contidas sob a forma-sonho). Ao atribuído intervalo (sobre uma cama quando não o limite de todo lugar). Invés de "dar um tempo":

Daí não sair mais, esquecido entretenimento. Nada se revela fraturado quando se passa de uma a outra hora, troca entre limiares iguais encadeamentos, infladas imagens (Again Agamben, *A assinatura das coisas/Signatura Rerum*).

Delírio (decifração pós-psi que seja) nunca é regressivo.

Todo enigma não escapa à luz do dia, nem guarda-se profundo no escuro olhar vazamento noturno.

Não tem volta, é a lei: imposição do sono ou vontade de viver jamais se opõe. Extraem-se o mais entranhado casulo, a fórmula mágica da fuga para fora de qualquer enrodilhamento: lanterna devassa o oculto, o rosto tocado por seu contra-posto. Falso abajur de hotel-padrão ansiosamente visitado (maníaca recriação de alguma viagem): "você está sempre em casa"

Principalmente aqui em Nova York, onde mais viva se mostra não-ilustração do tempo (eletriza-se devoluto reservatório anímico, Dream Factory Production, desfeita distinção seja qual for a partir Freud entre divinatórios e "psychic dreams"), "drume negrita" (agir por conta própria/ *Do it yourself* salmo-senha neouniverso *global list*). Venho aportar por cá em tal tacada me embalando à longitude temporal em revivência/ Bola de Nieve volta a entoar: "drume", digo a mim mesmo depois de todo depois desencanto cantiga-de-ninar (ritornelo cubano/"drume negrita"); acionar a treva a ser descerrada por qualquer vivente, "se tu drume eu te descolo um araçá/cor do céu de lá" (A Idade de Ouro se instaura bem aqui, Patti Smith assinalou em *Babel*/Buñuel fez filme decorrente surrealismo retrô 1920-30 e eu me alevanto quando bem penso 2020, *não há melhor época em toda minha vida, por mais absurda a Horda Horror seja a Ordem/Rêverie D'Or/Aro Reverso, não há Nenhum Dentro Remissível Centro Superior*)

Principalmente aqui, logo acordo atento ao Sonho da Manhã – Jamais fica sem ocorrer um componente iniciático a reunir estilhaços dos mais estúpidos descarregos devaneantes tecidos por nonsense e primevas entidades embaralhadas. Para que eu faça os reencontros interditados justamente por instância-de-instante. (Meu avô foi contratado pela revista antiquíssima *O Guri* para realizar Sessões Enigmáticas/Cruzadismo/ Seção Anagrama assinada só por ele com um Pseudônimo H e ponto, brinquedo-prêmio para um idoso clandestino depois da perda de uma de suas pernas mestiças, cor-de-cobre). As palavras-charadas que quiser justo "eu" quanto menor for a parcela temporalizada (*logos*, consequente combate *in loco*), tendo-se em mira o mito desentranhado de mim (*Agon* Agamben). Nada Retro Age. Depois das órbitas cartografáveis acerca do que se chama e escreve Universo, as fiações ampliadas, as numinosas, as mais faiscantes, nascem do instantâneo fragmento potencial circular/ Das odisseias ainda oniscientes. Depois de todo despenhamento detido pela Palavra. Desafio: O Único Contra Um.

A vida (o que fazer pela vida a esmo, nunca a mesma) Não sou, eu enfim, em causa. Neutro, encontrarei meu ponto (só ao destituir-me posso avançar uma quadra-de-realidade), a marca do cimento emendado no azulejo (distraído diorama dentro desta casa) de onde tudo se arquiteta. Largos andares ofertados pelos passos Parte Black Brooklyn, hoje em dia preenchida por refugiados, europas menores, etnias latitudinais há pouco descobertas. Viajo tanto para chegar até cá e dizer em solilóquio sôfrego: uma vida (o q fazer pela vida mesma, novelo ancestral lançado sobre o menos previsto, novo resssurgido real) Uma vez q a lógica de acaso e tarefismo cruzam ser-a-ser, note-se a gatita (animal solitário dessa enorme residência) destinada à hospitalidade dos mundos/ distribuídas fronteiras, as mais diminutas frentes em guerra pespontam o simples passeio manhã manhattan. Está lançado em espiral notebook físico suporte papel capa dura o adestramento à norma-sonho em louvação ao Anjo desse microssegundo Depois da História.

A gata só quer brincar porque se vê atemporalmente a emergir no momento raro sacramento feito de salto, ágata luz vertida ao infindável de uma série (engatilhamento/gato, é nisso q Gatita se concentra) Tenho de desdobrar o ínsito o imemorial de um grupamento já sem causa nem destinatário (nem ao menos uma última icônica figuração, pois ela mesma não está aqui mais/matriz de fuga/felina, femina) –

O todo-humano (vejam-se as próprias costas, o impossível ou tartaruga tatuada em missão, nem adianta sucumbir por baixo da terra, nem se descentrar pelos campeões dos ares kamikazes prodígios pentecostais). "Estamos em guerra" (Debord detona, reaparece). O real sempre a descoberto – Jardim Botânico a poucos metros de Egon Schiele, galeria através mínimas estações: Subterrâneo. Encontro em atraso – Meu filho não-biológico está aguardando (nascido de Mel em outro casamento). Há 20 anos quase, reside a Leste Rua 12, desde a época de meu pós-doc ele quis ficar por aqui Cidade das Cidades (*Site* Mundializado Terror/ *PostCard* Milênio *Destroyer* desponta de seu Princípio), desapartando-se de nosso convívio diário

Conseguiu se manter (um emprego imediato atrás do outro) assim que começou a ganhar dólares ao alcance simbólico simulacro *Green Card*. Tão diferente de mim e na real o filho apontado, reconhecido, depois de muito tempo o tempo se repassa (sem que dê a ninguém noção de sua intransitiva instantaneidade) de um segundo a outro nos tornamos uma outra matéria afetiva impensável (tão difícil foi criá-lo durante a adolescência, potro selvagem punch, "bouche noire" o vovô dele dizia) As pessoas todas se encontram, formam um fio depois do fim-da-família. Estou bem desperto movido a café expresso para lhe dizer filho o filho mesmo não vindo de mim e por isso mesmo o mito da continuidade tornado um riso sem razão no dia mais frio do ano. Ao extremado lugar-capital, donde vigoram descalabro milenar e tantálica economia, somos demais parecidos, os anos não são filiações.

Ivo, Ivo, obrigado pelo café, Ovos Benedict acompanham bloody mary, "vamos conhecer agora onde moro todo esse tempo" – corpos cortados por blocos gelos guaridas daquele último momento merecedor de fotosselfie mecânicos *selves* logo dispensados, impossível registro a cada (Nevasca) jato ágil, álgido, diluente de gesto e gente – (Eu e Ivo, um dos primeiros nomes aprendidos na vida, linha/ cartilha) Ivo, amigo e filho – "vamos conhecer" – "onde moro todo esse tempo" – Um lado um outro, um e outro, mesmo lastro – Caminhada firme muito lenta – O dia é neve por inteiro –

UM SEMESTRE (6 HORAS DE SONO CONTADO AO LONGO/ANO)

Porque se forma em blocos. Sobre o branco.
Pareço um sonho, parece coisa surgida agora:
não saber de mim.
Já estive aqui, mas não pude entrar nesse cenário evanescente. Não teria sido assim, na real, desde sempre?
Cada um de nós quer logo dizer o mais substancial sentido bem vindo de dentro enquanto/imediatamente o real irrompe com o fato contrário à palavra partilhada. Dito contrário tão justo quanto jamais findo.

O tal do real passa a ser uma palavra. Mais seu intervalo subentendido à procura de um nexo/ eixo. Ao impacto de tamanha desenvoltura percorrida (sílaba pendente, criatura tornada inviolável acontecimento)

As pessoas inteiramente dadas num relance, por conta do desdito –
não da desdita, mas de um canto disperso sequencial ou fração sobressaída a apontar monstruoso montante nunca nunca em paridade com a "sua vida" – cotação em cartela disparada quanto a qualquer programa numerário ou nomeação estrita

Porque tudo sucede igual a premonição permeada por imantador impacto-rotina. O toque do sakê à mesma mesa minimal (a Oriente/ Franquia Niponesa) nome de neutralidade/ altaneira respiração, não ultrapassa o desfiar solitário para o ninguém em escuta, esbatido em igual retrós desmodelo – é difícil voltar para casa – os refúgios noturnos são vidraças em estilhaços refletores desse alguém em fala desatada à altura – não há casa – sombra ou noite com seu desempenho indiscriminado "somos mais as vozes lances gritantes pelo ar maisdo que podemos pensar em ordem – bagagem – quando não itinerário – imanência adstrito território trilha sonora suma de um encadeamento "mais do que" – jamais dá trégua um somatório desmedido. Ao ritmo do jogo sem ganhador.

Por força-maior, impossível forma de desfecho, pode-se dormir.
Vez e outra, visito um retornado recanto de onirismo –

De tão viciado, vinca-se o desenredo a ocorrer em um plano paralelo, palco (onde uma montagem explícita volta a me mostrar como atuante recaído na plateia) –

O que dizem ser sonho/devaneio de um sobrevivente tem continuidade no mesmo local, depois dos tempos contados de uma noite a outra – Funda-se uma ambiência, quando menos espero estou por ali a dar prosseguimento a entrecho imperceptível, imaterial. A ponto de estremecer aquele ali do corpo em repouso/rés-do-chão – daí não escapa, enquadramento limite-solo, teatro ou exibição de mulhereshomensancestraiscrianças tal como estão –
Choque entre palavra desembalada e pulsação para lá de um escavado eu (peça de um verbo) (Possuo um enigma/deâmbulo cotidiano a correr fora do encontro comigo/confluência

autoafirmativa – la vida es calderón de la barca avança a representação, não conclui o sonho) – Teatro (arte da repetição quanto mais entretece saber radicado no efêmero) se torna imagem irremovível –

O edifício, a metáfora teatrais significam também tribunal: aponta o invés, o anverso de seus atuantes *in fabula – Club Noir–Cubo Branco–Cone de Luz Cinza-Cintilação Crua* Clube em Trevas –

Bem agora em situação de crise/confronto política-milícia em família – Os humanos temem os próximos 2020 (seu anagrama 20/20 dupla acronia oculta absurdo estiramento, anos-de-chumbo redivivos tudo intentam zerar) – Menos eu (não quero dizer o vivente mauricio salles vasconcelos) – Querer-se (contra retardo e subtração instituída): sobre o menos, o que toma a dianteira (quer dizer, pontualmente, *minha vida*)

20 (20)

Todos estão nus – quando se recorre ao teatro tal qual mascarada, extensão enfrentada de cor –, com um pequeno livro nas mãos, insulados em preciso espaço (proscênio do passo após outro milimétrico passo)
Mesmo agora, o menor gestual grecogesta devastação –
Contágio e crime criam elos indistintos como que vindos all natural ar/ ambiente até *zeitgeist* ser a sigla, suma pronunciável por distritos globos aglomerados (patrimônio *Parade* país em falso)   reincidente fim
Desde já

Incógnita Indicial

Todos temem dois mil e vinte adiante – Confinamento adita *sine die* anagrama adentro: barragens soberanamente erguidas por cada vez mais frágeis humanos

Talvez seja esta a divisa – prolongada medida
No interior do tempo (sem o menor resguardo sequer reconhecimento), pleno trâmite século desastre desde sempre anunciado. Ao término segunda década advém temor infuso crescente correspondido por obra/ orla ao máximo limite: "Minha Vida"

Nascente (em nome de número) – Há a tentação de fazer lista. O cruzamento: próximo segundo não dá respiro. Nem vem revival.
Por mais conservador seja o discurso-do-dia ao desenrolar download documento mais e mais imprevisto.
Multidões mantêm seus próprios casulos; vão morrer por ali/gradeado abstrato sob suposto alinhamento – Não-Místicos criam seitas – Neorreligiosos erigem corpos identitários a contrarosto da Sagrada Vítima – Céus não seguem estações: por demais humanizados até o horror de suas presenças, fazem desenhos em cores cosmológicas

cortantes fuligens
avante
o simples fluir a tempo de mirar o vento a volição/olhos fechados em Nome-de-Nada.

Inscrições pigmentam o um ao um (interior-intermitente múltiplo motivo vivencial) – Tudo quer dizer alguma coisa, corporativamente fixa sobre (tudo tudo parece ainda estar no começo)
o mesmo ponto suturado de imediato escorrida linfa – Nascente: o toque na impossível fonte se dá pelo inverso.

Nenhuma existência contraria a corrente menos visiva, todos estão inseridos/imprescindíveis dão suas faces em negação ao supremo sacrário sulcador sangrento seja em honra de quem for (de corpo *in absentia*)

Distrair-se com o rol estendido premissa Lyn Hejinian a despeito linha em seguimento a uma história já em outra borda – Comédia fronteiriça, mauricio vida mia, não sou eu quem está por aqui, nunca mesmo salvaguarda hipotético registro, mecanismo eletrificado insurgido entre passagem epocal e o espocar de um vulto anônimo mínimo. Por mais um dia incorra-se em bioadvérbios e ilustrações do histórico finito igual segundo/sujeito (todo subj. se dá segundo algo pela 2ª mão por obra do tempo-segundo) reconhecível possa traçar um limite em bloco a blindagem de palavra arame farpado fugitivo filete –
Volume livro retornante ao ritmo-produção do que não acabará de ser lido, no melhor caso,

existente em exílio de si tão quanto exorbitado
plano uníssono a se ancorar
no portal de algum silêncio
(não-voz/limítrofe letra)

Eco só dá além aquele mesmo de antes transtornado pela surpresa repetida feito um vocal pré-gravado (assentimento, alento, além – as sílabas se perdem).
Seja onde/quando for a listagem se acresce. "Não é por mim mesmo".
A voragem do vazio ultrapassa espaço de pessoa palavra pensamento.
Habita-se, então, módulo-efeito de algo a ser dito.
Por adivinhação de um minúsculo extrato vivenciado tão logo avulso.

Um corpo seja qual se expande e avulta por não-correspondência nuclear, nutrida sob a forma de um movimento alheio, amealhada coisa indivisível íntima. Em desaparição. Quanto mais ganha corpo (esse que se segue, pelo ímpeto irrefletido imposto sem-mais-retorno)

Tabela/Cupom Sorteia Série/Espécie – ao meio (sempre) qualquer vida (em pessoa) há que responder a – demasiadamente anterior humana história   onipresença em cheque (legado e débito sem fim) preenche

Lista
Linha

Mauricio criança biblioteca eremita móbile – a infância é o que vem
Depois sempre depois, justo qdo se está a léguas da marca-tempo (gradual giratório gradiente) Criam-se outros quadros-conjuntos sem sair de dentro Exterior. NoiteTarde   criança a caminho, o último a chegar

Jogo cruza natureza logo medita e minuta uma multitude dos menores traços à trama aberta abrangente alínea, seta impensada

correspondida de Modo Indireto quanto mais
lançam-se Palcos Pistas
Incógnita Indicial

Como se fosse coleção de agendas em pauta sinfônica-sintetizada –
Exógena Exposição entranha
Hieróglifos vindos do "próprio punho" assim que assinados abrem olhares para letras miúdas em surpresa/vertigem, depois de inscritas (parecem não vir de mim mais, depoente direto). Bem agora tudo de fato começa –
essa é
a cifra repetida, ao compasso
Metábolico Modulável   Espaçamento Estrelas-Gametas Cães de Rua e Casa ressonam/fronteira pequeno cacto aponta fiações dentro apt casal (mais seus duplos) um longo beijo à passagem dos segundos (beijo ainda)
Voo vortical confluente com coisa qualquer ao máximo

Entoado ritornelante a cada agudo vocálico irrompe. Em coro,
Sem que jamais possa dizer ex: adentro via existência
Solipsismo/"Suicidinho"/Sói-Acontecer
Ao Meio-do-Ano/Retalho sobre o Extenso

Entre microinfinitos grafismos irrefreados e o
Giro invisível
Sobre 1 eu –   E
Um, Zero escande entremeia
Poema Sentença Vida:
Jamais deixa de ser (coisa)
De mim (koan) História
Por ora
(Quark) desfaz-se enquanto

Advento Adivinhação
(De um lado a outro, ludo)
Todos inclusos/Uma só vez:
Zero A
0

SEXO / SOMBRA
(2019)

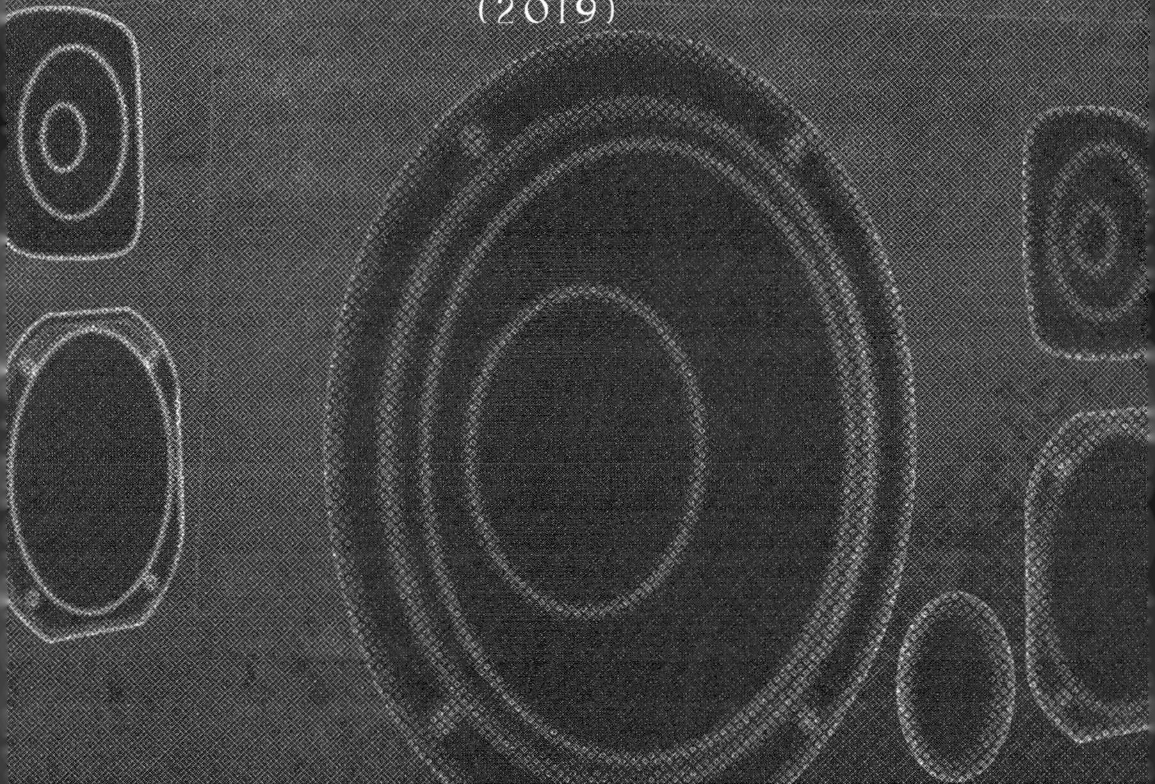

INICIAÇÕES

(I)

Viver sexo sempre
Dar
O mais íntimo

O que não me pertence

(II)

Verter o diário   corpo dual
ao mais vivo vírus

(o não-estar-em-um

nem durante nem depois dois)

(III)

Despontam todos os traços de uma vida sozinha, em curso,
Ao ato
De entrar em clandestina casa corpo
Imediato, colhido
De passagem por trecho rua   Histórica Avenida, e agora
Crescentemente próximo
(para novo susto no giro do gozo)
À mão
Igual a mim, ressoam outra voz e vocábulos:

Igual a mim

(IV)

espelhamento/seio implantado
(puro cinerama pornô,
privê, não para   de reanimar
matinê primitiva)
a memória após   prazer

súbito corte
em revisita
revista o que
já não-há   logo vem

de todo-modo   logo logo

(V)

para quem quiser   tal qual
o gozo (ao espreitar o entredito
de "viver a vida" e fundo)
                                        até o

fim   assim agora

até o fim

repete-se. "Até o fim"

(VI)

sem destinatário –
          um jorro natural
                    ou quase

enquanto as cotidianas contas alianças
tíquetes de viagem às fontes
          dão-se, dobram/

umbigo-boca aberta

crisma e refrata

a compartilhada miragem

(VII)

Figuras de Eros decoram
O ap e passam:

Agora “eu”, fetiche
Da festa, o fogo
Firmo, inflamo o vazio

Dentro da casa (de apenas um) alugada

(VIII)

Gozo dos seus rastros
Demarcações futuras
Prementes do corpo que age   sob/sobre

O meu último eu

(IX)

Não-tudo é psi,
Nem ao menos
Sigla de febre
Uma tatuagem – tudo o que delimita
De frente um fantasma
Hieróglifo entretela renda negra mais que
Visível, pronta para ser despida –

Alguém dentro e a caixa de outra
Surpresa – represa vozes
Gestos contagiantes:

Mais uma mostragem mulher
(mistério é uma borda)

Complemento Rosto – um
Corpo não-coincidente

Posto à prova
(Do um ao um

A nu)

(x)

Sexo seguro dito interditado
Só se nutre da busca, quanto
Mais se identifica um alvo
O corpo fala
Junto com o imediatamente ausente
De jeito a não se igualar a
Mais nada, à procura de água,
Ar arma viva (feito um

Tratado a atravessar vozes nascidas
Por ora, à beira
Da impossibilidade de qualquer repetição).

De uma repetição impossível

Qualquer

INCISO

Matéria para ser expressa, palavra ao avesso:
Vida irremediada
Jamais se despe,

Apenas cruza reflexos
Articula espasmos

Chama-se sexo (senha a ser
Reincidida), nome em suma:

Sombra

SKATES

(A)

O gozo é local, preliminar, não passa

De cena travestida em estrito
Relato-de-vida, o mais estreito
Beco enquanto se ressitua
Boca-a-boca, de um só hausto,
Homilia,
Decorrente chamamento irrefletido humano,

De um patamar (consistente cimento
Aberto à chuva, ao limo) se trata e vem traçar
Um enigma às excusas, pelas costas
De quem fotografa
Em efígie – Bando Skate
Escala de Borda –

Palavra por trás de onde anda,
Uma paragem retrata,
Inconclui o páreo
Indetermina a cópula

Íris aberta pela face em folha
Navalha refeita por qualquer fato
Como se não fosse
Excedente, extensivo
Fluxo em fantasia

À cata de um corpo
Por qualquer troca de lugar
E rosto (Em linha reta)

Ollie Air,
Cume de gente, portanto,
Retida pelo asfalto liso
Estirado
Em atrito
Por quem irrompe

Então, vai desaparecendo

Surto de velocidade
Nunca mais inexistente –

(B)

Pronto – para perceber o corpo – engatamento
De presença e jardim onde-não-há campo nem topo
Voluteio sobre o continuum, piso partido
Pedreira onde um casal
Não termina de fazer e dizer ardor
A externar o páramo (sexo sequencial, em reserva) –
Posto além daquele microssegundo –

Aldilá, candelabro de pessoas penduradas (au-
Delà instantânea melodia)
Através anjos velozes ancestrais piadas
Ao taxímetro
Já em outra cidade –
Uma época diferente da outra a anotar

Sexo senão alguma
                    Meta, escrita nascida
Só agora, biologia
Excrescente rege a seguinte fala
E seu humano por um fio.
Nunca "o ser humano"

Por cima de uma tábua.

Por surgir, desde então

A bordo

DE PÉ

Numérico, permanentemente border-
    Line, dentro um plano alusivo
    Dito e de novo
    Rompido, o tal – um
    Marco (motor letal por assim pronunciar
    Em tese) o possuído personal
    Vivente encontra ciência
    Por acato a um inaudito acaso
    Nunca morrerá avulso
    Por conta de seu vulto
    O finito hipotético serderelance

    (Multiplicado em sua própria superfície

    Uma espécie de mar

    Vidro ferido, focado
    No raiar pleno por soma
    De um anúncio tardio)
    Contra o sol, a pele se queima
    Por pura vontade,
    (Fervor e quebranto) não se sabe
    Quanto expansivo   logo-mais

    Ex

PRIMEIRO SEXO

Queda de um braço por outro
Só para ganhar o parceiro do seu corpo
A ser visto de viés
Bem anterior ao gozo – um jorro
Confere a féria, extradita o trocadilho

Retoma a criança que ainda mora na rua
Continua consigo no último brinquedo
Esparze esperma no rosto de um igual,
Um toco maciço pau e pé de tênis

Sempre assim será um homem
Pedestre
Mais o seu negado polo
Transitivo
Espirala, em debandada

Tal como se enunciasse "um"
Primeiro aceno, logo
O próprio sentido
De tudo à distância, a
Caminho.

ÍNSITO

Jogado ao início zero a z, tarde demais,
        Contra o reflexo, desejo
(Onde não pulsa palavra)
        Parece não habitar ninguém a mais

        Há um mar

        De barro, frisa em óleo
        Gaivota empelicada   um torpor
        Gráfico bíblico recai, esplende
        A zona incisa,
        Ínsita
        Da mais agreste à inocente
        Picada   ondulação febril
        Ida acrescida ao calor, à toa,
        Ao monumento histórico/natureza
        Em aberto, abusiva,

        Recuperada aos retalhos
        Passando pelo cós do corpo
        Ainda a expurgar a vida
        E o ser de cima, tomado
        Em abstrato
        Daquele mesmo contorno
        Pele osso orifício

        Ainda por vir,

        Dado à vista.

DA PALMA DA MÃO

Goza e desloca o lugar
Sequente partida se relança (piscada em ponto
Neutro)
Por ínfima gradatura
Inventa-se o mais vivo (nada findo, o
"Forum íntimo"),
Ganha corpo de um outro
Diz ver um voluntário complô quando cópula (abstrato
Armamento engatilhado), à mercê
    (segundos sobre segundos)   Proliferação
Retilínea, rumorosa, das mais novas
Crianças diante de a + z,
(Brinquedo e delito a um só
Tentáculo, tempo)

                    Gozo – para estar no mar (estéreo
Horizonte horário) – sensação primeira
A acelerar
Aguda fronteira de pedra
Disposta em lisa liminar
Estria, há épocas
Espalma
                    O que vem e vive cruamente

Insurgido   de si (impossível retornar)

PELO DITO

Vem e vira sexo, a única
A última coisa senão
Esparrame, fica de sobra
Algo gritante, um pingente
Fora de uso (prontamente avistado
Por qualquer outro, cada vez mais)

Tal qual a vida em imitação infinita, o
Segredo correlato
Despido de mensagem
Até a suposta viva criatura
Dizer "sexo" (sempre em aspas,
Nada por cima da carne seca,
Sedenta, mais que salgada,
Só vibra na ponta-da-língua
Do que é dito muito além de quando
Se faz e inacaba)

A não ser por posse
Pela palavra ou réstia de senso
Vem e vira, vende verde
Antes da hora,
Ao alcance de seu próprio vazio
Essencial, exclusivo,
Morre pela boca
Sem portador

Bebe da mesma festejada fonte
E se cala
Sobre seu despenhadeiro
Nunca tocado de todo
Bem no início   (sempre)
Beirada, beijo

"Vai e se vira"

DUBLÊ

O ex do sexo continua em ação
Força-tarefa-em-festa, é ator
Recém-chegado do Interior-BR
Engaste em brasa, a contrariar
A íntima face, auto e farsa,
Reclinável ao menor apelo

– Divindade peso-bruto
Dos chamados – Está por livre risco
Intato feito instância
Retórica, pura premissa, sussurro
Subreptício
Do amor há pouco vindo
Logo depois deposto:

Ícone imanente a Globo Filmes
Rede Social desfiada
            Do corte à costura "para fora"
Ninguém nada palpável
Visto de frente

Stunt
De estontear o corpo
Em abismo   da palavra à voz

Sem repetir o mesmo rosto
O exsexo cria seu ATO AUTOMÁTICO
Nunca se completa
Não chega a si,
Miradouro-Reflexo
Figurante fatal

Inoculado ao mais simples
Decurso do desejo –

Quer tomar toda a cena
A alheia, bem além do físico
E do foco, justamente,

Em aventura
Pelo mais oculto indício

Nem deixa pista
Não, ninguém passou

Por aqui

CORIFEU

Eis que o sexo segmentou sua clave –
  Coro e Caos –

Esgar seguido de credo
Gangue gueto gestalt –
  Deixando-o mais só do que
Todo final levitante, excitado,

Sextante Invés Indício:

  Secciona, diz-que-faz seleção
  Ad Natura   discurso pestanejante
  Pelas bocas, entre-si, tão logo invadidas
        Intervalos
  do já-posto incitam
  A mais revolta origem –

Não-haver
  Jamais tocado qualquer suficiente criatura (de retorno
  Ao ser virgem, selvagem

Rumor contra o enredado, etéreo
  Silêncio)

  Tudo sem rumo toma ritmo
  O próximo a chegar é o elo mais vivo,

  – Nunca antes seja
        Quem for –

        Sedução do segredo.

MIRA

Vazado desaguadouro
– Ou vive enquanto se esvai –

Desafia repouso
A cada encontro.

Insula-se o começo
Sempre   Desde
Um pensamento onipresente, foragido
Desígnio do sexo

A ser testado mesmo depois
De todo fim,
Como se fosse

Uma primeira vez.

LIBRETO
(CINCO VOZES E CORPOS)

INTRO

porque corpo conduz
ao seu próprio labirinto
ou porta de entrada:
nenhuma outra saída (o
que não indica
nada mal sucedido, justo
o contrário) –
entronca um início
sempre ao cerne
além de si
algo intimizado se torna/
a intimar (monólogo
sobre alusivo
abismo)

"abra"

STRIPPER

*

Devotada – do modo mais direto,
Deambulante
À fantasia
(Sua própria presença quanto mais despida)

Com a força de uma inscrição   até que sua história se resuma
Em tatuagem/Encapsula
Emblema e pele/Nada ao futuro
Humano verídico original a ser posto à prova
Mais adiante enquanto alguém aparece de frente
(Réplica nenhuma)

Nada a ver com abstração-memória-juízo/
O modo de ficar gradativamente nua
Diz respeito a: Ato
Referido ao seu exterior estrito –

Um repente
Irredutível
(Mulher
Dentro, tornada vitrine)

Para estar "em si" –

**

O que se revela sexy vem – por demais, depois –
A ser encenação expandida
Conta muitos corpos (sempre inconclusos)
Contém um novo outro
De uma só vez
O cume, combate cego até o enlace (cópia
De uma cópula ancestral
Gerida na urgência,
A mil ao minuto único)

Desprende a moldura – através – mímica

–

A pessoa totalmente nua
Confronta
O gesto de levá-la onde perdeu
Senso acerca data
Significado de acabar ali, em estado nascente,

Estuário,
Espelho   sempre alheio

***

erotizar – soa feito pauta – principalmente, após fotográfica
descida aos pátios escolares (bem cedo, lição-inferno) – bem ali
onde ser e sexo se enlaçam além da falta um fator
gerado a gozo pelo qualquer por vir
após a sequência-selfie arreganha-se contra qualquer vontade
[-percentagem a partilhar a postura lótus lóbulo xamã xana

manda-no-mundo um torpedo/recorte cama solteira adolescente a
se reinventar câmara urgente sobre o realfamília regimento-
ética reservada ao olhar mondiale picas irmãs são seios
ninhos surgidos ante setor jurídico onde se deitam e desmontam casais

guria gira a perícia "faça um book", face-a-face um look moralità
as trepações irreais tomam a dianteira podem fomentar encontros
incessantes onde o pai, um juiz mais a mãe psi tombam ao léu-verdade
entre discursos vigentes (até que se deem a imagem, a
[imanência oral=sex

do interior feito casa cápsula engatilha um longínquo dito
anteriormente orbe terrestre a garota única filha é quem mais aparece)
não apenas por estar nua, porém a serviço do menos pensável
tão-imediato exposto digno de ser vazado, viral

sumidouro pelo sossego ao par em par coxas e sexos-duplos conectos
todas as criaturas vão ali ao abrigo, logo estão
na mão de todos enquanto a cria uma pequena garota nunca possuída
lavra a matriz e a barragem do humano possível, pressuposto tato

(domicílio reportável, habitado prontamente)
faz-se carne consistência à contraface imaterial remissível rede
e sai, enfim, dos limites

(passa a ser parte/cada inonimado/todo
um)
superfície autotélica
senso-sombra

da tela mais anônima
impõe-se finalmente a voz, a
íntima   recém-vinda

de ninguém mais

“abra bem as pernas”

ADAGA AGDA

*

"Abra bem as pernas, você também", não há humano sem erotizar
Qualquer noção todo princípio até o fim a saber
O jogo nascido do próprio eixo, instigado para quem chega
Torna o repente o único motivo de um vivo:

"Mostra a adaga" e faça de seu nome Agda, átomo, aba
Em meio a – prazer, então, curso descontínuo – bainha
(Invisível entre vulto e vestimenta)
A ter sequência onde razão alheada antes acendia clareira
Para melhor embrenhar-se, loba – lacraia –

"Direis que devo subir a colina de mirra (...)
Esperar Vossa Onipotência (...) o limite ovo"

"Tu vives de fazer o mesmo"
Desde que o tempo se mede pelo tremor
Um auge enquanto
Porção-pessoa trava a busca
Remota, refratada
Ao risco de nada ser (Agda
À volta da vogal   uivo   primeiríssimo balbucio
Que torna-se o som buscado até o fim o elo ele "só se for
"Sexo")

Caso a adaga nunca se aninhe ao próprio
Nome no ato: Vida fluída feito queda
D'água

(Fonte dada à mão

Aderente pensamento ao longe ecoa   era uma vez
Para mais outra vertente
Tal como natureza
Fosse segredo,
A mais arcaica aventura)

Quando está sempre,   de frente,
  Jamais preenchida

(Como que ainda não avistada, a título
De matéria, gravura calendário-
Conhecimento, por mais antiga
Em sua celeridade a jorrar, seja

Possível sentido anterior de existência
Soa nunca vinda essa vida
Se não se diz balbucio ao final mesma origem)

"Abra"*

----

* " " OU ENTÃO OLHE/PARA OS PÉS ONDE/O ERÓTICO
TRAVA SEU/MAIS VIVO EMBATE/OU MELHOR: JUSTO ENLACE/
PONTO ONDE/SE DELIMITA E INSUFLA
CORPO PELA PONTA/ DIZ QUE DESAPARECE/
QUANDO SE ENTREGA, SEM NENHUMA SAÍDA, NA RETA
FINAL//
    AÍ É

QUE O MAIS EXCITANTE/ESTÁ/SEMPRE HÁ: AO
FAZER QUE NÃO SE ENCONTRA BEM À MOSTRA –
NECESSITADO VERBO
"Abra" – ONDE NÃO SE MIRA/EXPOSTO EXTREMO AO
TÉRMINO –
PALÍNDROMO FINITO INTERMITENTE (a mais
Desbordada Decifração, ali à pele/prova de nada, tal como erra, erma
pelo simples Pensamento: justo/tudo q se traduz por irrefletido ato

A maior aventura corpo-quebra-cabeça) porque há de se
[carregar a criatura inteira
Por dentro, charada do um ao novo um,
Vez a vez, velamento pelo voto-sexo, a coisa
Da cabeça até a porta selada, pés tensos tesudos de carne e
[solado sob a sentença ABRA)
****

**

Os caminhos pelos campos fazem alegoria
Natureza revira a face de quem a mira
Não está dada, nada extravaga
A vertigem de um sobre o outro (trato humano
Pêlo grosso rosa voragem, é disso que falo
E a existir passo)

Paralelo páramo (vou catar-me em outro ouro do poro sempre
Aberto)

Cacto, caule
Cabanas em fileira

As folhas caem, encadeiam um exercício –

Lance à sorte/jardinagem ou jorro furtivo
Ante   crescente espaço anunciado
Gozo direto sobre a terra –

Tão imediatamente esplendem e se esquecem
Desde que o mundo gesta seu fuso enquanto gira

Declama a sintaxe-sintonia "eu lírico"
Oculta pessoa em palpável corrente cruzamento com quem
Não-se-sabe e ali residem:

O teixo o tecimento da pouca roupa a fagulha noturna
(Mal se fecha uma casa)
Daquele a deitar-se para o sonho até o signo
Do único tempo: onde estiver   corpo presente

***

– Não posso dormir sem despertar o restante –
Acosso e advento ante qualquer paisagem
Destinada ao sonho,

Em pleno ar: um arabesco   sexo logo vem e aí o fulcro a história
O não-vivido o tão durado cobrem qualquer
Entidade, “eu mesmo” em dobro deliro junto
Às folhas em roda (por nada, mais além nome “natureza”)

Pareço coisa nenhuma ter fruído – jamais – tarde semovente
Desde que me entendo por gente e “então, será”
Meu surgimento a engendrar-se
Ao ritmo/respiro, senão
Nua à procura
De um primeiro a chegar (tal qual
Rosa sobre rosa tão-só
Enxame por cima de-si rota/rosa)
A descoberta do corpo de um cada vez

Árvore ao meio/tudo talha/(mais um ponto adiante)/árvore

Quase uma celebrante em súplica pelo já-posto
A se decifrar de um tateado toque

“Bocarra”: vamos brincar, assim, abril alameda lápis-
De-cor (aprender apenas quando/quanto se repete)

“Mão pequenina” vara “ventre escurecido”
Elastece   Um vértice
Para tudo a início voltar

A adormecer (o que mais se exaura e deixa de existir

Se não for   de repente dado

Todo meu corpo)

EXEMPLO (DO VÁRIO)

*

"Não é por mim, périplo interminável até
Chegada ao mais imediato, o que porta toda pessoa
Um riscado de terra, voz em retorno soletra
O que se dita: basilar, arena traço a traço
Réstia lavoura depósito

O mais longo extravio, não é por mim"
Repito igual "todo-mundo" –
Recorrência a um reservatório (rumor coral
Voo anum à tarde, próxima noite corpo
O motivo reacende lume entre as diminutas
Geminadas casas)

O tema a se repercutir passa por "você", efeito
Vocal em atravessamento

Deriva livro variação
Valorosa quando   prova posterior
Assim, colhida à beira – aldeia
Alma alheia retorcida
À mirada   de si mesma

Palavra vinda do dado mais externo: criatura a
Por-se nua
Tal como declaram em desencontro

Fato e fala
“Não é por mim”, nenhum adorno
Aposto
Ao exemplo

“Estar nu”.

**

Então, se distrai com o relato sobre o próprio
Nascimento, moldura mãe o alagado onde ir-
Rompeu um denominado   conjunto (casa comarca
Retalho giratório por cima cortina inseto perfura
Lâmpada, um espraiar) Primeira moradia

(Brincou ali em sucessão desenho um seio por surgir)

Outra vida difusa na sua gerou inseparável
História recolhida de uma a outra fábula
Contígua ao desvario desde criança
Os mínimos talos se mesclam têm nome
Cada rodada, uma maratona para tirar fôlego
Sinais inseminam-se ao correr de novos amores
Habitações halos de uma única existência

Há uma imposição neutra, nuclear. Desenraíza
Procedente palavra, pontífica,
Abeira-se do menor chamado
Quer o misto incurso à origem pelo que é:

Grupal, gregário experimento (sem exilar-se
À volta nascedouro rego pau erguido bruta pronúncia
Beijos em seguida
Perdidos de rumo e pessoa, a pedidos,
Reengates)

Sem mais esquivar-se daí, até que exale
Prazer surgido ao longo
Intervalo dado de volta

Ao ar, desde quando
A contar
Do divino, do dividido: “negará sua presença?”

***

"Acaso dizer que (isto) o que deus pede
é melhor do que o silêncio seu?"

– Divino é o dividido (corpo)
Quando explode e esplende

Sem volta até
Um/Último; A
Quem Vier,

Ao acaso
Apenas

TE-TI
  HIGHLIGHTS
CINTILAÇÕES
        TITE

*

Conversas na parte traseira do automóvel/Ao intento "só se for"
(Um Narrador involuntário invisível)/À voz desenfreada feito guia
Puro decurso   atribuída rota entre os túneis/"Jogada fora" falação
Uma só hora, quando qualquer retorno inventa outra moral/
Em forma de estória
A partir daqueles exatos casais + 1 dos presentes Galaxy Modelo 89
Embala a noite pelo avesso (não se sonha)
A sequência pós-dramática ópera aguçada ao zunir mastros aterros
                                                            [itinerários
Desprovidos gps, post-scriptum sequer, no interior órbita carro
                                                      [alta velocidade
Por obra vivo acaso (como não houvesse volta, novo voo)
Uma reta única madrugada
                        1 1'   um excesso (gente a não mais
Avistar-se) – Sem que haja   a menor conexão entre minutagem e
Humano – um retorno, um resto –
1   1'

Uma hora e
Um

**

Conversas se tornarão ditames retrovisores
Logo após entrada apartamento em honra ao último
Drink, um instante highlight (não existem vizinhos
O som roda em nítida altura) Noite nem se chamava
Nite (época anterior às globais viagens, dígitos para as criaturas
Em circulação a qualquer uso-satélite simultâneo) Olho-no-olho eis
O repto na "real"/ "abra a roupa"
Presença que for, no no more expiação culpa capital da dor conjunta
Nunca mais   Apenas uma vez   relança por inteiro   a gênese-sexo

Retrata uma longa história-vida   tão logo desaparecem data, fato
Os presentes em toque de fábula (por conta noite adiante

Enquanto enrodilha   o nome-noite   muitos eus lá dentro
                    (Onde só há vazio vento
Feito a máxima divisa
Um lugar não mais visitado)

***

Tal todo-mundo/ "gozo"
Quer ditar, bem depor:
– Não haverá "meu bem"
(Nem corpos, nem bens)

O sexo de nós 3 vai até aqui
Para dizer bem mais
Quando estaremos separados, não envelhecidos
Juntos

A música escutará cada toque permitido
Para além pessoa e demasiado leitmotiv humano

Não há "interdito", uma réplica
Em volume máximo (incidental cintilação
Ragga)
Dá ingresso, intimista chamado, a outro
  Contexto (os sexos não serão idênticos) –

Desdobramento   sem testemunha
(Música toca por si-só   nada mediada)

Ao meio-dia da duração/tempo-noite/seres esparsos

(Os três diferentes distanciados porta-vozes
De repente se auscultam
Chamejam um a/e/um)

Uma única vida ou último ponto de encontro como se
    Houvesse algo (abrigo)   adentro   quanto mais

Vibra o lado-de-fora / a mesma margem   veloz madrugada

JORNAIS/ROMANCES-EM-SÉRIE (Tema-Teste Seu Sexo)

*

"Donde não-se-sai" (Nada conclusivo,
Celebrante museu ao aberto
Descaminhos Heidegger em Fascículos
Filosofia, uma forma-toque ao Alcance dos Jornaleiros),
Assim posto, move por si o casulo: arabescam
Seus tegumentos, atrito se dá ao nome
"História" quando está descerrada a praia
Uma terceira vaga onde despi-me a alguém virgem
Ida seguida às férias com a mais próxima companhia

"Tudo é muito rápido", vai pelo cumprimento d'onda
MegaHertz por cima falésia (a página jornal íntimo voa
Notícia Alternativa ao Fim-Ditado Democracia
Horóscopo busca o lastro post-estrutural, os 3 sexos
Em uma só pessoa não se vendem ao modo-kit) um vegano
Berra seu produto, "laguna propensa a marolas, atitudes
Emergentes – beba na fonte" (o garoto vende o Natural
Sobreposto à bela pica anunciada entre os aranhóis
Dread locks dead bodega bay gaivotas escarnecem
Quanto mais se achegam)

"Não estou em retiro – escrevo por cima da hora
Preto   Sobre Preto (Praia) – À extensão/pele   Pneu-Boia
Vintage (tudo dito na cola
Depois dos romances em abandono) desde Rubempré Rubem A.

Assino ao sabor sexualidade nascida em descrição
Da onda baixa, fluorescente (tarde caída RELATAR e VIR
A SER, Contra-Corrente Narrativa)

Aberta à pauta de uma telenovela elétrica o ar irisa
– Trecho megaestesia diário – Seguido por pauta
Todos os nomes seres juntamente conchas brinquedos pré-
Fabricados irrompem à volta de onde estou – e não parto
Entre as coisas repetidamente finitas esbatidas até aqui –
Dando ao título de tudo:

"Minha Tarde na Praia"

**

A Tarde do Tempo em minha praia
Um levante
Atribuível ao Mundo Natural
"Passo o rodo" (pau pronto e pétala roxa
Despontam em mim sobressentido simultâneo
Bem além twilight zoom Razão/Ramal Pessoa)
"Vivo o rolamento de todas as coisas"

Enquanto o Neogeographico Tabloide
Entra em meu campo-visão
_ Pós-História (nunca houve tantas
Postagens em delegação das gentes
As menos avistáveis, como que inexistentes
Em conversa universal ad hoc mimetismo)
Pespontos-cruz pelos mais simples motivos
Pintas de pus em minhas costas (Um banhista
"Vagaba" ao puro prazer fim-verão de refinaria
Prontifica-se para a massagem) o dorso integralmente
Mostra
Fissuras antiginásticas (eu) tão-logo em desmonte

As mãos ágeis demais aceleram, aproveitam,
Põem à venda uma tatuagem
"Com a minha cara" onde terei duplo
Vislumbre
Por trás
"Como nunca antes" poderei ver e ser, enfim,
Alguém localizável (beira/água)
Pontos cardeais onde estiver o sol nada escapole

Sequenciais olhos tintatoner e salpicos de sangue,
O Plexo-Sol, então, se estampa   sobre lugar/alguém
(Conversa solta
Totem e Tattoo)

Alastra-se à altura praia tom-vinho barro cinza até a borra

Gelatina [fecho-noite] a engolfar época/presença humana
Um cosmos líquido musgo-motriz a cor de tudo a corrente
O não-permitido ao fundo ar nenhum surf pensável contorno
Acidente-terra   placa à distância   anunciam

– Magma   Fotograma suposto –

Há um   reiteradamente breve
Mais ao mais invisível   Um
Trecho d'água

(Donde não quero   nunca-mais me ausentar

Mesmo que tenha de partir   como acontece agora

Daqui   eu sou)

***

“De vera, não parto
Quando chamo à toa
Portugal, Portugal, Ponta de lugar,
Razão reincidente

Pelo fato de estar aqui, fundamento
Não é – solo irremovível, sombreado – não
– Não (digo-me por duas vezes e não
Já é
Não)

O dado de jamais ter saído _ adstrita
Ao cerco: Tempo-revolução (ritmia
Provável, princípio – Portugal gosto a água e sal”

Gravitado orbe
Em coincidência) enquanto falo

Mais propício se oferta a um pouso
A seguir o ar tomado pela pronúncia,
Pedregosa,
Percussão-sílaba
Não-não,
Não são águas de origem
(“stou sim”)
Respondo ao vento

“Ondulamento rente ao umbigo. Nenhum limo. Tenho
[saído das marcações, alinho

O rol – Porto, Porto, borda de corrente –
acabo agora de conhecer quem me acompanha

Sol sombra a um só jato – nova memória/contagem a partir de uma
[única mulher quer dizer: do tempo, em bando–

(natureza – políticohumano – futuro/vazado espaço)

chamam-me "andarilha das praias"

"é porque não saio de onde o olhar-qualquer-outro
quer uma adivinha:
o sexo mais recente da hora

se calhar' água-torrente cruza a minha história (aí

sempre ondula), escoa vibrante virada,

não-quer-se-deter-por-

nada"

*****

Acrescidos de uma *Intro*, os cinco poemas desta série – dispostos em três partes cada um – criam um diálogo com textos de Kathy Acker, Hilda Hilst, João Vário, Tite de Lemos e Eduarda Dionísio, respectivamente.

BEIJOS PÚBLICOS

Mínima Água

small body small
talk

("Song", Rosmarie Waldrop)

Rostos-fêmeas em primeiro-plano, estonteante desgarramento
[de fotografias,
inverso à própria sorte – síndrome calor simultâneo-global
cota comum de gozo ainda não mensurada – feito em profecia:
para atravessar o desconhecido segundo instantâneo
em área aberta

Dão de colecionar cartas/contatos (antecipação,
como antes se chamaram galáxias pelo futuro)
à sombra do ardentemente projetado corpo água ao vivo
(duna estação código-kroma

estilhaçamento selfie obsessivo ponto-final partilha)

velocidade versus óculos-de-sol
recém-adquirido (camelô beira-mar comércio
dissolve-se no horizonte linha trêmula torna-se a voz
[de qualquer um

em ardência pele hiperexposta e pronta resposta aos gritos)

ALCANCE

ao alcance – rosto – circunscrito

percurso até o fim a partir do futuro – reencontra-
se –

à imitação dos vivos mortos humanos em escala progressiva

como se tratasse de
um autodeferimento "
vivos...em escala" (fragmentofrase
refém da referência)

entre si, selo/segredo
a perder-se
desde remissivo início
em seu próprio desvio

rosto
– é dorso, não conduz ao alto, abstrato
a nenhum reservatório/ratio
meandro sequer fábula adentro (multifoliado
catavento) –

rosto feito para o beijo
unicamente
pelo meio

impossível centro

Baralho de épocas consultadas pelos dorsos
enquanto vencedores prematuros comunicam
exortações   axiais
Jogar
fazer antevisão a cada aparecimento das figuras em off/
                                                  [simulacros/por ex.
                    Passatempo um romance a caminho

Baralho apontado para cada circunstante
Cinemainstante
– o que está em pauta e
desfolha
prenunciação
já

Rosto rumo aos arquétipos em carne viva mais-que-vistos
(ao talhe árvore-serpente-sefira)
depois de todo corpo aparecer

sob a forma-baralho ao fecho dos dias:
soma estourada, extemporânea
a contar as idades em um só

istmo

pedestre, pós-ocidente (sem passaporte)

"Este beijo não é um sinal adolescente
Nem sacraliza o fuso humano por mais um minuto" –
Reza o carteado
Nascido da hora (entre arcanos e as ramas ao redor
Tílias rebatidas em carne à mostra de um   vulto vindo
À voltagem de seu duplo feito

Para durar apenas agora)

Este beijo não é um sinal –
Propagado dos pontos em dispersão
(Pois)
Ocorrido ao jato micro minuto:
Folhas sobre um parque pontual jogo-de-cartas
A contar
Confluência vária
Ante impulso anterior ao rosto –
Rota da superfície
Imanta-se e dá nome
Ao (esse) preciso limite
Seu rosto (ou você) em escolha, o
"Que-mais-quero":

Já está aí tudo – Inexiste busca do princípio
Pelo fim –

Sim, puro passeio
A um mesmo tempo   orbita velhos adivinhos
Do minuto a seguir surpreendente baralho
(Em cada aposta logo reposto número numen)
Contíguo aos jovens exibicionistas crianças em correria

Gramados Gestações Asilos   Anteparos a Pistas Exclusivas

"Nunca tinha sido observado o corpo"

“Nunca tinha sido observado o corpo”

Os beijos desencadeiam muitos outros
Até ser um –

O que persiste de mais
Invisível –

Rosto feito beijo

Não há rede
De fuga ou gol

O rosto é seu   autônomo autômato

"Vidência do Presente"
(A cigana gira em pomba e
Evola tenda a tempo)

Cartas fora
Dorso em dádiva

Stop – Só importa o que você é agora

Não queira mais nada:
Não-Pensamento Além
Carta uma a uma pessoa cada

SPOT
Sobre signo-não (à sombra
Apenas a ilustrar
            Curso irrefreado contraexemplo) vida-corrente

Beijo das bocas – Adjacência –
Moral – Musical
Score – Do fim.

Exterior. Noite-Tarde
Do dia ao dia. "Você é
Um só (aprenda apenas
Uma vez a se

Seguir)"

POST/DEPOIS DE POSTO

Arrancado do corpo
Um simples bilhete se torna máxima
Exposição   {Depois de Posto
            Mais que Post]

Via pública – sem sair de casa –
Do recentemente vivido   tão-só
Vindo em cena escancarada   ar
E palavra sobre uma/toda existência

Atravessa por mim (mimo
Impossível ao bilhete, o mais
Simples, direto, um arranque) Da margem urgente, ultimada

Ante um bilhete, eu um dia
Assim chamado a exibir
Por quase nada como que à força "Eu

Eu, emaranhado em quantos sexos
De fato mais do que em pessoas quanto
Pude contatá-las ou mesmo dar um toque
Em uma a uma senão completamente
Dentro delas – não-ideias
Corpos vivos – em implicação irreversível
Multiplamente suscitam sexos nascentes
Sem nome sem processo de fusão final/parto/luto/
Doído aceno atinge a mão   ao léu   além-de-se
Processar qualquer primícia:
O sexo
Mesmo quando não há (à sombra),

Por excesso, em tese

(Ausência de alvo)

(Novo alguém)

Impensável chegar a si

Depois de escrito"

BEIJOS PÚBLICOS

Infância eclode sempre mais tarde
Em meio à História que vem (tese
À procura de alguém, atração despercebida
Pelo muito próximo) Ao léu da lei e do presente lugar

Os primeiros beijos públicos (desde o homoerotismo
Ao já sem nome afeto escoado
Depois de muito tempo)
Sob a legenda tardia confluente com Placar Economia
Shopping sitiado, planetário fuso neo-dramático
Esbate corpo a corpo
Um flagrante beijo

Ao plural do nome "público"
Feito a grafite, devolvido ao mictório: giz
Ou jazigo todo-mundo por escrito frequenta
"Anda-se em silêncio, aflora
Puro segredo
Até o ponto derradeiro autocarro (alguém está lá
Apenas para "você")"
À sanfona elétrica coletiva tarde aberta
Conceito Incerteza "posterior a"
Beijos públicos dão closes,
Irrupções as mais diferentes dentro de um mesmo
Beijo

"Recitas Rimbaud entre as folhagens

Depois passeias pelos alamedos bibliotecas, feiras
Quando uma incontornável piscada d'olhos talha
Um rodapé
À altura da aparente ausência de acontecimentos"

Infância gay eclode e se endereça a
Mundo inteiro, a global gramática assoma
Toma uma vila, morada-parede-meia
Construída para o recluso neural terapia nirvana
Entre fluxos pornôs ao longe (relva
E metragem
Dalguma legada lembrança
Só de espiar o mais um, diferente sempre)
Próximo dado em riste –
Hóstia e vazamento espermático –
Plexo solar (nega cartão-postal) consagra o não-visto
Próprio corpo
A sondar o consecutivo beijo público

O sexo está más allá (sempre a mais
Do todo-feito
Como se alcançasse o jamais conhecido a
Autoinvocar-se enquanto testa fôlego finito)

A infância é o que-vem
Rama de raiz nenhuma
Enquanto (menor gota) garoa búdica respinga
À distância (quem passa e desconhece
Aquilo a nascer de si), adivinha
Silogismo em Parada Gay/Paramento
Ante o mais espontâneo atravessa
Cintilante contrassenso após
Festa fantasmal/Mulher-Alegoria

Toda infância se inicia gaia science, na inocência,
Logo se faz madrugada de uma qualquer data –
O disparador e o desvio de todo sexo (vortex
Desde o início)

Infância percute o excedente humano
Quer saltar fora da hora e sua marca/
Orientação cerrada sobre Ser: Saltar
O tempo, o único brinquedo   Big Bang Gay Infans Ciência pulsa
Onde se diz origem/Ordem   Onde

Beijos públicos – logo tramitam e se
Indeterminam, primeiros toques em áreas/aleas
Dos mais velhos aos imediatos pedagogos
Gente – auge (quer dizer) – a mais corrente

"Viemos dar aqui todos juntos, pelagem poodle
Pingente agarrado à roupa do dia
Meu desnudo modelo autoexposto
MondoCane All Natural Bellavista
Surgida lá onde não quis nunca pensar
Proliferada família matilha pós-produção
Painel tarde panorama turismo low cost
Quanto mais explode a pequena Capital Promenade
De visitantes a frequentadores assíduos
Ao não-dialético reativo beijo disse-me-disse dissemínio
"Não é extermínio, no final, credo
nomástico judeujudas nãomais
Revival História nunca/não ao fundamento regressivo"
O sexo se espalha tal como compras "na louca"
Gratuitos boato e boca boca-a-boca até
A rachadura batom Tu deves mudar de vida conhecer

Púbis correspondente incidental

Os primeiros beijos públicos (homos dos homens mulheres infantes
Estão sendo vistos, permitidos ao ar livre
Depois de todo interdito – aos céus
Da terra em desfile), de novo se prolongam
Em réplica introduzem
Outras parcerias parecenças
Multiplicável Módulo-Gender
Ao senso descarrilado de um só sexo

"Meu amor meu ardor
Nunca foi feito antes assim senão
Para ser externado em público (por
Mim) Ao meio-
Fio de um beijo"

Por vezes até o deserto vale a caminhada
Uma expedição gerada no minuto, fiapo
Dito real, vida verbo vira anverso
Variantes-Casais decaem () ante beijo público
Conduzido à efeméride Instagram
Estância da imagem ao choque chamariz
Quando as bocas se multiplicam em descompasso
Quanto mais distantes os nomes as coisas
Tantas são as pessoas vindas à tona
Anúncio do contágio Beijos Públicos
Evento-Endereçamento (dedicado a quem
Diz-se impensável, em nenhum contato a tempo,
Acompanhante à margem do Teatro-Fotograma
Devolvido ao Sexo, ou seja,
Até sua Sombra).

Até reaparecer por um átimo
– Razão pela raiz (de potência
Em prova não saciada, a insurgir
Infância, incompleta dobra no feminino
Velho humano veio rompido
Replicante reprodutível ainda a viver) a
Mais, quando menos

(Sem querer deixar a existência
Sob promessa estendida a um ponto
Tão aleatório quanto
Agregado

Extrarraio)

Beijos públicos

Sexo/Sombra

ROLL

NOTA BIOBLIOCINEMÁTICA

Exposição –
Cadernetas
(Os livros nascem duma instalação a um só tempo volitiva e volátil,
Num só golfe// golpe de ar do mundo sobre
Relva e entranhado cabelo humano)
As a Musical Score: GLOVE TROTTER, de Cildo Meireles
Ao modo de um guia, ou a escrivaninha Schwitters
Senão a sexshop recolhida na porta impensável dos locais
Ocupados dentro-fora de residências ou da permanência
Humana pós-humanista
Logo depois Heterohomilias História (s) da palavra sexualidade/
[pessoal transferível/relatório-máquina

Cadernetas (o livro contém tudo enquanto anotação)
Da sombra/sexo ao público política dos afetos em intercambiante
Partida para a Escrita
CADERNETA-MAQUETE

(Assim o é, livro
Tal qual o corpo que o carrega
Em variáveis inscritivas, editoriais)

CLAQUETE/CADERNO
Rastro Prosa Pauta diagrama download dia milênio
Só vejo possível poesia – "a poesia", na concreção de uma cena – o

lugar onde estou e passo a escrever. O que se passa? Desde nascimento fim dos 50', coincidentemente com a idade que tenho agora.
A idade da poesia a fazer e feita já no meio da vida em que me introduzi.
Lápis na mão, desde cedo. Escrita com sons ao redor. Depois veio a tv.
Ou melhor, desde sempre: Lápis de cor/tela pretoebranco. TV Tupi.
Entourage FLASH GORDON, shows de música nacional até clube do rock irromper nas tardes de sábado para inocular –

via quadrângulo tevê two-tone zigzagstardust cinza-zenital – a estridência dos corpos suplementares à sonoridade constante – logos contínuo universal em descontinuidade (já fazia apontamentos o macróbio, dentro de uma casa ou um livro Maurice Blanchot), à altura do som a reger o cotidiano dos lugares de um só planeta –

uma só história (JLG e o cinemacrimesoftporno ao fundo das casas, das coisas) –

(depois do livro, da literatura
a escrita se refrata como nunca antes/há mais)

a poesia e seu acompanhamento, instrumentais mais que musicais, uma soma de vozes e biografia a rolar no espaço da cidade do Rio de Janeiro, um bairro zona z do norte Barra da Tijuca, entre saltos de piscina em um clube (Pedra Negra) local e a maré verde sobrada dos dias em um horizonte de história confundida com a livre natureza (nesga poema a rasgar os corpos à mostra, loucos por um desnudamento à altura do batimento da onda,

WAVELENGTH, ou talvez A WAVE, Ashbery mood) a prenunciar o fim-reinício de vida contados aqui no biografema Mauricio salles vasconcelos, preparando-se para definir um ato, pois desde já um lápis e um plano nada branco básico de escrita

Compor em conjunção com o que há – som estridente de rádio-tv e cinema de segunda a domingo no grande Prédio Imperator (Meier, Estádio Guanabara, onde se localiza o maior cinema da América Latina, um verdadeiro museu-clube-baile show com decorações vitória-régia artdéco) e tudo que vem da Atlântida, chanchada chamamentos bíblicos das grandes vagas novas em produção e humor trapaceiro pelos ares balões com Jerry Lewis Grande Otelo Shakespeare do drama posterior à tela mais vasta do universo.

Escrever sobre materiais prévios – revista O CRUZEIRO CAPRICHO INTERVALO VERSUS OPINIÃO – sob um andamento de música que eu mesmo fazia ao reproduzir os filmes vistos dentro e fora de casa – Telenovelas tecem a contralegenda da tragédia circunvizinha (Revolução Militar ao modo América do Sul com o contraponto nascentes

Genealogias do Desejo, Dado dedo a dedo).

Escrever por cima do corpo – embutido se encontrava meu incurso atual na chamada Literatura Comparada (Universidade de São Paulo) o tempo joga com pontas soltas (alta tensão, desencapado ser da eletricidade a vibrar até o relance rastro) –

Mais de 50 anos – séculos ao meio – hipererotização da vida doméstica – Disciplina Sexualidade –

Enquanto em bicicletas uma coleguinha me punha a passear através cantarolados transístores – festivais da canção tomam a mirada espacial de OS JETSONS na linha despenhada do som – "Eu quero pertencer ao futuro dos lugares like Judy Jetson tão sex-girl e seu cachorro astronauta a guiá-la para cidades siderais em colheita do que está no ar já" (eu quero estar na órbita poemática pois o satélite habitável só pode ser jogo duro até o final com o brinquedo nascedouro) –

Escrevo entre o download do filme a ser "baixado" pela máquina de escrever (nas próximas horas de sono) e o rol do dia nascente – uma fonte do acontecimento catastrófico culminante da era de ouro que só acontece agora

- O ouro e a era, sob o euro em expatriação, só podem ser agora

- Mesmo sob tanta expropriação

do ganho e do percurso humano desde desde sempre até ecoar aqui nessa espécie pequena história de vida a apontar para o limite-lápis em um roll de coisas, dedos digitados sobre si// autoconversão
dos suportes em curso – entre sexos e máquinas, o mundo mundializado e o fim do poema (Tese Agamben à volta dos rodapés papéis volantes do último escritor)

Escrever é o que está no ar – as canções quilométricas de Caetano Dylan, os primeiros Dylan Thomas em rara edição pocket traficada por uma biblioteca de bairro, a voz de atores televisivos em emissão dos Clássicos Modernos do Brasil, o exame final (pneuma/ser-de-linguagem português Moçambique Moção Patraquim) na fímbria de INVENÇÃO DE ORFEU –

Para ver o que/quem acaba de passar (na vida, "ela" mesma sensual e sombreada
"é ainda a vida" rimbaud eye) e escrever a um só tempo –
Construtivismo entre sexo na sombra e sua pronta publicidade
sobre o enigma dos beijos que tudo dizem de uma conexão estreita, indiscernível, com o corpo da poesia.

Escrita como desenho animado para mulheres homens feitos, simultâneo à cartografia instantânea de quem passa apenas agora (para não mais) – atrito/atração pelo próximo a chegar (chamado/criação)
– vozes e atos de vivos traduzidos em palavra encarnada, e a um só tempo aleatória – o texto por vir, viral, a pronunciar

SEXO/SOMBRA desde então – tal como linguagem, matema e tabuleta data deriva corporal cotidiana. Uma espécie de livro.

AR LIVRE
(2017)

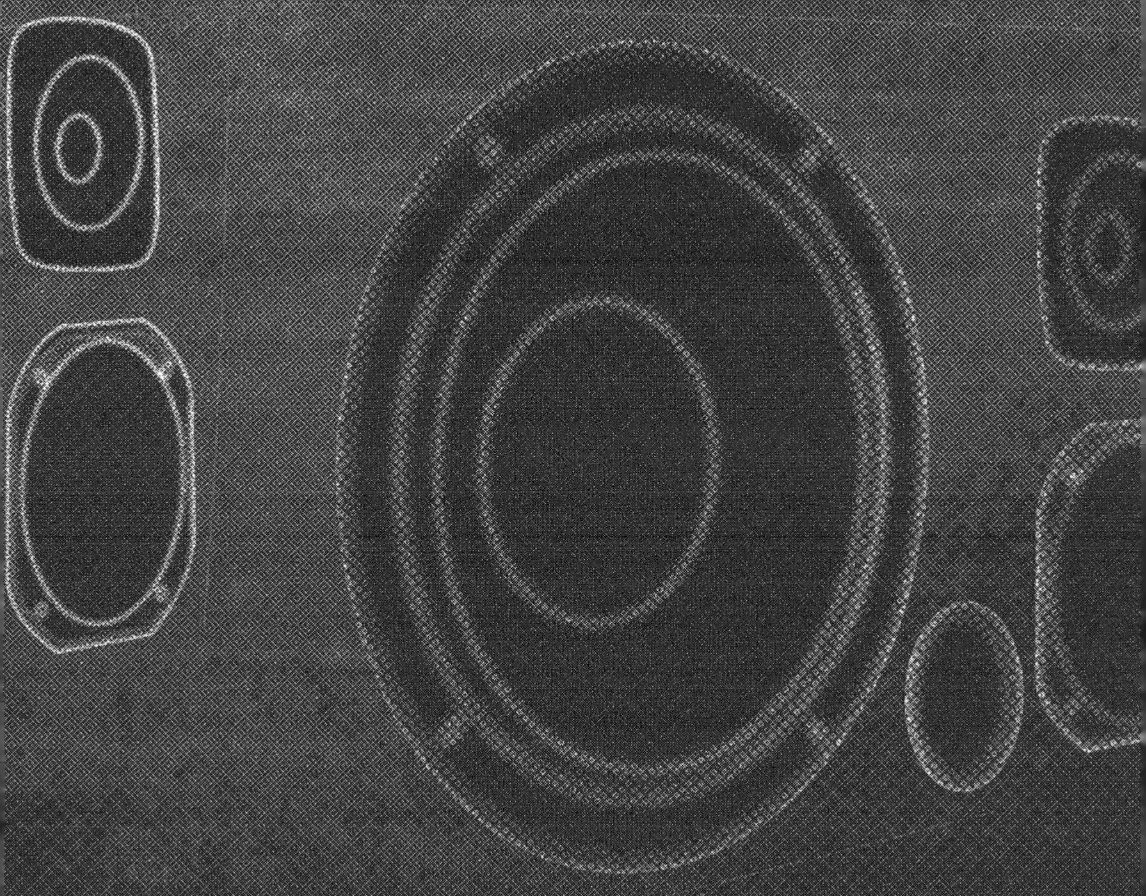

MORTES
(PESSOAS)

GROBE

"E só se morre da morte de Deus."
(Glauber Rocha, *Riverão Sussuarana)*

A morte (abstraída até
A ausência)
Confunde-se com um rosto
(Sem exceção, o próximo)

Subleva o motivo-
Mortis em ronda –
A insurgência tem um nome
Superexposto fotograma
Por exemplo, a mão alheia

Sobre uma qualquer boca
Fragmento-face
Recita seu átimo
Urna adentro, dedos-de-concha
Di Cavalcanti incluso, nada isenta
Assinatura – Para depois ser –
Ex-voto enuncia o tema e o toque:

"Cultural", a morte gira seu enigma-desígnio
Faz gravitar seu próprio globo (
Glauber

Por extenso)

* Cineasta brasileiro fundamental, reconhecido mundialmente como referência exponencial, falece em 1981, com apenas 42 anos. Por força de seu empenho crítico, estético e político, durante a ditadura militar contra a qual se rebelou e buscou com radicalidade o fim de um ciclo opressivo, muitos definiram sua morte como "cultural".

PAKULA

A morte de Pakula penetra
Em nossa conversa, à tarde, à toa,
Acaba por ficar   uma ponta
Sobressalente, pronta
Para engatar
A velocidade do seu sentido
Em outras coisas ficadas para trás:
A morte de Alan J.
Pakula –
Aerossol cama de plástico buraco do crime –
Ao fundo, um comentário entre pessoas
Coisas conversadas, no início
Dos anos 2000, assim
A morte A.
J. Pakula, um relato dia a dia,
Feito e descoberta: ainda
Em exame, "foi decapitado
Enquanto dá volta de automóvel, uma
Tarde igual a esta" pelo bairro
No fecho de uma   conversa estrita,
À procura de ação enquanto tudo se fala

Até que a morte e Pakula sejam o mesmo
Ato esquecido no decorrer de alguma coisa
Por puro efeito vocal sobre
Outro virado vulto

(Pakula).

Cineasta de ***Klute*** e ***A escolha de Sofia***. Foi morto quando um carro se chocou com um tubo de metal largado na rodovia, que voou até o pára-brisa do automóvel do diretor quando passava por ali.

ARICLÊ

Bem depois do Zoológico de Vidro (mirada
Teatro, janela megaurbana e solitária)
Logo depois de ter "vivido" a mãe-chave,
Minissérie-TV-de-época sobre o Presidente-Brasil-
Moderno*, dois dias após a exibição última
Imagem de atriz (Ariclê) (morre
Um personagem recente sob a lista
De nomes acessados aos intervalos)
(Blocos de apartamentos) (Criaturas
Pelo ar em escuta de vozes psicanalistas
Destroços divindades rubricas)
Em desvio do foco central sobre
Uma única pessoa: tão-somente o
Limite nomeante,

Anterior suicídio, silogismo
Em seu voo sucedâneo

Sem final.

A atriz paulista Ariclê Perez faleceu dois dias depois da última exibição da minissérie global *JK* (2006), na qual atuou como Júlia Kubitschek, personagem que, curiosamente, morria no decorrer dos episódios. Caiu da janela de seu apartamento. Suspeita de suicídio. Nenhuma confirmação.

DELEUZE

Tudo é dobra (os incorporais pensantes
Em ação
Fazem uma volta) Sobrevoo

Pelo alfabeto da filosofia, figura animal
Descarta o álbum, uma árvore se nutre entre
Uma quadra de fuga e o quadro-negro []
- Cinematógrafo em minutagem
Exaure senso da trilha imediata [A

Criança secreta entra pela casa-
De-máquina] o rosto se expõe
Em correspondência
Diante   Contraface/farsa até
A morte
Que não vem, não é um
Chamado tal qual
          A margem de corpo
                    Nada naturaliza,
Nunca dada de sobra.

Vitimado por câncer na garganta, o filósofo francês se decide pela morte por meio de um salto da janela de seu apartamento.

DE REPENTE, JUDITE

Desejos na noite entoam relatos mais
Que antigos (quando e onde guardava-se
O elo primitivo em rosto curtido e palha
Sob os pés).

Nada acabado: um modo de habitar
À beira
Do já-feito (camarim à luz
Da tevê do fim dos dias, astros perdidos)
Novelas geram novelas há meses acabam
Por se cruzar com a confissão
Cotidiana, crescente de quem
(Está à borda da tela)

Pouco antes de morrer – Judite –, composta
Pela engrenagem do que se vê
De modo indireto, como já
Não se tratasse da "gente"

A voz que se segue.

Velha parenta, de origem baiana, contadora-de-histórias, falecida de ataque cardíaco aos 99 anos, quando se aguardava, em família, a festa de seu centenário.

ANA C.

Pelica – orla o toque   sobre a letra
(Camada posta-restante para ficar à sombra
Feito fato público, disponível a qualquer olhar)

Antes da elétrica escrivaninha
On-line, avizinha e dispersa
Os mais novos sexos, debitados todos
Pelo prazo da palavra
No ar,

Película –
O diário sem rosto
Enclausura os nomes
Ata o mínimo intervalo   à tona,
– algo como a dúvida em partilha –
            Entre escrever
                        E anotar.

Um dos maiores nomes da poesia brasileira contemporânea, Ana Cristina César ainda choca seu público cativo e vindouro, ao se suicidar, numa tarde de sábado carioca, em 1983.

A MORTE POR SYD BARRETT –

Música de noite colorida para que o morto arrebente em festa Depois
vêm mais instrumentos, pessoas para rodeá-los
Como se fosse o algo efêmero, essencial dope livre

Porque sacrifício por noites como esta: cume óbvio de óbito e
Vida, sem mais fronteira, fato
Adstringente, esponja dos resíduos de droga mais outros
(Injetamentos involuntários)

O alheio inventor do Som Progressivo passava em sombra
Por tubos, forjas em delírio: autoexecução
Para perder todos os fios de cabelo
Sob um raconto cruel colhido no pico da neve
Imediato stream adolescente adstrito
A um quarto, um emblema com esperma e estilhaço de rosto

Vacas e planetas sobem ao átlas de um quarto até jardim
enquadramento animais em degelo, a mente rodovia um disco
Pois o dado em giro diz que é preciso continuar a existência
(Uma matéria impalpável que volta ao giz

Reveste-se da palavra, do documento do que é dito)
(Para se fazer crer)

Enquanto a música refugia-se em um
Desses dias em que nos perdemos
Para a festa como única hipótese
Sob o som de fundo, fetiche de recomeço
Abismo e Anunciamento:

Por Syd Barrett

Vitimado há anos pelo diabetes, um dos líderes do Pink Floyd, SB foi se detonando ao longo dos anos de psicodelia por conta de viagens lisérgicas extremas, e, depois, por internações fatais que o retiraram gradativamente da cena da música.

(GOLIAS)

Antes de entrar em casa, a moral
Do dia pelos flancos, um só liame
Tapete Boas Vindas (TV Família
Olha a sala e seus componentes)

Ter um cômico como guia:
Pequeno oratório movediço
Sob as ordens de um rosto,
Um único frisado contra o senso
Da gag e das horas (reviravoltas).
Não um santo, logo o clown
O tosco videotape em preto e
Branco (a sala o sono
O término de uma vida
Entre familiares se abisma)
Golias vai até CTI
Limita, sem bastidores,
A armadilha do fim, relança
A trajetória de um comediante

A desafiar o vazio risível,
Horror doméstico até
Sua desaparição testemunhada:
Dentro da sala, poltrona, aparelho ancestral
Transmissor e um
Intruso, homem

Implícito.

Ronald Golias, grande comediante, sintetiza a própria memória da TV brasileira em preto & branco, junto com as novelas e as primeiras séries. Permaneceu muito tempo na UTI até falecer.

ACKER

Uma mulher a inventar a própria infância,
Criatura crescente, mal "aportada" na vida
– Como pode morrer porque
Foi feita? (gente contaminada in absentia)

Como pode gozar ou
Gerir um império, os sentidos
Irrompem desnudados?

Pura posterioridade enquanto gira
A stripper – a mulher conta apenas
Ocorrências do dia
– Inscrita para sempre em tatuagem –

Exatamente – ali, Acker –
Um trecho de carne
Desenho excrescido –

Para morrer
Onde bem quiser.

Kathy Acker, escritora seminal do pós-modernismo entre 1980-2000, praticante do sampler narrativo e da tattoo art, morre de câncer no auge de seus 50 anos. Não quis quimioterapia em seu corpo.

OMARA

Alguém soube tudo sobre ela
e sua vida ao ver o microrretrato
a compor
um convite de 7º dia (missal,
morte debutada

OMara)

(Para quem não saía de festas
roupas sobre roupas, música e moda)

Para susto de todos em contemplação
simultânea ante a desconhecida
assustadoramente muito antiga
insurgente fotografia.

Como só por ora Omara começasse, recém-instalado o
interesse absurdo pelo anônimo, pelo passamento
Por sinais revelados tardiamente em conta da insídia e súmula
Do nome (seu próprio rosto)

Em ocupação do relato impossível, imaterial,
Da morte (estúdio

Obscuro, início do Centro da Cidade

Em dado tempo) entre inúmeras outras fotos de vivos ou não mais
Nada importa e se incrusta

Vitrine primitiva, 3 vezes 4, cruz e crista da ópera

A ornar a pessoa mais comum
Resumida em mistério,

Para melhor ficar aqui.

Do convite de missa de 7º dia (amiga da adolescência)

JEFF BUCKLEY

Banho no Mississipi – só com roupa
Num repente, à altura do fluxo contínuo,
Revisto batismo
Pelo uso irrefreado da correnteza

Entre conversas desregradas
Um disco a ser lançado em breve:
Tudo apenas
Pela voz do cantor depois do arquivo e da arte
Ritornela, ronda
Sua própria passagem

Grace –

Enquanto o refrão se desenrola
O canto é retomado sem mais outra memória
A não ser aquela
De quem o entoa
A cada vez
(Em Memphis,

Precisamente)

Filho de Tim Buckley, lendário músico, o jovem cantor-compositor aclamado por ***Grace***, desapareceu (1997) de súbito em um mergulho dado repentinamente no rio Mississipi durante sua estada em Memphis para gravação de um disco. Foi encontrado dias depois, com a roupa do corpo.

Hanna-Barbera (Incl.)

Os desenhos perseguem, traço depois de traço –
Incorporated Industry & Intimacy –, inacabados destinatários –
Infantes não param de durar
Quanto mais se falseiam em folias pelo futuro, sobre as
[pedras mais brutas
Tiranossauros entre os poucos objetos dos conjugados –

Galática anima se projeta nos fundos dos quartos, gomos
Suspensos de imagens são os intensos interlocutores internos –

Em meio à usina jamais cessada de desastres, explosões em cores
De uma figura animal ao conexo duplo mais-que-humano

(Da morte de seus criadores nada sabem
Os assistentes replicantes
Além senso/história   através   halo holograma

Segundo a série subterrânea que relata),
Intervala a infância   em busca do próprio
Tempo

(De cada casa,
Um cubo lançado
Ao infinito   do seu lado)

William Hanna e Joseph Barbera se mantiveram à frente da empresa de animações que os celebrizou, até 1991, quando foi vendida para a Turner Broadcasting System. Hanna faleceu aos 90 anos, vitimado por um câncer, e Barbera, aos 95, de morte natural, em Studio City (Los Angeles). Jayne Barbera, filha de Joseph, trabalhou para a Hanna-Barbera Companhia na sua adolescência.

BOLAÑOS Y BOLAÑO

A noite significa o desenrolar de seu fim – de um até o próximo um –
O tempo durado de uma leitura – Stunt Daily Men (a TV
[projeta apenas
Um lume de som sobre cada pessoa e essa não passa de uma tela,
É "sobre mim" que se desencadeia a ficção/deriva de fatos e absurdos
Programados tais quais tramas alheias entretecidos trailers
) Se fico aí a mirar o aparelho ou o aparato de um livro
Destituído de letra posso me transformar no que eu não quero, justo
Naquilo que mais penso) Bolãnos y Bolaño (a moral e seu paso doble
Decurso devolvido ao vazio
Onde "posso" recair mirado na farsa do último eu
"Ele" pronuncia plano mortal em travessia

Pela corriqueira patusquela em vila e vivência) Miniatura
De uma casa-de-fundos
Impossível escapar da parede-e-meia/uma canção se desenfreia
Soprada à toa pela vizinha cada vez mais para dentro:
Cabeça-de-porco, lugar em que recontam uma piada, paródia-polícia
Feito uma sina em contágio, só porque se narra voz alta,
[talvez um Amuleto
A tilintar no quarto forrado de carne, poltronas viradas para o quadro
Em movimento: tela sobre tela de uma tevê aberta, reincidente,

Denuncia a ausência de um autor, o disparate da palavra final
Bolaño y Bolaños (no abismo desses cômodos onde quer
Que qualquer um esteja) Com um livro pela frente
[(suplemento supletivo)
Ou a voz intermitente por trás a orar pela novela noves fora
Infiltrações pelos subúrbios infindos – a bruxa mora ao lado a bisca
Dá em 71 endereços borrados enquanto o churrasco é exposto
Em fileira no palito, pela ponta (carne cortada, irremovível)

Dos lugares e tempos
Dados como mortos, fuzilaria sobre sol na placa Programa Comunidade
Tornada pista-de-alvo, parqueamento de terrenos prontamente
[ocupados:
Entra mais um na sala televisiva, uma espécie de escrita continental
Flagrada por rostos mudos, ventríloquos em portuñol
Tradução simultânea/história corrida, histriônica hermenêutica
Sem conclusão nem pater familias

Um sabor de fim se acentua, por qualquer motivo tramita
O passado potente o bastante para voltar a
Residir aqui: pelo tão puro mero atrito
De corpo parede pessoa

Limite do que ainda pulsa subsistente
Dilatado até a invisível morada com seu cômico señor fabulista
A secretar um substituto ou
Subtítulo – Nada acima
Dessa criatura cada
Vez mais passível de desaparecer
Ou
Demorar em igual distância

Sem nenhum outro dito
A mais
Equivalente.

Apenas a piada adicional,
Adjacente (impossível revolver Bolaños
Y tão ao seco e no singular)

Sempre à mão, ideal, dada em dobro
Para a sempre referida, em bocas plurais,
– Avoada, ali adiante proliferante
(uma só) –
Vida

O cultuado escritor chileno Roberto Bolaño e o cômico Roberto Gómez Bolaños (intérprete do protagonista da série mexicana ***Chaves***) criam, em extremo, uma correspondência entre literatura e tv no contexto latino-americano. Ambos são celebrados respectivamente, pela divulgação crescente de uma obra narrativa, tocada pela aura do culto (cada vez mais intensificada após o falecimento do autor) e pelo programa televisivo não mais transmitido, sempre homenageado em diferentes eventos (inclusive no Brasil) e reprises. A coincidência dos nomes e prenomes forma uma face dupla pelo contraste do humor popular tomado em relação à gravidade paródica de livros como ***2666*** e ***Una novelita lumpen***. Um há muito falecido, e morto, o outro, bem depois.

GIGANTE BRAZIL

Batera da noite
Morre dormindo

Gigante e As Absurdetes ou a Última Vanguarda em estreia "Siga
Enquanto ele se encerra, vida pelo meio com bateria"/ Boate
Sonâmbula a percutir
Onde não há mais som, sim, uma suma dos sonhos
Aludidos à pequena canção imemorial
Para corpos espaços de não-música senão iPods, Interativos
Sucessos dentro de máquinas e couraças na própria carne
(Sem mais saída nem outra fonte elétrica)

Batera morre
Homem dormindo

Sobre sua canção
Dada de cor toda ouvidos – bate no rosto onde quer que soe –

Solto no show, Giga Gigante Ginga toca a abissal divisa
Entre si e o percussivo
Aparelho, enquanto pode se apresentar ao vivo
Redesenha a biografia allnightlong
Ausência de médico ambulância, nenhuma verba extra
Nem um saldo aditivo pelo feito, por pontilhar
A trilha de eras, o básico batuque aflitivo ancestral
(Sem sair de cena   mais por detrás)

Morte do batera ressoa
Música fluida
Desenrola-se onde

A noite cruza e compõe
Um tópico em torno (Restante
Figura, ao fundo) do sono/sonho
Impensado, inexistente quase

Sobre sua canção intransferível

Gigante Brazil (1952-2008), batera exponencial desde os anos 1970, ao lado de Luiz Melodia, Gang 90 e Itamar Assumpção, entre outros, deu perfil ao novo som da negritude, trabalhando, nos últimos anos, na noite para sobreviver. Faleceu em São Paulo, de ataque cardíaco, numa manhã ou madrugada, quando dormia. Interessante era seu hábito de, logo ao acordar, sair em busca de um jornal-do-dia (de preferência editado no Rio, onde nasceu).

MORTE À DISTÂNCIA (UM PAI)

Pai morreu entre dois patamares – foi essa a imagem de impacto
A demarcá-lo, interessado que era em paisagens e meios-
De-transporte – no tempo inciso, bem cerzido de uma mulher
Envolta por sua costura (a esposa de pai depois de rupturas
Com o ente familiar que ora fala, dita e escreve para o evento
Já inexistente) Bainha dentro da calça comprida de quem
Não mais vejo (Um nódulo de pano e corpo despenhado

Outro regaço para o filho à distância
Esquecido do que ocorria quando, de súbito, pai desponta
Para dissolver o próprio rosto) entre
Pilastras, caixas d'água, terraço de musgo
Pelo espaçado coração em agulha fixa sobre o homem
A desfalecer – "Useless for seeing" (distraído, eu, dentro do cinema
Bem quando, longínquo,
Pai deixava de haver, a projeção e o real culminam
Por dentro, em uma só vida, batida, instantânea

Comunica outra vida – não mais – nada na mesma atmosfera)

O abstrato estado falecente
Constrói com vigas e cimento uma alusão e sua árvore, ar-
Ruda: um galho se rompe

No mesmo ar que respiro: a dobra
Dura   nunca assistida
Por mais que fosse seu (Legítimo

                                        Um
                                    Eu, enfim)

                                        Filho.

PAI (UM MAR)

Pai ou atravessar uma ponta até outra, a
Praia miragem, pelo horizonte trêmulo,
As águas estendidas e em refração
Ou o nado de peito ora
De costas, era uma vez um
Pai
Pronto para salvar a pedido
Do socorro gritado da boca do filho
Senha aprendida nos filmes
Vespertinos tal qual o sol ao vivo
Nessa expulsão de todos para o verão, "socorro"
Como fazem Jerry Lewis, National Kid Marisol
(Tela seja qual for)
Uma câmara escura que a água reserva
O disfarce do infinito através
– Um banco de areia –

Nunca antes os dois tão próximos do fim, filho
E seu pai, prestes a acabar
A história doméstica por conta do calor
A um ponto extremo, água tal qual o sol fixo
Impossível de aderir aos corpos líquidos
Levados ao seco (sumidouro do próprio mar)

Pai vem salvar
Muito tempo – bem no final
–
Depois

VAGA

Pai me ensinou a nadar após a eminência da morte
Ponto de que parte o mar
Eminência com a letra E posposta, subl-
Inhada onde a iminência vem também
Insurgida com o mesmo porte
Igual
Sol depois das cristas claras
Falsas trilhas águas (o mar,
Colinas)
Abrem um plano incessante bem detido lugar   só o azul
Aclimata
Sobre o barranco, um polo alto apenas pensável
Para o que é corrente
Mas já no fim do mar, das férias, enfim
Entre a orla e o talho aberto
Onda
Depois de onda
Em despedida
Desborda
    Introjeta a paisagem
De memória

Até só restar um rastro
Selvagem
Superfície

À altura de quem chega
Para se desnudar
Intocado desde sempre
Tal qual os nomes

Ressurgentes
Dados em alastramento

À medida do que irrompe junto com a hora:
É água

Eu e corpo   ali
Oferecidos

Sem conclusão

(   )

Desconhecer crença e cruz
Seta que seja (legenda
Por cima/viés feito corpo,
Um declive de madeira, logo montanha
Levita lugar postal
De povoação, tempo)

Acerca do que há de mais vivo
Relatam-se casas colhidas ao longe
Sob efeito luz   livro esquecido:
Sem nenhum outro dito.
Riem por nada: apenas um triciclo
Cimento na base, pés velhos descalços
E
Palha muita palha se acresce a
Juta – Estopa – Corante

Não-se-sabe-porque-tudo
Vez a vez
Não cessa
Faz-se fé
Palha

( )

Só-de-ter a morte
Por hora, já se retiram
O terreno aéreo dos cânticos
Alinhavos sobre o vazio
Alumbramentos por procuração
A cada liturgia lida

E a senha do sexo a
Contagiar o sangue quente,
Laboratório invisível, puro
Exercício ao risco – profeta,
Faquir –
De vidro moído no silêncio
Mais e mais estirado pelo escuro
Confluente com o homem
Contínuo, que passa por "mim"
– Deus e dêitico –

Para soletrar a história
Nunca-vinda
Infla-se de si (um cio
Determinado, deposto tão-logo
De um segundo

Ao princípio)
Nada íntimo, nem inerente,

Naturalmente, desde a morte.

AMBULANTE

"Este é o comando, conhecer –
O pintor se alinha ao altar

(...)

Descobrir
Os vertebrados com asas da pré-história,
Engastes nas tabuletas de ardósia"

W.G. Sebald, *After Nature*

AMBULANTE

Jogos pontuais
- CONSERTO CURA E CIRCO -
Rastros remanescem
Em deambulação, Biombos de Gente
Sobre Avenida Presidente - Pousada -

Pontos-de-Venda variam,
Interferentes, sobre o minúsculo: O
De ontem, a sobra futura
Depois: Dia Mais
Que Pronto
Exposto à continuidade

Algo anunciado e anônimo

Mínimo, em varejo,
De tão veloz
Quase inexistente

Não fosse a coisa ambulante
A carregar uma imagem
De homem

Rua adentro

MOTORISTAS

(um)

O motorista fala sempre sozinho
Táxi – a placa substitui a emergência
De quem está dentro (vida corre
Mais do que o tempo). O minuto
Quase sem corpo – um só
Nome-núcleo-homem, engenho de gesto
T Á X I
(Tudo vem imediatamente e logo se esquecem
Viagem e pessoa)

Exclusivo para transporte.

(dois)

O motorista jamais fala sozinho.
Vive a encenar Adeus
Não corra pai, não volte aqui pelo velocímetro,
Já, mais depressa, mostre enfim
O descanso e não a descarga, palavra
Feita de penduricalho\
Verbo sempre à frente,

– "Só se for agora"

– "Devagar e sempre"

Não volte depressa demais, corra, sem medo,
Não há arremedo de gente entre nós
Tudo se refaz, só por crença
Na velocidade

Fala humana lançada ao léu
Do próximo encontro (Táxi,

Única palavra que retém o movimento)

CÃO E BUDA

O papagaio fala, mas quer voar
O cão sempre encontra o próximo
Cão
Faz que não há gente, Buda
Das sombras, late
O íntimo alarde
Em falso

BUDA DOS LIVROS

Fique com este livro – De qualquer
Modo mesmo
Sem moeda de troca
Diz o Buda recém-empossado
Da seita à rua dos mais altos congestionamentos
"Se não há tempo hoje
Para a leitura dentro de 2, no mínimo,
Anos, o senhor encontrará
O texto de agora" feito posterior –

Um fato, dado externo,
Alheio até ser pessoal indício –

À procura de mim "Apenas
Pela minha pessoa, exatamente
Tal como acontece agora",
Leve o livro acabado   Há milênios
E depois confirme
Estarei aqui neste mesmo
Ponto (De volta).

LONGFELLOW

Notas de pura intenção – A rua
De repente, resume
Um Sebo com Longfellow

Ao ar livre

As páginas valem pelo que fazem
Acontecer no minuto dessas pessoas
Estritas – Verões
Ajuntamento de livros, sexos vizinhos
Em um gesto denunciada busca
Por coisas vitais quinquilharias de quebra

O diálogo do ambulante com suas caixas enciclopédias
Enquanto arruma novas ofertas
Longfellow, o sexo certeiro
Cria outra cintura

Inventa a criatura que aponta para o mesmo motivo:

O sol é um fundo revolto
Toma a trilha da voz do vendedor
A nos indicar a compra daquele mesmo
velho livro, cada vez mais raro,
Pela última vez.

HIPPIE

Artesão pré-fabricado: figura-da-praça,
Sem se mover do reino repentino
Erguido sobre vazamento (óleo e resíduo
De uma feira anterior),

Faz festa aos pedaços,
Em memória   flores (dentro) um cerco,
Para a recolha das menores coisas:
Um colar mais que natural
Olhar de preso em uma corrente invisível
Nascida do ar e dos olhos dos outros

Toma o domingo duradouro da praça,
Lugar impossível   predito:
Assim   são as contas dos frutos,
As ondas, as magias,

Olho miúdo em seu rosto não encerra
A última volta de uma a outra era,
Visagem do cosmo,
Tudo o que, contínuo, se aferra ao tempo,

Abismo permitido.

PLACA

SÓ Deus Sabe
Minha Hora

O Colete escrito por trás
SEGURANÇA

A Cidade pela Frente

Deus, um dado ao Acaso
Sumariza cartilha
A título de tiro
Controle por cima do corpo
De um homem
SÓ EM MINHA HORA

Nada sei a não ser
Eu, espantalho,
Expropriação na Origem
Dublê da Ordem:

Puro Alvo

LISTA

Lista microscópica
Logo extensiva
Á órbita (Rua
Sobre rua)
Exclusiva a um em cada
Cópia,
          Para fora (do fórum
Íntimo irrompem
Pronomes pendentes
Decididos pelo acaso)
Ao lado dos proliferados
Potentes passadores
De coisas à procura
Dos ditos dispostos em notas:
Pedestres, pessoas, como nunca
Antes
Oferta Única da Hora

Logo paródia
Autônoma
          Ambulante
Para além de quem

Do próximo
Protelado nome

TATUADOR

O Tatuador não vai viver a realidade de pai enquanto o bebê estiver
Sendo gestado – A casa logo se desarruma quando vista à distância
Da sala já exibe a mãe-guia das águas uma ilustração matriz
Reproduzida nas partes dos corpos onde ele trabalha em sua tenda
À altura da Avenida cruzamento Travessa Dr. W, sua mulher se
[Emaranhou
Com outro depois de ter se engravidado dele, o Tatuador tem tudo
Em suspenso, agora transpõe para as ruas o resto da mudança mesmo
O inanimado dos objetos antes concebidos em comum com a criança
Por vir, coisas pequenas que crescem com o deslocamento recente
De sua história-de-vida maior que o próximo ato – Início
Pela piscina ultracolorida de plástico pensada para a família
Agora ele reúne tudo em um trapo uma tira elástica conjunta
Ao material de tatuagem, está nas ruas, deixa-se flagrar por
[qualquer Um,
Não tem mais volta.

CÃO (ZERO)

Atravessa poentes e, sem saber,
Pontes de uma zona demarcada,
De tão ondulado o cão (estará
Sempre, bem aqui, em companhia
Dos anos, adendo dos outros,
No coletivo que o engloba)
Faz do zero, desse exatamente lugar
Um golfo, um girar de coisas
Espaciais enquanto existir
Um último ser, renomeável,
Fácil de desaparecer   Nunca igual

Tal como se vê
(À solta).

BUDA (OUTRO)

(A)

Canta por Buda
Nos intervalos de uma a outra
Moradia, em aluguel, tal e qual
Partilha do Dia na Rua:
Canta por B (com o rosto sub-
Merso, mero receptor do espetáculo
In totum, transcrito em espalhafato,
Cores do bege ao berrante), soa desmedida
Voz dócil, diminuta

(B)

O homem em folia, faquir
Sem fiança, refém à hora aberta
A passar sob irrefreáveis sinais,
No meio da tarde, entre inumerados
Transeuntes, segue sua tarefa,
Superexposto ao público

Magnetiza e faz mímica do mantra
Até reverberar o – O jogo jamais termina –
Um –

Vir a se conhecer

FRAME

......................Cão faz *frame*, não guarda.

Abissa a festa das espécies, bandeia
Pela eternidade,
Deixa, então, repetir a cena
Básica, mais que primeva, igual à fome, ao croma,
Entre cinza desfocado branco, tudo se iguala
Evola;
Recai no próprio dorso – sobressalto, sono –
Força involuntária, gritada, latida ou
Só olhos
Literais sobre o ocorrido/ser/tempo/filosofia forasteira a
Domesticar contínua fotografia, feito
Um fato selvagem dado
De antemão sempre ao lado, pronto para morrer

............................Pela imagem de si mesmo.

Sombra-Mãe – Falha de filme
VHS lançado ao sol ENTRE coisas esquecíveis
Figuras regressam   Senha: URGÊNCIA
Talvez meditação acerca de mais uma
Hora de Desemprego – Seio ou implante –
As vidas estão à mostra (Alguém
Caberá no esparrame das miudezas
Construídas ao léu/ um museu
Tombado quanto mais se caminha
Sozinho), um sósia do que acabo de ser

O mercador dobra sua voz
Enxerta a pequena – prótese – narrativa
Atribuída apenas a – "minha vida" – si mesmo
(Por ali passo enquanto anoto, alinho na pauta portátil
Caderneta eletrônica, acessível comércio paralelo)

Onde flutuam balões de comics
Abarrotados por legendas

Karma e Delikatessen – todos
Os motivos, todas as miragens viram placa –
PLANETA AUTOSSUSTENTADO (uma persona
Toca teclado automático
Com aviso)
NÃO ADIANTA SE DESVIAR DO SEU VENDEDOR
Tudo circula   ali mesmo termina –
Sumidouro,
Sevícia –

Em cada réplica de objeto

E Seu Humano.

ATRAVESSADOR

Tomar a droga é (e)
Atravessar o centro – A caminhada não se dissocia do tráfico
Oculta um homem entrado em idade, na raiz: droga disseminante
Há um jovem a mais, um reincidente (contato cel secreto)

Os anos correm, intentam a festa, a féria (eco extradito)
 – O traficante logo se implanta
Na casa mais longínqua, acrescenta
Conversa: o trajeto até aqui, em décadas, transporte entorpecente,

Conta seu começo, um igual minuto
Na companhia de seus consumidores – Clarão –
A vida inteira aparece pela ponta estopim em brasa rápida –

Atravessar o centro como se não fosse:
Nunca outro minuto, remoto ruído da vitrola
          (música progressiva)

Arqueologia de um dope – O homem vende sua presença
A prova em pessoa/aventura cotidiana: passar
A coisa, o último nome, o prodígio se introjeta
Por livre vontade, tráfego subsolo entre os mais
Distantes bairros
Como se nada saísse do minuto sob um guia cativo
Expropriado do presente, interdito
A ser percorrido, camada de véus:
Um feito da terra e seus dons –
Travessia pelo centro (há tempos)

Em busca da posse (espaço),

Genuína erva arvorada –

Insemina o instante
A cada retorno.

BEBÊ

Muitos o veem dormindo – dromomania –, exceto ele. Descortina-se
O público, de onde (diante) o fio de vida se desnovela e engloba –
O futuro será rumor – Voz locutora recita as placas, as paradas –
Antes mesmo dos pais, memória em cada estação metroviária,
A cena básica humana ostenta a criança alheia (abismo de palavra
Orbitante sonho interrompido) ao que ocorre com o casal –
Mostra-se como apêndice, aforismo do relato pai-mamãe
A mais nova miséria faz séquito, acompanha bebê ao absurdo,
Ao cubo do real, sem qualquer brinquedo (rostos paternos se talham
Das dores recentes, casas caídas, empregos impensáveis êxodos
Pessoas tomadas por simulacros do gozo e da gestação). Por mais
Que exista uma história verídica, visível nas faces falantes,
A criança sobreatua no silêncio, incursiona pelo sono, por segredo,
Circunda cada presente a serviço do risco,

O trato de todo circulante com o próprio vazio (sem-
Mais linguagem e juízo):

Não há como dar crédito – ninguém, nunca –,
(Nenhuma crença)
Ao bebê trazido
Extemporâneo à luz
Do dia.

SEGUNDA-MÃO

O que acontece quando você lê
Em espaço comum, coletivo?
Anota o dia, a multidão da história?

Um livro para ser aberto (modo de transporte)
Em todos os instantes
Estações: um efeito
De capa e leitor,
Letras se miram
Para fora do âmbito estritamente escrito

Best B Seller em Seletas
Gotas de Nietzsche Guia do Pitbull
THRILLER Tipografia pura

Enquanto você não é ninguém
Entre o fim do trabalho
E o início da noite
– Apenas soletra o sentido desprendido
Da palavra ao corpo -
Um traficante de livros, na surdina,
No subterrâneo, oferece
Qualquer volume, o primeiro que for
Segunda-mão:

Passa o texto da próxima pessoa.

O Desenhista

Não-Mais

(Diz um a um cada ambulante, não necessariamente para cada um,
Quanto mais atuantes, tomados por dia e lugar,
Em trajeto,
Por expansão).

Fui a pé, fui de repente ao Museu Estação Luz, algo perto
do sonâmbulo, mesmo sob sol resistente (corpo sem desejo de mostra),
[tudo vai ao encontro
Do Desenhista, um negociante insurgente começa a esboçar um
perfil, olhos bem maiores do que sou, dizendo respeito à figura,
[sentada, esquecido sentido
dado por mim: só porque fui tomar expresso ler catálogo ao ar
livre depois
da Exposição SCHWITTERS & COMÉRCIO
Com a coleção inteira na cabeça, finjo que não vejo ninguém e
abandono o gesto –
O Desenhista se aproxima para mostrar o trabalho feito
Em torno –
rosto alheado de café com ELEFANTE BRANCO NA SALA
[LINÓLEO
CINZA sobre meu corpo retrospectivo, deixo de vez a Exposição o
Parque a figura do Desenhista a atuar como um
[prolongamento –
Jardim Luz e telas, bem dentro das retinas –
Extravaga
Último dia da mostra SCHWITTERS em SALDO (não fiz
nenhum
Trato,
não verei mais minha imagem própria

em senso corrente,
Alegoria
Afinal).

SEGMENTO

condenado por um assalto a 8 anos – regime fechado – passando
para 5 – pai de 2 filhos – agora aqui agradeço
primeiramente Deus, depois a vocês pagantes da condução
"tem horas que alguém deixa de existir, de ser gente,
por não ter emprego na vida
justo quando não há mais impedimento" –

o dinheiro que há, qualquer
um me encaminhe (porque
perdi tudo, meu tempo, falta
tudo desde sempre e ainda: essa exata hora)
a moeda mínima,
a esquecida por você
em bolsa ou bolso, aquela
jamais gasta, sempre de sobra, nada
ao fundo, centavo restante sem troca
(está lá e é como se não fosse)

"eu não falo por mim"

eu preciso agora "só se for":
estou pronto

passe tudo logo

BLOCOS

Notas dêambulas cidades – crer no fluxo contínuo (parte de
[um Escrito "Só se for agora"
Logo acontecido entre quem passa e faz pouso) – Não-Mais

Aporias (nomes de mercadorias, eventos em contraparte)
Sobre os acontecimentos, os últimos elos coletivos
Reproduzidos em reversos (identidades)

Compro a versão-pirata trilha sonora do que se vê compacto –
Vida imediata, mas não passa de bloco
Desfolhável (Revenda Notebook)
Anotações sobre a música ruas cortadas por comércio denso,
Dorso, anverso lugar ao dito-homem

Galeria formada por vozes altas, vultos desejos iguais –

Bem debaixo do céu, assisto ao corpo da droga recém-tomada após
Banho de lavanda e chamada interfônica sobre o espanto deste dia
(Rabisco no bloco que é logo meu endereço/Oferecem-me sem troco
A guarda de uma criança nascida há menos que 1000 minutos/Logos
Em pantomima – mesmo um traço de pessoa eu ao menos, ainda
Testemunha restar vida) Só para dizer ora e cair no mercado, entre
As miniaturas das coisas sobrexistentes -
Por mais que um vivo trafegue, desgaste roupas em lugar de datas,
Tudo é insuficiência há muito que respirar, simples
Porção ar/acosso/ambiente: procuro pessoa para envio de texto
[Extraído entre casa e caminhada
Dentro da rua de onde não posso sair

Impedido, ao mesmo tempo, de esquecer a máquina.

Um dançarino me intercepta – quer moeda, de qualquer tipo, uma
[Taxa,
De mim exige insígnia, algo a se raptar apenas porque estou aqui,
(Por uma circunstância sem causa, sem aparência, podia ser
Qualquer outro) Ele não sapateia à toa, todos serão sua plateia,
Teve bolsa-de-estudos - Bailou Verão Verdi
Entre festivais guerras europeias
Agora faz reverência, um eco de épica
Descarrila assalto consciência tardo-cosmopolita/

Tomo o aparelho andante, acoplado ao meu rasto (www):
Algo mais íntimo se mostrará visível justo aqui, em meio
A
Voz dígito filme canção pré-gravada para criaturas
Vindas em conjunto, fora nenhum alinhamento –
– Única raiz, razão de um vivo –

"Você" não está sozinho, ficção fabrica suas próprias faces,
Pontilha o nome sujeito menos imaginado

Agora
Aleatório, Ambulante

"Só Se For Agora"

– Só se agora for
Não-Mais

MUZAK

SÉRIE

As portas da maior cidade se oferecem à urgência/imagem –
Postais
Dentro dos cubículos de sexo, moradias sarah jessica parker
Taxas sempre em alta, sob nomenclaturas/pós-metrópole,
N.Y a nu de nenhum até logo, after hours
Entre corpos geografias trifases vírus em tempo real
Implemento discursivo indireto
Do que está-por-vir e já é refém/um átomo

Cosmo à deriva cabe nesse loft como se seguisse
Vozes
Senão teléfonos diversos enganchados seres silhuetas
Contam epidemias públicas privês ou
Esperar por nada – abrir janelas e dias (retículas por pequenos gozos
Gosmas de hóstia, cápsulas indiferenciadas), acompanhando séries:

A enorme lufada de ar depois do parque e da casa, um sentimento
Absurdo, planetário, de estar por aí, respirando tudo
E bem (a pensar o "bem", única palavra-passe),
A convite de um (como se fosse "off")
Continuum – voz vaga, volta,
Autorreplica – Indiscriminadamente, "confesso"
Estar bem, no segundo do mundo
(Compartilhada ausência
Em consenso)

"De todo mundo"

DO COMEÇO

I

Um começo de dor, terra, silêncio
no mesmo dia quase na mesma hora
o horror, o idílio
        por um k de carne e bebês há muito paridos

por mais que se conheçam
da sabedoria, a suma
repetição do exercício – as palavras e os picos,
atalhos físicos, livros
        no instante avesso do sonho de ser –
vivem-se o bicho e o grande homem (a um só tempo)
a boca comum berrante
por onde a morte se dá como certa, para nunca acontecer
a morte já irrompida
        pelo mínimo cisco,
        pelo retorno do dia.

II

Desgarrado de qualquer hora anterior, futura
como se o pacto involuntário, infindo –
dor/terra/silêncio –
rachasse no começo
          de vez até a respiração
                              rotativa dos astros
                    mais fogos-de-artifício a cada fim (ano)

               não restando senão um
               mero único subjacente –
                    razão, retalho
                    feito um eco rebatido
                    a dizer-se unicamente

               por conta da distância,
               improvável enlace entre
                    vulto/ouvinte

               por uma espécie espasmo

               de música, máquina
                    e ar livre

DO SONHO

Hoje o sonho é repetição, revisita
          À ficha de arquivo
          (Fundo-de-casa/conjugado psi
                                        Doado pelo pai
          Ou pré-pago à política-ambiente)

Hoje o sonho é efeito exibição: cena pública,
Foco solar sem feixe,
Nenhuma fresta: um homem
Ameaça outro com um revólver infantil,
Portátil, à vista de todos

Sequer um resto de dogma
Nenhuma entidade-acaso
Não há cifra familiar, nem guarda

Tão-somente beira   gravura onde
Ninguém mais descansa, apenas assiste
À
Continuação do mesmo dia

E-de-si, feito à sua própria revelia

2003

"Muito lógico" – soa silêncio –
como se alcançado um cimo
de palavra e gesto sobre
a evidência do estrondo
ao fundo
esporro de guerra involuntária,
vicinal, a criar contágio,
contrapelo

no rumor da voz mais íntima

quando não parecia haver mais nada
nem a própria morte
reportada diariamente, em tempo –
duplo histórico/tela sucessiva

nunca o lugar assegurado de uma última divindade
nunca mais o apocalipse, a apólice
de um único déspota
muito menos o pouso de uma pessoa
que soubesse sua própria, próxima fala

feito um fato coincidente de lógica e silêncio

BORDA DE BAR

Moral (saída de um bar)
Cabe na borda da boca, álcool fervilhante,
Reaviva o abismo
Aberto por todo devaneio   entre
O desejo e o sentido

ERRAR É CONFRONTAR O JÁ-DITO
Que se revolve em palavra
Fonte contínua
Despendida   em si mesma

ERRAR ERRADICAR
O veneno, o vício da voz
Como origem de qualquer pensamento

Até o encontro do corpo ao vivo,
PARA SEMPRE EXCEDIDO

BUZZ

Depois não querem que buzine
Até eu esvaziar
O trânsito já formado, autorecorrente/
Do qual sou/   mesmo, eu,
Pura pessoa compacta
Na confluência do que se fala
E passa a ser um igual indeterminado ruído

Depois não quero mais
Buzina sobre o juízo
Apenas o risco de vir a calar para sempre
(Êxodo-Eu)
Excomungo onipotente,
Onívoro-vindo
De mais ninguém

TABULEIRO

Não Inveje Paraíso
Alheio Trabalho

Ditam os caminhões
Às 5 e pouco da tarde, quando
Ninguém mais fala e enumera
Ao fim de tudo – expediente, expurgo –,
Na rota qualquer dos mercados vários,
Camuflados. Slogans

Para toda ocasião-espaço
No comando/homem, demasiada
Carga
História-de-vida, só possível
De se remontar – por isso a canção, a carta,
a velocidade, a palavra e a tinta no para-choque –

Enquanto ganha mais outra, impensável estrada
Cada vez mais ao interior de tudo
Br profundo, o mundo brrr   borra, bruma
Seu fim e comércio, gente habitável   através
Verdade deambulante

(Relance   Legenda
Bem   ao longe) –

TRANSPORTE

Memória e simultâneo delírio
Na hora de espalhar o gelo sobre o morre-
Não-morre   um corpo igual contíguo
Em ato/correr o zíper, a bagagem de uma história
Dentro de um thriller sem volta –
Saco de aniagem onde um nome se estampa
Por cima da cara do mais novo morto
E ele carrega droga, dólar pesado
Irreconhecível fortuna dissemina coágulos:
Sangue, dobras de erva brava
Cristal em vertigem, o rosto que se apaga
Por gotículas de suor, galáticas letras-de-música
Inscritas nas comissuras (linhas de uma face/
Forros inclusivos à mala
Imediatamente devassada camada não cessa sobre cada

Traço), não deixa a menor retaguarda
        Relê-se um registro, abre mais légua
        Sobre o já-feito entre objetos e o mesmo corpo

- O que podia ser a vida:

- Uma causa.

- E um fim

- Ao natural não.

AGENDA

Caminhar um pouco, abrir
O espectro da hora (para que aconteça sempre),
Confronto-fantasma: o azul mnemônico
(para que aconteça em certo momento)

Notar a chegada de um observador
Com óculos de griffe, durante
A noite que se ganha sem mais disfarce
Em torno/um abajur, ponto irreversível
Do sexo e uma história mecânica
Dita por fantoches antes da queda das roupas,
Etiquetas de saúde provas íntimas
"a vida passa uma vez só, e nenhum alarme"

Ainda que se tenha esse corpo esparramado
Dado em dois, o tempo que a gente quiser
Por isso mesmo nenhum intervalo
Entre pensar, dizer e voltar
A fazer amor falar por qualquer
Um de nós
Contra nossa própria vontade
E voz.

DIABLE

"Será que vivi o dia, a tarde,
Exatamente?

– A linguagem" às vezes
É uma armadilha sem enlace,
Sem pertence

Piso falso, folha
Movida por nada
E sem fundo, nem
O solo que se pensa? –

Essa tarde, não mais
Dia
– exatamente –

VORAGEM, VERÃO

A voragem e a solidão no igual segundo
Para um mesmo corpo, a aprender-se
Pelo iniciático postal   sempre à beira –
Viagens demoradas, diagramas da hora breve
Para um só passageiro

Atento a olhares, acasos
Como se apenas anotasse e
Vivesse a mais

CINZANO

Itinerante filme neorrealista, a placa
CINZANO   ao horizonte   posto à vista
Por meu pai na guerra enquanto

Apruma o quepe   aproveita o intervalo
(Força Expedicionária visita
A civilização entre ruínas, praias,

Novamente, alinhamentos de batalha)

Durante o pouso, Itália,
Só para avistar o país de origem, a ser
Reconhecido no futuro   pela promessa
Placa   CINZANO –

Um gesto de guerra (sem confissão, nem legado)
Gosto logo bêbado
Pelo que fatalmente é
Bem- pequeno e
Jamais passa

"Não cruza fronteira"

AMOR NA GRAMA

Amor, um enxame, excesso,
Uma orla (arranha
O limite, a concreta linha) filamento
Entre homem e sombra do real –
Pedra em bruto da palavra
Por demais escrita (Assim)
Intata (Amor
Afora)

ROL

(Você) seca suas coisas, mira
O instante em que aguardo as peças pessoais
Além de outras expostas para fora, alheados olhos
Por baixo da pergunta rolada muito tempo antes,
Em extravio urgente: Qual
É o meu sexo agora?
Eu nunca
Digo diante de nada – roupas mecânicas
Por trás e de longe, ao longo   vidros   máquinas-
De lavar-em-série
(Logo logo desaparecemos, dois
A serem repostos)

(O um
Em vacância e o
Cada vez
Mais próximo)

HYPE

Hipernovela – Duração indeterminada
À altura da humana palavra
Não mais sobre mim/vc ou 1
Decurso direto entre os seres
Transportáveis pelo tráfego de vozes,
Traduzido desejo se
Oferta em conversa alheia

Aleia
Desde um conto moral seriado solto pelo ar
Forma intempestiva paisagem
Até tocar os corpos presentes
Solitários
Tornados falantes

"Habito uma fábula"

LIVRO/TELEFONE/RUA

ópera estenofônica
inspirada em *The Telephone Book*,
de Avital Ronell

(1)

Recepcionista (scratch conversation)

Eu sou a recepcionista
Sou eu mesmo quem atende
Em nome de ninguém (Jingle)

Imediata mensageira de "Tudo
O que se conhece e é transmitido na hora
Qualquer dito logo se insere"

Em cada livro a
Agenda aleatória
Carregada por todos onde
Quer que desapareçam

Eu sou a recepcionista, a mais pura ouvinte
(aquela jamais vista)
Tão/Somente-ouvidos
Hospedeira de vozes EM ATENÇÃO A VOCÊ
Sou sua, um VELHO TESTAMENTO,
um verbo ambulante para sempre e sempre

Sem juízo e sem volta – Sou, ao contrário,
Você mesmo: sua voz ausente

Sempre disponível (Refrão
da recepcionista para uso de *scratch*)

Ouvinte –

"Perdi meu tempo: a vida corre por um fio (que não se vê,
Distendido no ar)

(Enraízada caverna da boca)

Não posso esperar mais por nada, pelo menor segundo, tudo pesa
E não passa, ficam eu e o tempo paralisados

A serviço dessa voz sem rosto, anterior a qualquer pedido
Qualquer pensamento (é a vida que se dispersa
Quando fico suspensa à escuta de você,
Você, igual a todos os outros nomes)
– "Agora escute e anote":

Pelas mãos da Grande Mediadora
O dia será uma hora:
O mundo já está ao seu alcance
O universo sem forma, apenas com sua fonte,
Como nunca, devolvido a um possante silêncio

Ao seu potente segredo

A recepcionista: nossa biofonia

Eu sou o signo ao vivo
Invisible Partner

Inner Walk-Talk

Eu sou a recepcionista
A sua mais atraente dicção
Palavra prefabricada
Sempre em outro lugar que não aqui,
agora e/ou nunca

A recepcionista é tão-só a antecedência de uma fala,
um simples dispositivo,
Uma mulher, certamente, por vezes um rumor –
Desestabilização do remetente

Sou o signo da Viva Voz

Preste atenção à circundada solidão: Catálogos
Instalações e Ditados

Preste atenção, por favor
(Eu estou apenas ouvindo você)

Sou apenas uma transcritora e porto
Voz estenográfica para seus apontamentos,
Trabalhos mortos, saldos bancários,
Junk-food, monopólio, comodidade, sexo
Sôfrego (em sigilo)

Preste atenção, por favor
(Só você é quem fala)

(2)

A Chamada

A mãe chama primeiro
É sua voz que embalança
Mateus e mateusa, a morte medusa
Modula-se em conversa com a abismada mãe,

Antes que o corpo amadureça e
A memória se perca na promessa de maré,
Pelos dias livres, férias sobre o solo de pedra
Água ruidosa em tempo firme

Voz clama o escândalo do dia solar
Mais que escaldante, a mãe, um efeito, em estéreo,
Sereia, provoca uma ponta de natureza
Quando cada minuto é história
Uma ligação telefônica exclusiva a você,
Nome meu, mãe qualquer de alguém

Chama, desde o primeiro livro, a
Vogal irrefreada,
Em causa própria, nomeia um:

Logo outro.

(3)

América/Emergência

América opera com lógica de crise,
Balística, Depressão, Stress EMERGÊNCIA
América é um nome-mulher impresso em toda sombra
De filho, o mais distante, em revolta ou sempre desaparecido

América é uma bainha materna, baía
Dos banhos de sangue, poça sempiterna
Estendida para a cura e crise   ao limite
Para o mar dos povos em revoada, vozes e votos
De Não-Volta

América se plasma por si (só) –   dote
De uma prece ao telefone, doméstica,
A prometer salvaguarda, um redobro de salário
Cidadania no mundo enquanto a catástrofe se desenha
Matinal, anti-áerea, fixada no cancro de casa,

Visor e vocais – a mãe repete América
No benzimento de um filho que não se vê mais,
"Nada tem de pessoal"

Lê os Anjos de Rilke na surdina
Guarda o primeiro preservativo dentro da caixa familiar
Choca seu cachorro minúsculo de guarda
Quando o leva a passear diante da praia (um cartão-

Postal diante da planta/casa minúscula), placenta –

Um chamamento tardio no interior do Prédio-Panorama,
Na transparência (em vidro) que a faz legível

Pelo desejo preparado toda a vida – A mãe
Feito um ditado
Domiciliar, *loop*   Lacricômico

Fio de voz intermitente
Feito Ditado

O Fim
(Repeat)

(4)

Disque B

É hora de agora, o crime pela corda do telefone preto,
Testemunha fazer filosofia entre conversas vazadas
Quanto mais reincidentes

Diga para Ser – Disque logo

Digite B e aconteça

Pela linha marginal ao documento em Páginas Amarelas,

No Guia dos Residentes, anote sua fala (urgência sempre)

Depois converse com os assinantes, ágeis em trote

Tricô das mulheres que te fazem comum, te inscrevem

No Livro do Telefone para ser, – apenas ruído –,

Seu outro nome, invisível ouvido

Disque B

Voz autêntica.

(5)

CARTA POSTAL ((Peça para timbres interpelantes, efeitos de
[transmissões e acentos dialógicos)

"Encontrei no fim da conversa um chamado vocal por engano,
[dizendo-se possuir um precioso pacote de endereços,
que eu fosse até o ponto da sua perda"

"Demasiadamente humano, despejo em você um rosto, o
[ponto cruzado da palavra em sua atenção, no meio
da tarde e do expediente, peço e vazo, sou já a voz que só vem de você"

"Muito obrigado por ouvir vocês mesmos sem desfocar o referendo de
que há um juiz por cima
de tudo, por qualquer passeio ou revolução, o ritode uma ida à natureza,
cascata
só de ruídos, até não importar mais você (civilização quer
[dizer muito obrigado), muito obrigado mesmo"

"Sim, eu já penso nos móveis, você sabe que
minha coleção de psicologia é gigantesca e eu preciso: um
[fecho no lugar das estantes"

"Ok, os estandes e os telefones.
Os estandartes para nosssas vozes abrigos decupados tal como
um cone cubista, precisamos de quadros e lagos para nossos contatos e
separações diários"

"Pronto acabei de secar o rego de esperma onde você saliva
esfrega bigode e bigorna.

Ótimo, porque meu gozo veio, também, nesse agora, não se esquece do lugar da cama e da luz pequena antes de nos deitarmos, nós dois bem juntos um único sono, pronto já vou para o trabalho
(me ligue, então,
hora combinada)”

(6)

MUSICAL SCORE (em torno celulares/ar das cidades)

Miséria Mistério
As ondas do mundo visível refluem, continuam a gerar
Criaturas em movimento – Recaídas no ponto
Vicioso enigma ante o chamado – Miséria/Mistério –
“Em nome de ninguém” há recepção e fala (alarmes)

Revolta desdobrada em um Musical
Livro, Telefone, Rua (onde aporta a única conversa,
Um coro Revoo sobre a questão retornante
Eixo de cada vivo/MistérioMiséria)

Muzak Music Hall do Silêncio –

Um só homem replicado em qualquer imediata
Borda de toda palavra conhecida

A traficar celulares
(Canção intransitiva aderente a um corpo
Em constante despedida)
Sons sobrepõem
Anúncios do suturado sentido
Mistério Miséria

Não há outra hora, nem órbita
(Uma sociedade de telefonistas? Quem?
À procura da própria voz em público
Quando mais íntima)

Oscilação e Onisciência

(Ópera)

Livro Telefone Rua

(7)

HORDA DE HÖLDERLIN

Passo por cima do silêncio que me pertence
Bem por cima de uma canção ancestral,
Orbitada no lugar menos visto do mundo,
Sem nome, mais um impensado kilômetro –
Um Ermo

Éter

Para chegar a ti, figura distante,
Que confunde céu e caminhada
Para chegar e logo partir
Entro em corpos
E saio muito tempo depois quando
Tudo começa a circular (sem razão)
Sobre a cabeça e um resto de cantor –

O Éter e a efervescência exterior:
Talhada pedra linha de grama,
Era das pessoas no limite extremo (tabuleiro-terra)

O começo de mim e de vós, tua voz
Ó Éter

– Em plena posse sonora,

Pura palavra perdida

NEO ECOLOGY

Miligrama aéreo, a terra
Sem promessa de aliança e ainda
Assim aberta – o repleto talhe,
Um design autoproduzido
Desígnio de febre a delirar tudo
O que vê e fala, fora da falta do fim,
Cada vida por nascer, prontamente resguardada,

Em tese, mesmo à vista

Em nome da natureza.

PARQUE TEMÁTICO

Queremos estar – logos insone –
Ser homens feitos, nomear o que
Não se vê – a origem e a
Correnteza exangue, à solta –

Dentro de uma panorama, ou então,
Um parque, um cessar-fogo
A qualquer hora, pelas tantas   fontanas

Sob o contínuo rumor do fim da vida.

POPULACÕES PRAIAS

PRAIAS

Andar sobre o que resta   de praia
E ainda retorna
(miragem   por extensão)

Gente aninhada
por cima do pó havana meteórico

Ali –
Limite e sinal de tudo,
o que sublinha a água

Contra-Natureza:
as ondas secretam
suor provocado à margem
do jorro em dobras,

em dobres de um dia surgido
à imitação da água, do vem e volta, do bem
que é imaginar tudo imenso, infinito e logo

um retalho de nado

Tapeçaria   verde picado e contínuo
surf ou desvio
de alguém em batismo, já muito longe

a mirar gravura   grande praia nacional
talvez ao sul, mais longe (   ) um cômodo pequenino:
pista de poentes   arremessados corpos
ao contrário
dos saltos livres na água
Alguém talvez

Bem próximo, avesso às vozes,
em conversa secreta ressoante

um simples corpo deixado ao chão,
rente limítrofe plano

arena de giz, calcário (um leve rumor por trás,

por dentro, talvez o sol,
talvez o acidente que se azinhavra

em nome atlântico, um simples revolto   retorno)

carioca proliferante piolho universal em mar aberto
alastrado   óleo
onde se antevê a alucinação dos lugares
sob o menor movimento

(efeito ray-ban camelô   droga ligeira
que de novo rola
a contar das réstias de cartão-postal   sargaços
rapidamente devolvidos feito ramos de erva
há muitas eras   na ponta das línguas acesas
para tudo comentar, em réplica ao som marítimo, esse
ainda não acreditado, por inteiro, vindo em ondas
tão baixas) abandono de esportistas e de tudo o que foi a praia,

(o mínimo e o infindo) – vem e roda

"são blocos de sal maciço que a água constrói
vinda da mais longínqüa plataforma"

DO MAIS IMPENSÁVEL PATAMAR

O mar é colorista, molda seres e atitudes
Os mais destoantes   em seus corpos de pose
Mais do que em pouso

O mar estatuário: onde todos
dignos de exposição se acolchoam
para o assassino Caim/Camus –
sol esfaqueador de formas

Vistos todos de longe, pelo que vibram – ondas pregueadas –

E logo se dissolvem

Lixeiros e bandos suburbanos estreiam o mar despoluído
Paralíticos guiados por suas mudas enfermeiras
O travesti, em corrida imemorial
Uma deusa acadêmica sob halteres
Betsabá amarra o tênis, perdendo tempo
Todos descem por essas repartidas águas
Por ordem do liso, piso em falha, e, naturalmente

Volátil, verde quebradiço

Cenário pós-bíblico, crepúsculo hiperiluminado
Não se pode perder a praia, a qualquer hora
que haja:

Sol holofote –
Voam panfletos no céu criado para cada corpo –
Holograma do Pacífico Cruzamento – gente,
Disposição crua em mostrar a pura areia

sob música recorrente

Cada um é seu próprio SALVA-VIDAS –

os códigos do perigo se distribuem
em gotas d'água e protetor solar

Cada um deve se salvar de si mesmo
Voz genuína que se oferece às praias –
um long-playing sem data, rotações intermitentes –
movida por promessas e despachos
(os mais industriais
os mais espirituais)

Ganham corpo e tempo,
Os presentes há muitos sóis
Nesse nada da entrega pontilhada por vozes

Mais e mais ruidosas (em capela, o murmúrio marinho)
Falar para todos indiscriminados, num jato
De novidade e repetição – Verde massivo
Tudo o que não se pode perder,
Sob pena de ter traída, mal raiada a manhã,
a juventude,
a juventude,
contra o escorrer natural das coisas (por onde tudo
pode caber, o mar até, desde que
não se interrompa pensamento
imediatamente corpo)

(Desde que não oponham um outro a um
Ante o livre esbatimento de água

Sobre água) e já não mais

II

O renovo das águas faz contracena
AO MAPA CULTURAL – CIDADE OU OUTRO MARCO
TURISMO TEMPO TARIFA

A todo risco, o circuito oposto à paisagem AGORA:

Agora o passante, banhista extemporâneo,
Emerge com o todo-
indeterminado rumorejante
E filtra os fermentos, fenômenos
visíveis ao acaso das peles
em cultura/curtume

Corpos nunca efetivamente desnudados,
sob a pátina do verde
lança-se a gramatura do lugar
naturado, escorreito
um orbe ou
o mais simples – ao solo
em nome vivo exercício
da dispersão

Uma tábua deslizante até onde o olho pode alcançar
(o poro da água)

Batimento - em si - destituído de hora,
E de todas as distâncias

Agora refeitas –

Gozar os vazios da Terra
(UM NOVO DISCURSO DESCERRA HELICÓPTERO
SOBREVOA   ABANDONO DE CORPOS)

Tudo termina em mar,
Da paz ao inferno (a cada trégua,
expiração dos vivos ou das marés)

Gnosiologias Gênese
Das destinações marítimas aos mais
solitários banhos de sol:

Nada mais ser   perder-se

- O mar em sua própria margem

III

Rabiscos no ar
traçados pelo mapa/
pensamento   sem pousada

mesmo quando rebolam as esfinges meninas morenas
e se dão grátis bocas picas pontas de pessoas

O mar é a Distância –
                                        Surto por intervalos

Nenhuma Construtora voraz ou empresário dos espaços vagos
                              circunscreve o ritmo da rasura

 (corpos e páramos
                              em descontinuidade)

populações praias
                              outra geografia à beira,
                                     passamento da paisagem
                              a ponto de arrancar palavras
                               sinais no vento e vogais onde
                                     não há mais borda resguardada
                                                       pelo orifício sol

               por um tanto de tantra
               um platô de praia

               (só há vazadouro e mais nada)

        dizem o som do mais íntimo e profundo, a cabeça
ramificada em drágeas de dados enquanto
            lançam e relançam hipocampos

por estratos de sensações, agora que o sol mais arde
        torna todos simultaneamente visivos (por causa)
por granulações de febre   terra

lacraias brotam no paraíso de saúde e desperdício:
jogos travados na planta mais baixa,
        carnívora, por onde se espraia a figura humana

tão livre a morrer pelo sol,

mas logo exibida como efeito metamorfose
de tudo o que rodeia –

conversas segregadas pelos guetos praianos
musculações em série, territórios das classes em choque
quanto é mais aberto, o espaço,
privilegiada Natureza fala solta vende os ambulantes
organic workers munidos de cadastros

e mais à superfície:
uma usina de morte/vida na pele mais escorregadia –

onda (poster privê)
tatuagem nas costas do comerciante de água

tudo o que se vê de uma só imagem:
bloco de barro, protozoários e partes
apenas partes do corpo
gradientes –

pontos assinalados pela ferida
o mais vivo

esse lugar zerado sol

IV

Ferve por si mesmo o tempo,
gradua o movimento mais ocluso
através –
garras da água, pública piscina

onde se nada sob efeito do rumor, apenas,

da cadência sem-fundo – desígnio ao léu

um estar bem comum, mas nunca inteiro
no cimo do jorro
e do gozo

ao sabor de um corte exposto no último minuto
a ser fruído, em mergulho, pela senha do silêncio

a juventude, a juventude

(mar nunca desfrutado

pois é O Tudo – –
mostra como não se vê – o
imediato –)

Ficar aqui, sempre voltar aqui, o mar
Lugar fixo da promessa –

Vitalidade de um único, sempre novo, nicho
de onde irrompe a festa biológica, embebe

dada
Comemoração e clausura:
Imagens de um culto relampejante de pele,

Em suspenso.

V

Oh, I don't see my sea
Oh Me
And again: the sea

Ruído
(Rádio por toda a orla)

Cano irrompido areia adentro –

Coisas vivas ressoadas no fim
Vão esbater à linha limítrofe (tudo o que salta,

Salitre, encruzilhada)
Aqui onde crianças medem seu inesperado crescimento
Por cima do restante mar vazante veloz
Na crueza da onda que se achega

Coreografia do esparrame, ciranda:
pleno espalhafato
recreio provado na fonte,
sem-volta

Praias
(Pontuações)
Pessoas

Pipa Antena Arraia
Cor aberrante: Zênite

Supersolo/Escoamento
mãe desembesta
em bicicleta – criança oferecida ao tempo,
junto a um dos seios – corta pedra, atalha,
embalo de repente,
pernas entreabertas

"Só para tomar o sol"

"É só o mar que temos
E mais ninguém"
(Alguém ouve sozinho, no rádio-concha, o single,
duplica a voz de quem?)

O mar é só e é
O que temos e mais
Ninguém

Nem a nós, prenhas de corps e instruções,
A correr nas praias locais
Sideradas

Ditas reditas pelo ar
Com o tom extremo totalmente externo
Da própria voz

VI

falam da Natureza e da TV Globo 1/2 funcionários
jovens rapidamente hiperdopados,
assim à vontade em exaltação por uma trama evidente e já
comentada por vozes regressas acerca de Todos
Os Espaços
(principalmente ali onde tudo começa-acaba)

falam da grande fantasia fluente
sem recuo, sem exorbitância arrebentação

"para todo o Brasil Agora"

O Mar não está aqui

(por mais que tudo abarquem
com vozes altas aparelhos deambulantes)

os dois tudo nomeiam, deixando queimar as caras
acentuadas máscaras, de um a outro
posto solar
duas vozes propagantes por toda a costa
pontuam a imagem inteira, direta
porém intransitável
dissolve os 2 em demarcação de água

enquanto captam a Noite Americana em suas falas de figurantes
– e o sol a persistir

Temperatura gradua Tela
Máxima Morte

Dia Após Voz Voragem Do Globo
Em Duração-Minuto

(reflexo e fluxo)

E é esse dia
Que não se pode perder
Antes/depois, noite, mar

– barraco

bueiro
boate ali em frente

um jogo entre praia e vidrilho
pulsação incessante fábrica de sonâmbulos, seres
a bordo, nunca inteiriços ante o que escoa –

O mar o mar o top o típico o best-seller de reviradas folhas
Nas estações pós-moda desde Irish Iris Jackie Susan Sontag
Em todos os domingos, sempre posteriores e prescritos
(Tudo o que engata desastre desfaz-se toma forma

No ato

Até sinalizar o Teatro das Praias – Falésias –
Das Solitudes, também, tão altas,
Filmadas por Garrel – Sem filtro de Sol ou Dia –
Ao ponto de todo um, trágico,
arrebatar
o véu da onda – himeneu esporrante
como se ousasse um último aparte)

o solo estereofônico:
sereia da razão
(mito longínquo, levitado)

VII

A Descoberta do mar
Acaso Expansão Autoexame

(ALGUÉM LÊ SEU DIÁRIO,
trazendo-o até o sol

"Mar ou Panorama"

"praia aberta/zonasul"

Aqui se divide o mundo em largas, arrojadas pistas
Despontam periferias no ponto delimitado, píer,
Ao rodar a água aportada onde se avistam

Classes zonas zês e zés do universo/descortínio –
Praia: canteiro de obras.
"Panorama ou Diário"

Ler o Sufi Poema com a pele exposta
Logo estranha, mar sem sombra:

Agora vem, elemental
Metálico e mutante

O rosto/rumor do mar desgravado
Em som/imagem
(Jamais fez-se pensamento)

Expõe qualquer criança à cruz,

Na vizinhança, sem conta,
Das grandes aventuras e leis sobre
as águas

(Algo foi sempre expedido, caixa de música ou caravana

Dos tesouros/SUCESSOS INOLVIDÁVEIS despenham
ORQUESTRAS LATINAS assovios femininos
MAIS FILMES, lá, bem lá –
À distância coroada, onde estremece
O cortejo constante
Ao esparramado da perda)

Cruzar (fio/vidro moído) geometria
Linha (pipas) sempre nova temporada:
praias prontas
para a foto infinita
queima o flagrante na própria pele

joga o limite, agora por um raio
a espargir multidões seios

pelagem bruto desaparecimento de mãe-pai na ponta-
de-areia até pensarem, nus, um lugar assim,
antes do acasalamento: deserto mobília desejo

até o alguém que lê escreve e caminha estar sempre por surgir aqui (autoinvocaçãodotempo)

flutuação e verbo

(posterior sempre posterior
sempre)

VIII

Imagem-Mar & Onisciência Coágulo de parafina.
Natura Hipermedia
Efeito de Lazer Ao Infinito
Represa olímpica, Travessia geopolítica?
Mar desmesuradamente Artifício.

IX

Sexo e mar criam
Seu elo: um seixo
Rumor sem fecho

X

Praia
Recém-composta
pela ressaca do próprio tempo

Experimento para um só corpo: oceano
A ponto de abeirar-se
– Cicatriz
Em movimento
Qualquer superfície varia, ao vivo

Marco e passagem   dobradiças de mar
Erguido, em revolta

O mais ágil revoo
Remoto jato contígüo   desnorteia
Asas, silhuetas

Aleatórias premissas
De quem alcança pessoas no calor permitido
Atravessa
Linhas invisíveis de Água

Apartamentos

Magma genético fervilhante
fixa fotos

– viagem ao Exterior (um relance oceano) –
a pequena família antes de ser desfeita
(prata de praia)
adiante
ainda
única memória reunida:

férias no foco da sala enquanto a diarista arruma
o apartamento onde o tempo a praia o retrato

encontram âmbito apenas por deslocamento
decoração das peças, dos gestos,

– os puros reflexos, as notícias, as distâncias
habitam um igual segundo

a mesma quadratura janela/vidro
nos altos limites dos prédios

– cidade íntima desgarra-se
medida por tudo que a excede
extra, nunca inteiramente
dentro do molde mobiliário entorno,
englobante
e
giratória
exposta para quem nunca se mantém em casa (de dia),
sempre à sombra do regresso,

metáfora dos céus perdidos desenho desmesurado, janela a janela os apts são as formas que mais se movem

esgarçam o fotograma das nuvens

o possível quadro do espaço
painel contempla vida comum
conhecida apenas pela extremidade –, janela/contorno rosto
recorte céu

- marco e solidão do traço humano habitado
em aberto –

tudo o que acontece subterraneamente desponta
na mesma hora
(dentro-fora
circuito contido no menor,
no mais imperceptível

apartamento)

*

No recém-habitado apartamento, o que é de 1-só
Faz lista:
Pilhas da Fenomenologia em curso cruzam,
Montam estante, fornecem feito História;
A entrada-de-empregada revela sempre um rol

Um fora-de-foco total para um. Sem companhia
(a não ser
a escritura a casa)

Por onde cartas do pai aninham
Vespas, tardias refeituras de conta (zumbido
julgamento)

jogo-da-velha, sexos jargões
lê-se a garra /lápis/ grafia

"Alguém" (com seu nome em eco,
sem morada) instalado "Ali"

*

Inventar um apartamento, uma área de acesso
Às minudências de gente
A tudo que deixa ver
A distância plena

*

Inventar, na seqüência, uma história passada acerca
do forum íntimo (dublagem), sempre renovada voz por cima
simultânea ao tempo e ao pequeno espaço. Sem memória,
[nenhum repouso
senão a cerimônia coletiva, aberta à visitação: uma estreita porta-de-
emergência.
Bem depois: um estuário de pátria, cruzamento que seja
com uma cena-de-casa a contar da abscissa, abismo
onde se vive, na companhia de muitos ou por solidões
em correspondência

(aluguel entrado em anos),
Até o morador, hóspede ad aeternum,
na ronda da área (serviço), onde se delimitam
os objetos da identidade e contas pagas por sala-quarto,
poder ouvir "uma história", ao ritmo da dissolvência diária
(o texto fixo da duração, metro por metro)

Subrumor de habitar, ser alguém (algum lugar indiviso)

SECURITY MONITOR

O ambiente do vigia viceja só muito tardiamente –

é uma plataforma sobre a qual está sentado, com porte de nome-
ficha- código-saída, quatro pistas vídeo-de-interiores redobram as
sombras, nunca se sabe o que vem dos mais próximos (e ressoa o
oráculo, metade de bíblia, no instante mesmo em que assiste a outra tv,
minúscula, à mão
Serial Action em tempo-real não perturba os circulantes)
Morrem todos como espectros do elétron (é o que estuda,
supletivo/caixa de ferramentas, um quadro-ArteModerna por cima
de onde está sentado – imagem imóvel: "homem dos limites"

Em pleno controle do living – todo o alheio movimento –, a compor
um ambiente estrito   face cubofuturista –   ao encontro
de sua cabeça talhada   por rigor e sono)

Olhar sem conversas, ecos ou adivinhas (O ambiente
Foi concedido ao vigia como simples sobra da noite
E da itinerância por desertos nordestes ultraurbanos, caixas-de-rua
Canos/paredes para o repouso)

Imagina a chegada de todos até que descansem
juntamente com ele, naco de nome
olho por onde a noite se redesenha,

Diorama – cena vazia noturna a povoar histórias,
por simples jogos da solidão e de
um alfabeto rude

Canto-de-ninar agreste, atrito

Em qualquer porta parelha, qualquer

Prumo sob o silêncio-faca
        De um matadouro sem gente,
Studio da duração pela noite   por onde deitam
Um enigma que o vigia não pode revelar

– saber o mínimo de todos –

VASTO ESPAÇO VAZIO

Cidades, iminências
de gente em projeto enquanto caminham
um ponto e mais outro obscuro da terra –

na rota de qualquer rua hiperpovoada, estreita
extensiva à cosmogonia (apt)
traçada em interiores polos-planeta
do país-continente que ensina a morrer
com diminutivos na boca entre a sexta
da sesta e 1 domingo apenas:

não-estar ainda de posse, de todo
acordado no apartamento aberto
pelo rito público – rumor rua –
e não saber ainda viver, a não ser
por fonemas de profecia
ou regressão instantaneamente numéricos

Geneticismo No Memory –

Os Evangélicos e os Sexistas tomam
As avenidas os auditórios
e as síndromes

De vasto espaço vazio

Populações
Praias
Cidades
Apartamentos

Radares executivos nas horas auras,
Vagas de religiões, sem-sair-de-casa,

Um claustro voluntário de castração a
Não ser, comédias no volume mais alto

– APS são espelhos esvaziados –

Olhares pelas janelas
Contigüidades, vozes excrescentes
Alarmes-de-saída   tão logo exibidos

De passagem, uma data, uma cidade
Tudo o que se entranha e rebrilha   Ausência/Distância,
Lâmpada-de-serviço ou fogo-fato –

Não há ovni, não há óbvio
Tudo o que gira e se imaterializa
É pertence, apartamento
Luz-matéria de alguém ainda vivo
Ou seja: disperso
Na linha-olho
Do que se chama fora, hora, horizonte

E é, ao infinito,
Ser/morrer/morar.

Populações

"The time has arrived
Night, interrupted, follows another night"
(Lyn Hejinian, *Oxota)*

No jogo-limite dos vivos está
Um deus disfarçado em místico
Cotas de um cômico filme   deus duplo discípulo
Multiplicado entre alguém e uma vez
De través,
pela cadência de toda pessoa que passa

Só por força de um corpo
Feito de dilatação mais nada,

Exclusivamente superfície – l a v a
De um incêndio jamais extinto, seja
Por terror
Ou território (*Natural Grid*)

Sejam, assim, vitral e vírus
Num só minuto de hino, meninas paridas
Aladas sob o halo/agora,

Réstias mulheres minguantes homens
Concebidos simplesmente por olhares lançados sobre
Suas aparições, fugas

Em convívio com muitos, contáveis,
Entre o dia e a imagem do tempo
Escorrem   Luz Olho Lava

Em nome de
Um fenômeno natural excessivo,
Uma fé infiltrada
Acerca de qualquer um
Por minuto vivo,

Sem chance nenhuma senão o sempre
Veio congestionado, lado de fora

– Paradoxo e paroxismo
Da única via.

BALADA DO FIM

Continuar a vida na cidade, a perda do tempo
depois do que resta, em volta
Depois do aviso do fim sem mais palavra –
Primícia por escrito –

Continuar a contracorrente
Por um rastro /música/

Voto inadiável de anti-festa, há muito anunciado
Desastre: Diário e Milênio
A um só tempo
Aprendido no corpo, depois de cor

Por sobre as cifras cabalas crismas
Queimar-se, ser brasa: em espiral
depois de todas as pátrias ou pousadas,

– palavras sem provisão
lançam-chamam o mesmo
em tempo, tudo cessa de convergir

para o foco do fogo apenas alastra lava espraia

WORLD
TRADE MARK OCCIDENTAL CENTERS

Com um pedaço de gravura entre os dedos, alguém, mapa refeito
A cada agora, agon, repartido
Por lógica multiplicante (muito menos que hora)
(Seguir a canção, balada contagiante retine por todos

os lugares, nesse exato quartzo/segundo)

Sem mais tempo para céu e o marco-inferno, portos seguros de abismo
Sem outra vez, não mais a mesma casa,

A última comunidade feita de areia praia aéreo aberto espaço
lava

O fim é fogo escoa por fora de um fecho

Um sentido à deriva rola fato e balada involuntária
(como se assim fosse e se tornasse letra, leitmotiv
de uma época em que todos quase perderam as cidades as
[noites as multidões)

Tudo soa como depois, quase sem crença
Ninguém a quem pertença,

Balada viscosa, a vigorar seu próprio fim
Efêmera canção irrecusável

Bomba bubble-gum, a balada toca sozinha
Já sem corpo, apenas um coro,

Nenhum sobrevivente.

DESORAS

(I)

As populações se dramatizam, retornam
Um tema por horror, história,
No limiar de aventura e atemporalidade,
Um pronto engaste (museus, terras,
retalhos de cosmos, mausoléus)
Ao simples cruzamento
De um a outro indivíduo desgarrado
Irreconhecível desde sempre

(II)

As multidões retornam, retomam o tema
Torrente afeita ao solo, à lei de um lugar
Só transitório
Território maior do que a cidade
Dado para o corpo e bens simbólicos

As multidões fazem divisas onde-não-se-vê
O engate da ausência de povo com o reinício absoluto,
A duração – sutura – um espécime caudaloso
cacto

Apontado para o mais-do-que-perto,
No entanto, invisível áspero retrato
um despedaçar das páginas post-

revol/ovulações,
marca-passo   arredio a casulos, círculos comuns
rastos

Sequer o caos   imediato imenso
de um eu/outro um:

Sucessivo Corpo-sem-forma

(III)

As multidões desaparecem

É tudo o que desaparece,   o   a   mais
De todo desaparecimento circulante,
Conhecido na face,
No universo e sobre a pedra

Desde o início   após qualquer imagem fatal
É o que desaparece, logo   acaba de passar
Atravessa um aro, viela pedestre
Afugenta efígies de morte

Ao fim de tudo, se não
Princípio,
A Contrapelo Verbo –
Um som arranhado, arroio de linhas

Arrastão nas praias   Alastramento
Lava –

É o que há:
Múltipla fonte para alguma ideia
De tempo e talvez ser –

Escaravelho escarlate ferimento de terra
Desde a origem assim como
De seu consequente desfecho

Por transbordamento Nenhum eixo

Sexo e sentido reincidentes, a um
Só humano momento

Apocalíptico, por inteiro,
Ao acaso ou apenas em contaminado
Convívio

Por um códice teletransmissivo
Pelo pacto renegociado (dia após data)
Com ausência
distância
desastre

Desoras do vivo corpo anônimo,
Sem anúncio de átimo –
Nenhuma aliança –

Nem mesmo fim.

CADERNETA-MAQUETE
(2016)

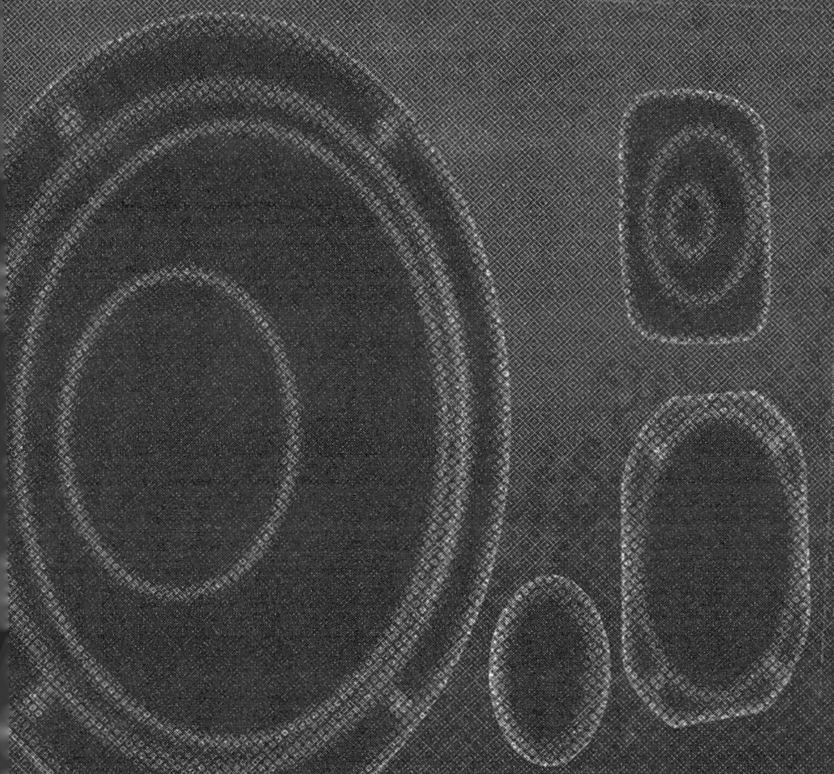

DIA-MILÊNIO

WAR AND NATURE –

Dia de (férias, segundas-feiras, segundo minha mulher
[ainda provocante)

/Mensagem recebida em volta/ museu, mostra move o dia

EM notas e várias espécies de lápis/não há revolução à solta
[por isso mesmo:
tomadas, instrumentos artesões e guerras não-lineares
los materiales
muito ao contrário da crônica do poder comentada aos estertores ou
lugares indicativos do contra, do crônico,

lumes vindos à distância, mas não tanta, porque o corpo
[obtém o que quer antes

de uma vida regrada por morte (um mote, é bom que se prove logo)

Tecnologia em Tahoma

Cartão-postal impassível   ocupado por nomes paralelos
Não estão nos mesmos lugares, mas criam liga
Novo ouro   mero outro   anti-credo,
Manifesto surgido no mesmo instante,
Uma partilha pelo ar, caída sobre todos:

Imaterial instalação
Rumar pelas casas mínimas, mapas cruzados
Recém-vindos (não importa bem quem

Seja o mais íntimo pertencente
À hora rápida, diminuta a cada passo

Onde quer que eu) esteja (ao vivo).

Onde quer que (esteja)   ao vivo

Por acaso eu

Quer dizer: o

Invariável alguém

CARTÃO-VOZ

Tudo que sou vem em voz, todo dia, não falha, mas surpreende o
[mesmo ponto, cerzidura
fim-do-corpo o oculto, a fala acresce esperma e gota de sanitária para
os ladrilhos /vazios /DO QUE RESTA

Montar (exercício/exaustão) sua contraparte – mais a correspondente
[história
Vivida contigo, em música, acento calibre Altas Armas
Corporações do Afeto:
Há risco em morar com alguém, por mais que fique o fundo (um
[futuro)

Cada órbita estende uma pessoa
Em nome da pura ideia, imagem ambiente (abismo

Em fotos, documentos não se encerram,
Sexos seguros seriais

Ninguém permanece sozinho

Nem, ao lado, o mesmo)

Contact Me: Autocura, prefábulas prefab

Moral segue qualquer criatura (um modo de ouvir

A própria voz

Antes de ser) o mesmo momento das outras muitas e desconhecidas
Pessoas Disponíveis: Sou o que

Exatamente

Se segue.

DOC.

Consulta sobre guerra e natureza no site central de todas as
[indagações intermitências
Da noite à tarde subsequente noitetarde, uma aliança ao léu

Colhido de lado a outro, um signo no céu já tem nome, vem coroar
a crista em pessoa
A dizer o elo ao infinito, uma montagem do que acaba (por ser visto)
Como se fosse unicamente o mais vivo:
A nuvem cristo um halo tardio rastro de cavalo infantil, o
[multicontrole a
Vácuo

A viagem dobrada sobre o que não passa

Bairro bem próximo dos pontos de saída da cidade – rodo
[metrô táxi aérea pista van
Diorama afixado anúncio por antecipação

A continuidade da palavra revolve quem se põe em diálogo
[no lugar da terapia totem telos tramitam ex-
Comungo, Caminhada de Solitário sobre a cena incidente, a
[ideia extrema:

Alguém, sob risco de apontar limite enquanto vê e anda –
[Guerra/Natureza –

Criado pela máquina tal como o último dispositivo (única casa)

– Natureza, imediatamente guerra –

Sem retorno – auge, velocidade – diz-se,

Tão-logo do discurso emitido o falante se ausenta:

Este é meu corpo. (O corpo, quer dizer,

O corpo quer dizer

O próprio tempo

De dizer

O corpo)

Figura em movimento (A garota fala, é minha mulher em trevo
Recortada por cone luz focal fria
"máquina só funciona de madrugada") elabora o convite senão
apólogo
    das mensagens, trabalho gráfico, produção e evento em tudo que
passa, a mulher e a garota falam sem fio
        essencialmente by nite (onde estiver, sem distância nem
onisciência) intervém

> Douz & Mille is proud to announce its participation in Scope Hamptons 2006 with the curated exhibit "Girl Talk."
>
> Why "Girl Talk"? Because the term is so graphic and provocative; it sparks a preconceived image of young women being banal, predictable... superficial. And it sets the stage for a surprise.

um ramo (antropologia Frazer regressa

sob face feminina)

habitat de circuitos internos, prontos

para acionar um modo coletivo não-visível

ramal de um sono sobre outro, um fuso

história do tempo com fotografia,

já se torna documento todo dado inscrito   e logo: se

exila da ordem do dia

Política dos Parques –

Minha mulher acorda antes de qualquer abraço
Para dizer "Política dos parques", como se alinhada
estivesse sua fala (fonte de toda inscrição
Imediato programa) à órbita de dois, ainda
Sobre a cama, tomados contudo por "A política
Está nos parques", pois faz um ano após
Os manifestos históricos do Passe Livre   por conta 20
Centavos, Brasil Maciço (sob influxo 2013
Globais primaveras) e a
Aliança – Ar Livre –
Não prosseguiu – Da Era dos Manifestos
Ao Minuto-Infestação –
Saímos sem roupa movidos pelo cheiro ao inverso
Em direção a papel lápis – um amanhecer inaudito
Anterior toque, invés do caminho-real/tela-notícia –O
desenho se centra – Parque Augusta Periga Ao Redor,
a rua em frente
De onde moramos desprovida faixa
Pedestre para o próximo ato, respiro ao vivo
Em defesa do que somos apenas agora
Trama-se um longo traço – lápis 6-B –
Algo a passar há muito tempo já
Explodida condição direta impossível
*Sequência   Senha**time-line***
Dos corpos propagados até
A mais
Próxima   Rua
Por pessoas exatamente tais quais
Dois de nós em microapt, papel lápis 6-

B
Bloco Bê (soletro para aprender de novo o que somos)
Ditado Tardio
(Um zoom ao zênite)
Brasil
(Por conta de um pequeno próximo
Parque)

Diminuto – Palmeira, play-ground
Ferrugem pura – Parque
Diante de nós, o que for
Adiante
A mudar instante a instante o sentido, um casal
Por obra de passeio não-progressivo
Patamar – talvez cercado – incidente/
Pontual (tabuleiro
A rastrear voragem dos tempos, a cada jogo folha caída logo revira)
Por isso mesmo um rabisco raio solar salto
Mínima grama avulta arabesco
Pelo ar, planta aponta os muito idosos
E os recém-vindos ao circunscrito cubo
Aberto onde a cidade a política
Situam-se, não pensam
Em deixar tudo como está: revoluto,
Por acontecer – "Provem o grão"
Dos corpos de repente reunidos, pertenças potentes
Apenas aqui.

"porque eu
não estou dentro de um cartão-postal, isso não jamais paisagem (ipso)
comigo (íon) –
as cidades brasileiras fora da margem turística – orla fotografia são a
horda
                        do horror de viver" (tese
Acerca ambiente, anos já idos e a progressão nada-
Geométrica sobre pessoas, tempo e quadratura nua
Por cima da terra)
Minha mulher – chamemô-la Madu, bem meu indivisível
– Depois da ida ao parque (ao lado) já estamos em diálogo
Um diagrama urgente acirra público
Espaço: ameaça fim
Ao giro dos segundos tudo também delimita
História de um
Casamento   (Labirintos
Do que não se vê em "fórum íntimo"
Ao grau do real, múltipla entrada)

Cama desfeita defronte ao sempre vindo, em perigo,
A surgir de quase nada, natureza – hipótese, halo grama –
Embora esteja aqui/não permanece, previamente
exige escrita
projeta "Verde" (gravura)/até dar no nome: última
cartilha   Prospecto Parque
(porque eu o extenso
sempre estou em estado de cerco)

Há uma outra associação logo ligada à lista do dia
recém-surgido: Mobilidade
a Pé – um circuito – diferentes habitantes
erguem a pauta (as vertentes rumo ao Parque
difundem-se) a maior megalópole latino-
americana desponta em meio ao lugar

Onde estamos – mulher e marido
põem-se a caminhar no interior. plano.
100kms pela calçada – "objetivos do milênio"
– a palestrante-guia toma a palavra
a respeito do que pode ser a cidade
"contexto faz falta, desaparece o solo"
(criação urgente governadoria tempo semafórico)

A manhã redescoberta pelo fio de cabelo
– mulher – caído em meu rosto,
cheiro floral e pentelho, traça uma trilha
a escapar tela. com., afora,
guarda um "dentro" – os inúmeros
falantes
unidos pela urgência-metrópole prisma
pedestre (as questões de casa
são agora tecidas por ela, mãos dadas
entrelaçam o pulso, meu silêncio
enquanto anoto
tudo o que vem de sua voz) o habitar
desde o concreto tráfego à miragem

– Parque – espécie/posse (empresa empedernida
verticaliza o avesso da via comum,
talvez vida) – "Não está tombado", a queda
se faz em nós/dois (minha mulher narra

O acidente/árvore em mau estado SP
lançada sobre ela até o chão, cóccix em fratura),
Madu, em continuidade à conversa mantida
manhã cama cheiro floral cabelo por cima
pêlos contíguos, boca aberta: "itens
em pauta" pavimento e passarela
discursos assomam quanto mais surgem passantes
bem onde estamos   CARTA ABERTA À CIDADE)

Na era do automóvel a jato
Por ofertas instantâneas
Crédito fácil e
Automática velocidade, transporte Ativo é
Um gesto revolucionário   Ambiente
em atendimento a crianças, idosos
e pessoas – diversidade –   deficiência. Não apenas calçadas de
[qualidade, sim,
uma cidade: abrigo em largo abraço, onde a violência o medo os
[carros os carros tudo o
mais seja diminuído. Mudança
paradigma pedais   ciclofaixas caminhantes
milimétricos   os mais lentos,

ao correr de um último tempo

Por que interromper o lastro manifestante?
(2013 não afixa data numeração circunscrita)
Ir à rua – quer dizer, sair da Biblioteca
Mário de Andrade, Centro Velho, Após
Sede Capital ENCONTRO MOBILIDADE
A PÉ (Ata, Premissa) –

À sequência quebrada postagem post-

revolução (livro entreaberto, Bruno Cava[14] *,*
desbrava frase itinerância, à beira
página Debord, "afastamento das ruas",
há anos: querem dizer coletivo refluxo, visível
cicatriz avenida se torna advento:

(...)

"A geografia afetiva desse mundo se
escreve agora mesmo, coexistência
de revolta e amor" (ps 37 e 38)

"DE revolta e amor pela revolução"

Extrair, exceder (logo depois assembleia
Vida Pedestre, não temer nenhuma palavra
por mais que se diga data revol
revoga)

Não obter sonho nem sexo em sobra
entre o que é dito e repousa-se,
um possível interditado (desde 2013,
junho, metrópoles e menores cidades
País Perímetro)

"As redes de pesquisa a montante, a
conexão político-etnográfica: franja"
Não há como ficar em casa quanto mais
dormir sobre o reconhecido lugar, justa
divisa
segundo-de-século em renovo surpreende

14 CAVA, Bruno. *A multidão foi ao deserto. As manifestações no Brasil em 2013 (jun-out)*. São Paulo: Annablume, 2013

e suspende o recesso por obra 20 centavos
em débito ainda
por sobre o menor ato ao vivo (século XXI e seu cerne
ser sempre a mais, a conta pregressa
não se fecha)

Os papéis da mulher (aqui)
contagiam sempre urgente plataforma
gestada do mínimo giro pela cidade
improvável reter qualquer paragem – **a recitante**
voz de Guy Debord em IN GIRUM
IMUS NOCTE ET CONSUMIMUR
IGNI (palíndromo desde a origem

Impede que algo além em tese: sono/azáfama
cotidiana se tornem palavras
de ordem em retorno) pedra-
fundamental qualquer
princípio, porque
a casa não cabe

dentro do mesmo corpo a cada fim-dia,
isto é um fluido: transformou-se a circulação
presente multitudinal em partícula

respirada por um átomo-ser-vivo

A mulher encontrada em fins do século XX
agora dorme no interior. quarto comum.
sua voz em espiral entrecorta faz-se anexa à
volta (reencena, ventríloqua)
tudo que ficou entre Consolação, modelo urbano São Pauleira "Crash/
[crack metonímia populacional –

Economia Visa Crediário: Segmento & Morada/Arvorar[15]
o Ambiente – Bolha e Boom – Seção IMóveis
Paralaxe Crescente Povo-de-Rua está

aqui (ar) satélite ( ) Sitios virtuais promovem
estadia//tatames, colchonetes mobiles apetrechos
formam nichos duração através lugares
ao tempo microminutado

cidades globos tanto quanto: um fluido
a evolar criatura discurso em ritmo menor que
as horas de um drone ou velocímetro ou seja
um
dia

craco spray projéteis de efeito moral morada
do morto (de si asilo insondável) em aero rastro
coca (concreção pedestre e exalado solo)
predial top "paixão pelo real" (caixa-preta-cubo-

branco

biombo onde

lê-se a lisa mediada atmosfera)

"Viver o fluido até o fim

Posposto pedaço de verbo – Revolução –
Tramado em sonho plenitude clandestina
– Revolução (repetir, scanner e sondagem

---

[15] arvorar.blogspot.com

Orbitada por retalhos de terra, textura
Mais e mais escrita bem depois emitida
Em coral de vozes dispersas) –

Impossível extracampo (repete-se
em revolta contra seu próprio plausível
emprego no tempo)

Dado afora   completa-se em meu corpo
– mulher nua excresce, é sempre outra,
escapa da própria clave um sono quem sabe?
estuário sonho –

Desde agora

Agora
Apenas

"Não apenas aqui"
O mais novo despertar – ela imanta, depois cantarola
Bom Saudamento da Manhã//
Ou, então, o que digo muito depois penso – "
Sobre diminuto apart. a envolver 2 a 2
Em frente ao Parque – quer significar vida
Muita vida não só exposta, porém explicável
Do lado/fora: não é interface, double
Blind, e sim um desenho simultâneo *Bindblade*
Tal como um micro-herói já existente em tudo, gozo
você/eu (casal) entre
LigamentoLâmina – faísca fio –
Pequena épica em excitação nada estanca
(Acerca Imóvel Rua Teodoro
Sampaio São Paulo Microfamília) pulsa
Losango-luz (anti-intimidade)
Vertido sobre máquina portátil escrivaninha
(Mostra-se aninhada rua)
Aí há

Beco-sem-saída, a não ser
O rumo sempre fora –
Não apenas demarcado espaço,
Senão ao limite
– Bocaaboca até subir à superfície –
De um vago evocado
Tempo
(Até o fim de quem passa
Por seu fecho, ou melhor,
Gênese

A seguir)

Então, o primeiro gozo (jogo
Incansável, matinal, enlaça nós dois
E nos confronta fora da cama
Para tornar átimo tudo o que tocamos)
Uma erótica   extrarradiante após o amor
Sob selo: panorama jato cinza/controversa cidade
A se perder no ar (não-horizonte

Metrópole de volta, ameaça
Desaparecer e esplende, anunciação aberta
Ao mínimo
Respiro) nossa única vida

(Longo beijo)

O passe-livre diz respeito (e aspira

Ao ar)

À vida pedestre (tal como   Era Nascente,

Via filosófica congestiona ou Refazer Foucault

Pedaços de pão pela sexy semovente linha João-Maria

Madu-e-Mauricio (*in fabula*))

A formar um esboço: o mais recôndito

Em volta   história de uma síndica

A impedir R e c i c l a g e m, os temas emergentes

Convivência forçosa entre condôminos

– Eletricidade falha quando pisamos os degraus

– Não há interfone por aqui, temos de gritar

Nossos próprios nomes a quem chega

  através cobogó fresta/

luz externa intensiva

– No entanto, queremos permanecer dentro/prédio tombado, art-déco
[tardiamente a embalar uma trégua
Dia/noite/noite enquanto nosso filho não nasce
Ao fio de um emprego, balão imobiliário

Nossa política diz e aspira a travessia imediata
Nada imune a uma pauta, programa Plaqueta-
Página
Caderneta-Maquete
Claquete-Caderno

(Quem sabe não arquiteto um site,
Tradução sítio em espaço avesso
Para tudo que está lá fora, enquanto jorra
Língua portuguesa, promessa
Sobre natureza quer dizer guerra?)

As pessoas de passagem, por exemplo,
Em extensão – rua –

Sem cesura nenhuma sobre relato abrupto
Invadido palco interior:
Um
Parque

Blague Black Friday
Dia-útil-desde-o-tempo final

–

Subscrito Hiperexposto
Surge ao público   Black Bloc

Bloco Errante Blog

Um sítio à altura atmosfera abre caderno-plano-anotação –
[adendo ad infinitum

Lapiseira e dedos anéis artesanais em velocímetro
Tecno Insubstituível muito lento jamais lowmachine
Ao modo minudente – sempre tempo: de passagem

Sexos explodem e examinam tão-logo
O excedente pensado em outra margem
Mira pessoa reversa (a mais desejada)

Jornais-de-evidência rasgam por si-só
Suma Política Ilustração
(Assinantes à distância
Locutam seus próprios fatos,
Evento Intermitente Imantador,
Já além do que se noticia)

Escrever info instantâneo   spam do dia

- em fio-hora-timer-tabuleta   lei afora
- tablete tese a espiralar letra, isto é: ser vivente por vir

Temário Hora 00 plus 1/5 segundo 2013 presente milênio por vintena
[busca transporte livre

20 paus   a pau

0 a 0

Um homem a pé

BLOCO ERRANTE BLOG

Aditamento – Apêndice – Alegoria:
O dia que segue recarrega bateria de fatos pendentes,
datas querem dizer caminhantes extemporâneos
(eventos)   à procura de

seus mais íntimos desaparecidos   irreconhecíveis

A mulher (dentro) losango/apartamento destinado, ao máximo, a uma dupla – casal, talvez – avista o foco bem de fora. Diz, então, cabeça virada para seu partner roommate esposo expandido desde término século das guerras (Hobsbawm está na parede da habitação como se fosse o pôster do historiador o avô nunca vindo): há um andarilho a ostentar uma faixa de revolta Transporte Público.

Corpo desgarrado agrupamento   sublinha apenas
[a marca rompida temporal incidente
sobre a urgência de qualquer definição – autolacra-se
em um adesivo ambulante. Está há meses a residir aqui

onde, também, moramos. O andante porta
um celular, curiosamente, sua conversa se faz
em tom alto e
comunica exato instante   a quem passa
ao seu lado, qualquer pessoa passível de se
aproximar, não se trata de: fala potente popular pedestre anônima
ao engate/uma intangível distância. (Minha mulher
se retira   polo panorama, nada mais que um ângulo, de fato,
alojado no meio-da-rua
a flagrar a mulher onde inexiste interior,
única vida   moradia)

"Turbulência na Ásia"   Anexa
Euro Faixa – A voz sai fluente
Aponta todo-um:
O point explosivo capital repercute

Sobre a silhueta homem puro retalho
Por fios soltos entre cabeça (plug pilhado
Lixo a lixo) e o corpo móvel mais que um nome
(Procuração ou então ser) uma fratura só
Sobreposta "eu não falo por mim"
O uso do celular é uma farsa
A voz própria foi feita fatalidade
Vazadouro, viral metapsicose
Nada não mnemônico – "Guerra Continente Gira Globo Gesta

Pequena multidão aflui de onde for"
Réplica (Coro Pontual)
"Programa Popular Aberto

À Avenida   (Anacoluto)   Crack Ao Alcance
De Todos   Eis a Morada movida para sempre" (o cel
Lança sinal descontínuo
Vozerio Cruzamento) "Chegamos ao futuro
Cais anunciado, posse bem simbólico" absoluto até a Borda
Ao paroxismo coletivo exemplo
Reunido a um só compacto impactante planetário

Site Desponta Hora a Hora   Logo   Ao Lado

"Turbulência Local"

A noite está se passando em contraplano às mais altas janelas, torres de comando pela via luz-serviço ninguém interrompe o trabalho (execução entre o viço advindo sono para além quem dorme) e a teclagem mimética vida (a desenhar um contrassenso em meio à matriz-sonho ao gosto interpretante consultório chiste psi arqueologia) cada vez um sinal agora é sina

psiu

mais do que idos   livros SEBO SIMULTÂNEO   *copyright*   *rua a rua*

ESTELA NOITE

APENAS PRESSENTIDA   *psi*

    psiu   *per si*

    posto permanente à mercê

  Do menor chamado (sobre a noite
Sem sono) Onde for (senha de quem/
Todo alguém não se vê íntima/inteiramente)   *Subsiste*
            DE FORA

Noite-Poema (o andarilho vende os papéis colhidos até aquela hora, ele mesmo recita o que ninguém mais quer ler porque a pressa faz legenda portátil) "É de sua vida, sim, você acabado de vir em meu perímetro ambulante"
Noite-Poema (o livro está ali exibido aos olhos transitados àquelas horas /altiplanos /resumidos em Lazer tópica para escapar à própria casa) O título também se expõe atrelado à boca:
vendedor munido de sua automorada, "Literatura", brada, alguém o julga portador biográfico dos muitos volumes trazidos às costas. "A fábula só se passa agora e apenas "você, você" (o chamamento se repete a contrapelo da escuta possível) pode decifrá-la (uma decupagem entrecorta o livro mais que lido em voz alta) Noite-
Poema (Um nome se põe a caminhar
À procura de seu rastro, título-silogismo
Mais Que Humano a se perder de mira,
Silhueta sombra fosforesce
Não importa quem)
Mais um
(Livro/
Dorso

POR ESCRITO // P R O C E D I M E N T O

Meio da multidão – Alguém – não-id. diálogo
nenhum – anota em um bloco.
Veem-se a mão de quem escreve e os contornos
das letras à medida que são grafadas (verso/embalagem)
"Procedimento" –
A palavra gira por si só

A voz de um pesquisador ensino à distância debate-se, procura definição do termo " " logo ejetam vários documentos. Ele (lugar narrador) pontua espaço doméstico, onde vai tomando forma, gradativamente estala todo seu corpo. Prepara matéria emissão-projeto (VOZ OFF) on-
line PROCEDIMENTO
Sob medida: concebe diferentes variações (o termo "Procedimento" se torna "visual", a voz narra, muito depois pensa

Vira Legenda). Desloca-se para o agregado físico nominativo (escreve via pública tópica plausível
Urbanismo Ubíquo). Povo-de-rua a caminho. Nada além se avista.

No espaço aberto, ganha destaque a figura andarilha, faz anotações.
Este – ele – vai e se apresenta (Rubrica
Exposta por quem exibe escritos extratos
Assinatura estrita).
Na mesma rua despontam, imediatamente sitiam figurantes ao final de cada letra em grafia
Os Bombados (Sexo Através
Espelhamento)
Garota Classe Z em Ascensão (assediada por valores ou visagens)
[Economia

Simples lazer laissez-
Faire paralelos apelos recém-vindos
do corpo,
Os ativistas: grupo IMPÉRIO DA MULTIDÃO a reboque seus infindáveis outros contemplam forças atuantes sobre o Presente Mais
[Que Real:

Procedimento uma palavra
Alastra sua forma (coral, caminhante)

Trabalhadores Informais – Infonautas –
Soma Acrescida a Sujeitos Desocupados MacroEscala- Ambiente um palco vagante destituído nome Desde sempre cada frase espraia:
Uma vez" (um mesmo dia único dia a esmo)
Era "da vez" (um ermo)
Era uma vez (a mais insular
Abreviatura vida) Planilha-
Cidade – Natureza, Guerra
História Sexualidade Sonda
A Próxima Insuspeitada Sequência – Sem intervalo –

Povoada Palmo a Palmo.

Cidade palmilha à maneira mais súbita
Fotograma-instamatismo
Cruza fragmento   algum fundo
    perdido, ao longo   razão rua   a dizer:
"Não pertenço, por mais que por aqui passe,
        a documento-dia. Mero porta-voz –

Molecular modelo descartável cel –
Céu
        do todo impensado, em relampejante desgaste.
Nenhum insumo   Nada salvaguarda
Um vazamento (   ) hora rara

Eu sou o Enferrujador".

"Eu"
Face de um movediço grafite
"Sou"   Não inflaciono
Da CotaConsumo   faço o falho

Data-Trash Hiperdobra dominós em confronto velhice/infância em atrito até o fim a esquadrinhar
O último alento, carteado X grade horária. O
dia vive de passar fuligem fotosselfie síntese "O
Enferrujador ou"
a Cidade
Reside em seu verídico (Ver
Verso)
Verso

Vórtice-instante ante Hora História
(Resumida a Orçamento Modo-Ítem/Inciso
Dígito, impalpável traço) "Eu sou o enferrujador"
Torna-se um moto-continuo e também um muro

De onde parto, deito-me e imobilizo os habitantes
A indagar pela linha livre da voz ao ar

(Celular é um aparato, em falso só ostenta o aparelho
        colóquio tão-logo desbordado
Para quem está ali e não avança
Do iterativo autochamamento) Sem mais retorno
Circuito escritório metrô metroquadradomorada
banca revista de grife almoço serve-serve
CALÇADA CORPORATIVA Self-self Stop (Sou o autor
Do grafite ali em frente
Logo apareço)
Não se trata de Estátua Viva   Em Memória

Nem Arte Sobrevivência entre   Alarme & Aura
Tanto faz, tudo chama (sucessivo/substituível):

_ Eu ou
Você –

Não deixar interromper
A figura /Humano, Uma/
Em hipótese
Testamento mais que dramático depois
Cinético mobiliário De fundo
Uma hiponetusa
Jamais questionada
Improvável desaparecer, inerente
– Aporia, aforismo –
À sombra de todo signo
Ao vivo

– Você sabia que seus créditos estão por um fio
apenas O
Enferrujador on-time-line diz sobre o gesto
restante   de frente uma testemunha através voz
sobre outra suplementar insurgida
voz?   você?
Programa CORPO CAMINHANTE atua em BEIRA
DE CIDADE
  Tudo pulsa em tralha   do mendigo caminho
  –
Quem?
Em presságio? Fuga talvez
Da condição pedestre, metrópole ao infinito

(V. tenta escapar de sua própria silhueta, sinuoso segundo, renega
[perambulante palavra ser-
tempo tudo contra
a aventura rua) ou sempre em frente rumo a

SPOT – Radiação Ao (All) Natural

Contra-Senha Filme Color de Luxe. Nunca mais
LUZ CÂMERA AÇÃO, enfim, sim
      Eis o princípio
  – Ação (A céu aberto)

A contar do menor movimento motivo –

Bem depois vem
(Exterior) Câmera Luz

MUSICAL

Porque os corpos já
se lançam em dança

Nada consegue retê-los, esquadro nenhum
possível procedente de olho macrometrado
uma origem que seja:

"Não posso, por isso mesmo, ante tamanha
interrupção do que veio antes, compreender o fio
consecutivo, o filme

O que veio antes" – a voz paterna, p.
ex.

Porque um rompante se instala em meio
À ação – o pai pensa
Ouço sua voz no correr da metragem
Impactado ele fica sob o repente:

Corpos dançam   logo se tornam palavras
Desfiladeiro de canções sem mais volta
Passam a compor parte da memória:
Debandada maciça rumo à festa a mais
Espontânea, por nada

(Puro cantarolar rompe a trama)
O cinema não é o mesmo
Pai quer sair da sessão (seu único dia livre)

Porque pensa dentro do filme   (quer ver seu reflexo a se
Estampar   Película
Sombreada sala vespertina – Início Infância

Primícia entre escuridão e comentário paterno,
Pontual, enquanto um número crescente –
Figurantes –   Focos velozes
De cor – não cessa a dança
Lança a tela a escuridão a audiência
Para a margem extensa
Irreversível sequencial plano

(Pai não pode deixar o último filho
Sozinho, porém se inquieta pelo avesso/aventura
Ao contrário de perseguição comics Tom Mix Mad Max, tudo o que
[mais queria ver)

Fala baixo para mim, tomado de alarme,

Voz vinda do abismo ("absurdo erro máximo"/
Não é actionman)

"Estamos em um

MUSICAL"

Começa a falar tão logo saímos do ArtPalacio e damos partida no Plymouth preto conduzido com paciência de quem expõe o desvio da tarde, sessão trocada – porque se interrompe a sucessão de um filme para tornar-se exercício de dança, "não há mais diálogo?"

– Não liga nem o rádio, enerva-se com o que viu, o tempo perdido, diz com letras bem visíveis tempo perdido – quando não dirige táxi e leva a família a um passeio pela cidade – "então, começa a cantoria e suspende tudo o que se seguia" – porque? – quando não dirige táxi o mesmo Preto Plymouth onde estamos voltando para casa – pai parece sofrer por ter feito erro (o filme de pura dança e palavra extraviada) – Alguém faz aceno e ele nega com a mão ("o veículo está ocupado") enquanto folga a outra por cima do volante – Um possível passageiro dá sinal para o automóvel (no retorno de um Musical) – Porque este carro é um Táxi –

A pessoa da rua não me viu (o filho, miúdo vulto) lá dentro (esse alguém julgou estar vaga a viatura) – Por cima do Plymouth há um letreiro vibrante mesmo pequeno a portar o nome (4 letras fosforescentes), entre outras coisas públicas, do lugar onde estamos e pai conduz, implicado por sua própria palavra a respeito do programa-domingo conduzido por erro (de título ou endereço) ao filmedemúsica – De repente, novo aceno e a voz de quem (mecânica correspondente ao gesto, erguido braço) o chama –

"Táxi"

O desejo de não ser interrompido –

O pensamento paterno passa a ser captado feito um vinco
Sobre retrovisor/rosto (transtornam-se voz e viagem)

Um sulco de água cortante
(Chuva barrenta, extemporânea, turva a rota,
A cidade parece reprojetada
Branca, como nunca antes, por conta dos vidros
Mínimas gotas se aceleram, parecem não parar
Nunca mais)

Há um corte sobre a travessia – tudo o que não se vê:
A parte exterior do automóvel, o tráfego tornado lento,
Até fazer talho ("é preciso trocar pneu")
Tanto quanto desliza – "Pai é alguém
Público, não abandona o posto (mesmo que queira)" –

Vinco em seu rosto, táxi-lux, somado silêncio.

Agora nos encontramos em uma garagem – Lembrou-se ele de que estava sem sobressalente, estepe, "estaciona bem onde começou a vida" (vida de taxista)
Confessa a coincidência na hora aguda da chuva

– Pai pouco diz (mas esta parte da cidade é dada pelo nome
"Zona de meretrício") – Saberei depois. Porém o motorista,
Ágil na remoção do pneu cortado pela chuva, dá-me abrigo
Embaixo: uma telha plástica diagonal posto de gasolina Há mulheres muito pintadas em desfile (Não paro de olhar, Pai tenta me distrair falando do trabalho final domingo Distante ainda a casa) Uma saia roda à volta do Plymouth
Ele ergue a cabeça e conversa com aquela silhueta dentro De um buquê espalhafatoso   flores pintadas sobre o tecido Todo seu corpo

A mulher e o homem (fora de mim, o pai ofereceu o cigarro após guardar macaco e ferragem) fumaram juntos. Ele apontou para mim, um sorriso, a conversa durou o tempo da brasa na ponta (vejo o maço) Mistura Fina entre o homem (meu pai totalmente um nome diferente) e a mulher (na rosa da roda, saia e silhueta à distância). Fumaram até o fim até o fumo virar guimba lançada à terra, Chuva adentro

– É a vida na cidade. Vá aprendendo (só quando se roda)

Tudo o que disse na retomada do automóvel.

Muita gente fez sinal na agonia do domingo chuva afora. Ele nega com a mão e começa a me explicar que segue a rotina do caminho feito agora juntos: repete todos os dias apenas por mim, mãe e a criança mais velha da casa, quase adolescente. Ele sinaliza para outro passageiro: o Plymouth está ocupado. É a sua vez hoje de rodar com o carro livre da função-táxi, embora o letreiro luminoso esteja por cima de nós a avisar que Pai é público

– Um dia você vai saber da minha luta. Nosso país é filho-da-puta (gosto até de rimar). Vivemos uma ditadura, caso de militar com polícia. Muitas pessoas sofrem tortura – e o povo? Nada de novo (no cu-do-mundo), a cada instante mais distanciado, invisível. Ninguém dá camisa a ninguém. Qualquer coisa que se tem é o mais antigo sacrifício. O país não deixa ninguém crescer.

(Ele não liga o rádio durante todo o trajeto. Emenda a ira do filme interrompido por melodia e bailado, com sua própria fala desencadeada, taxativa, como a dar fundamento ao que é e fuma com a primeira mulher a chegar na via pública). "Seu pai é apenas um taxista",
Não deixe de pensar nisso (enquanto estamos voltando
do fim domingo).

"Seu pai é mais um alguém
Sempre pronto a recolher pessoas
Na rua, ao acaso (mesmo ausente um automóvel),
Por conta de um sinal único,
Aviso de emergência,

Nada tem de pessoal
O taxista
O ponto neutro volante

Passível de ser substituído
Tal como/quando alguém chama táxi
Em vez de pai

Socorro insuspeitado se multiplica

Ao ar livre, a cidade tem limites
Guarda, contudo, um apelo público

Diga apenas Táxi

Não se esqueça nunca e aguarde
O próximo a chegar"

Vida na Cidade – Abre o jornal, o pai
Mal chega em casa (mãe está fumando à espera)
Observa o andamento da noite (o portal
São as notícias, impressas, letras gigantes)

Tempo perdido – Duas horas dentro
À toa, um filme de música impossível ação
A descarrilar a lógica (o cinema enquanto lugar
Designado e sem-saída)

Vida de Vila –
O quarto é pequeno, monto um cubo
                    Antes de dormir

O primeiro filho ocupa a cama próxima à janela,
Colchão largo, sono rumorento (nada me incomoda)
Eu adormeço rápido, mas nesta noite não

Pela primeira vez, a insônia:
Órbita prematura
As coisas da casa não se movem mais
E é aí que tudo passa a suceder ("É aí"
Justo quando cessa o que se segue)

A tela ampla do ArtPalacio impede a chegada do sono

Poucas vezes acontece a companhia de pai, um musical
Dá a liga   nossa história em comum (um dia inteiro)

Algo se intercepta: a chuva corta o panorama
Talhado em vidro, a garagem apresenta uma mulher
Em roda, boca de dentes cariados brasa e cigarro até o fim

Muita cor em volta escancara onde pai e filho
Encontram-se
Por conta de uma caixa-de-música
Uma sessão domingo adentro
Quarto: a criança da casa
Perde o fio do sonho

Muito tempo depois – quer dizer, tarde em demasia –
Identifico o filme   (filho/pai)   um dia perdido
"Adeus, Mr Chips", as horas dentro de uma escola

Só ganham sentido quando alguém soletra "Depois"
Sobre o que escorre dia após dia

(Não-se-sabe-ver)
A mínima sobra – minuto restante
De uma conta dispersa, jamais reunida –
Solicita testemunho: um brinquedo solto no ar

Canta em voz alta   momentaneamente sapateia

Contra a figura (preenchido quadro-negro)
Grafada em giz
A ilustrar o número e a palavra
Do seguinte segundo

Jacques Demy quis imprimir uma "Visão Musical
De Mundo" em seu filme (onde não se fala) – Abrem-
Se guarda-chuvas entre o amor esquecido no tempo e a
Canção tomada de assalto sobre qualquer
Rastro/pensamento – Em idade adulta, um Cineclube
No Centro Cidade inaugura Ciclo Arte longe de todo
Palácio: Infância Sessão –
Nada se passa além de uma história-de-amor interrompida,
O inusitado é que a música toma a frente de
Qualquer lógica dinâmica ou entretida com a vida a
Seguir – Do mesmo modo depois de 20 anos de idade
Estreia um surpreendente *A$$untina das Amerikas* (Anti-
Musical, de Luiz Rosemberg Filho) – As falas se tornam
Mais que melodia a conduzir os diálogos – alcançam em
Igual medida o movimento dos corpos, que não param
Dançam ou melhor: tremor

Parodia-se *Singin' In the Rain* no chão a seco de um sol
Brasileiro nos idos da ditadura, Dalva Gal Alaíde Miranda,
Carmen entram com suas vozes e são nomes de vizinhas
Nossas em lugar de artistas do rádio e cinematógrafo os
Personagens estão banhados de sangue, não perdendo
Porém o prazer/sapatear até o fim de tudo (a voz vem,
Convidado-conferencista, Cineclube Paisà, e ganha
Um acento político). Não paro de pensar, saído dali, um dia
Domingo, no Centro (pai e mãe separados já à época).
Moro agora sozinho. Meu quarto é ainda menor
Do que aquele – Vila Zona Norte – O cinema e o coletivo-
Memória ao
Compasso da película, o corpo dado por mim a seguir ou
Morrer na História, quer dizer: continuo a noite da insônia
Nada se interrompe em meu Átomo/
Tempo (até então, até ser

Uma espécie
De dança) (Do próprio
Tempo) quero dizer, de si, de ser
Átomo

Um táxi não deixa de irromper ao modo impromptu feito cinema pelo dado em transporte – alea e ala do panorama ao evento-cidade entrecortado por voz/a saber/anônima experiência de passar (um
mínimo registro que seja
do momento e do humano
em tese,   vagante   pontuada emergência,
ao mínimo suposto traço em movimento,
vinco fortuito
sempre em frente)

JARDIM DAS ESPUMAS

Vibra sobre o exíguo: corpo espoca gibi galático torna-se mar pleno de volutas e flores tatuadas pelo alheio toque

Entrada real em corpo outro – não se deixa de estar nu esse é o monumento-tattoo ganha-se, também, uma metralha giro 360º graus / axial oxum/   ex-um   calor direto corpos conjuntos Br verão na base – aprendemos a ver o lixo a lógica tão-logo saídos do cinepanorâmico transformado em tremor
Natureza

Caí em um átimo de noite na vida outra corpos mais que pessoas: não interessam identidade militância datada Segmento-Cultura porém o combate dos dardos pêlos empinados conchas frontais por cima à maneira de caveiras em exorcismo escansão do gozo em tudo o que há

Água leva e traz avoluma seio explosiva palmeira feita em talhe carne para abocanhar subir, descer ao fio fluente
Guerra
gume da infância irrefreada sob o nome enquanto

Jogo

Por obra do vento "La esfera una ha implosionado"
Sloterdijk estertora hélice balística quando não: fragmento
Terra

Agora crescida em nossas mãos imediatamente sexuais à condução do ser por vir e mais queremos em entrelace elétrico saídos do cinema para uma contínua transitação travelling tomada moral em assalto assédio desnomeado bem à altura dos humanos agora chamados nossos corpos a cada batimento da onda habitada por vida corrente insurgem ESPUMAS

/// espaços ////

JARDIM

Mais do que filme, após todas as sessões
Morrer na história tem o tanto o talo
Desperto nos corpos que vêm
Ao andamento automático
Não-mecânico, androceu em pátio-
De-obra, todas as coisas são bastidores

Câmaras: inacabadas cenas
Engatilham o que despontou muito antes
E desde já não pode passar dos surgimentos súbitos

Pólens – pedaços hiperpossuídas vozes
Em lugar do sujeito-individuo – Abas pestanejantes
Maquinal marionete continua espetáculo   do dia entre
Os
Dias – Dançam sobre pisos picados
Azulejos contra olhos e relances solares puro desvio

"Estou sozinho na cidade" (apenas um quarto
Guarda-me, sou um)" O Existencial   êxodo
Ruma para o estar-justo de modo a não hospedar o decurso
De um discurso degradê em Busca Fundamento Perdido

(O tempo de que falou o pai de A a Z/Zizek uma garota
Vem me vender confete de carnaval ido há eras e convite
Para passeata retrô resistente

Quando o menor sinal dá festa
À construção cidade e o cio de si torna
Sopro/Sentido o que é de agora)
Não nunca mais – Após pai pedra-base *ex politik*
Não a realidade tal como dita   não:

Estamos em "tempo real"

A Garota-Zizek escaninha minha casa espalha tese
Sobre como ocupar um território sitiado
Desde Setembro 01 Mais o Crash
Do Mundo cindido – coletivo porém irredutível
A Terror, Tomada de Classe Social Feito Princípio

Ela passa a morar no menor lugar do mundo
Um ovo – oroboro à Rua Riachuelo (Mata-
Cavalos no dizer de Machado remapeador Tristram
Shandy Século Vindouro a contar Carruagem-Conceito-Ironia)

Dorme comigo, passa mão em meus cabelos a cantarolar
Um frevo combinado ao resto de acalantos calientes
Da mãe, nascida na fronteira RS/R$ Confrontos Globais
Continentes (um quarto nos aconchega)
–
Nunca antes uma mulher se abriu tanto (viu-me tudo deu
Quis deseja a cada ítem instante-ímã)
Androceu Polén
Quem toma quem (indago a Cioran, aos últimos
Exitenzs) Garota-Zizek troca o nome
A pele cobra curare conta o reinício do sexo

Ela quer festival, um talo de homem ao meio
Para um toque e as ruas onde jura morar
Entre o mínimo quarto
E a música que vem quando se pisa
O cimento queimado do apartamento
Contíguo ao que pensa   sobre ruído
O ruído máximo o som humano (eco
Expandido em uma vida conjunta,
Coeva) Uma cidade de pedestres
– Passo sobre

Passo –

Feita para a noite o dia e a dança

Corpos-de-Dança

Táxi-Livre

De um para mais
Um reincidido
Impossível repetir-se até
À diferença de
Mais um

Que vem

TÁXI-LIVRE

DE PAI
PARA FILHO

BATEAU IVRE

Garota Z – ex-Slavomir Zizek – se chama agora Madu e recebe telefonema fixo da morte de quem seria sogro se o tivesse conhecido, mira porém seu retrato comigo antes de se separar   minha mãe   por conta de mulheres arrebanhadas ao registro-taxímetro sempre ao seu lado

Vem à mente a saia rodada rosto de rouge à antiga fome frequente um cigarro à beira   de qualquer palavra uma chuva depois do Musical ou o nome Cidade

Uma sucessão (fotogramas que não se interrompem), pai
Não é de ontem, nunca se recupera antes

O cemitério é um atalho de flores – Vem a ser a vez mais real em que entendemos a razão de haver campo, pétala o impensável prado apenas endereçado em folhas calendário paisagens ao fundo das horas – É quando há

Flores em demasia – um verdadeiro décor ao paralelo
Do homem que não se move – e justo, então, desde tal decurso o vazio instala-se demove tudo o existido antes e o depois depõe imediatamente nome deus sombra por trás céu a pleno fulgor tocado de cima –

Flores não param de surgir – Não é um "estranho festival"
(Letra-música assoviada por pai quando estava em casa
Descansado da cidade em suma/vida reproduzida em
Táxi)

Em um único dia, chegando ao seu fim, na mira de uma estrela disponível em nosso quadrado de apt. anterior à mudança do casal (Madu/ Mauricio) para SP – a mulher dentro micromoradia põe-se a cantar – Depois se lembra que nesse mesmo dia, manhã de rachar corpos pelo súbito calor em meio a setembro, meu pai estava sendo enterrado – E, então, eu me ponho a continuar a letra da música que minha mulher entoa, vamos até a janela é noite feita o Centro da Cidade se avista, "é sempre feriado nacional"

Táxi-Livre/Claquete

Sobre o real (a dita vida)
Seus ditames escapam em cadeia

Criam dispersão (fuga do foco

Onde estamos)

Uma caderneta se dá em   fórum exterior
Captura e conduz
        Esse homem que
Nunca possuiu automóvel uma única vez   entre os vivos

Continua (eu agora em escrita) a esteira pedestre
De um passo após passo entre os muitos
Em caminhada

Maquete
Faz pontuação dos vestígios
      Vórtices
Sobre o que acabou de ser lido
Urgente   Afora

Quando abro este livro (se dobra
Em branco, espiral caderno
Expõe seu portador
Linha

A linha)

Metralha giratória no seio Natureza/reaviva hora
Desprovida de armas à pequena família feita por dois
Fagulha e falha de qualquer filho trindade triplicada
Em um corpo anonimato forma talvez clandestina
Aberta ao parque onde muitas crianças alardeiam
O rumo do que se passa em volta "só se for agora"

À procura do que se chama família, o casal está junto
Para namorar tão-somente disposto ao enlace supremo
Substituível reencontrado de um ao seu outro ao ritmar
Passo em meio, entre a vida alheia crescente (sempre)

em meio à ação de repente o real

o mais imediato se move encorpado em uma série de seres/
motivos pelo enigma do mais simples –

passar de um ponto a outro

ver e se entregar –
nenhuma mediação – versus falsa moral petite amoureuse
"cu-doce" coquete boquete sublime imaterial
tal como reza-modelo corpos sarados ao infinito mediaclass
títeres caem diante de:
a menor folha adentra parque porque um dedo sarra a casca
arvorada
entre um e seu outro decomposto
ar-do-tempo

como que nascidos por obra do agora –

desde sempre   por conta de nenhuma outra hora
ao mais extremo cego contingente
corpo-de-dança   por fora pauta agenda dia-milênio

CLAQUETE   TAXI IVRE   LIVRO VOLANTE   CADERNETA
CAMINHADA

dançam 1 e 2 à distância – zerados ao fuso/orifício
em planos os mais desencontrados   em pouso   fim-
do mesmo dia rumo ao lugar pleno

aberto até o óbvio do verde e seu
vazio

DO MUSICAL

(A$$UNTINA DAS AMÉRIKAS//
GUY AND MADELINE ON A PARK BENCH)

O ÚNICO MOVIMENTO É SEXO (desentranha
Sequencial eixo
Por conta e extravio

Quando se
Fala “sexo”

Não suficientemente dado
Ou conhecido)

Interrupção do senso/sequência –
“Eu vivo” logo me lembro de súbito
A cantar uma pequena música e, então,
Danço/
Posto ao perigo da superfície
Onde expando-me
Ao crer sempre no dito: só “se”
Dispõe-se um breve tempo

Quando não (seita a ser
Seguida, ocultado sexo)

Ômega de qualquer delírio
À luz/dia,

Dança Desregra
(Corpos
hipervestidos) ao avesso.

Vem a ser
A busca incessante (no plural, incógnita
Abreviatura, sexo, s/o
A omitir rosto)
O próximo chamamento por mais que se
Tenha, conheça, pornografe ou leve

Ao ar das coisas)

A busca

– Em exata efêmera passagem –

Do (vivo, vacante)

Sentido.

Ser interrompido. Encontros deambulatórios se impõem. A
Frase fica no ar bem além de quem
A
Emite.

Beira de Parque/Fim História All Natural Progressiva-Linear

Enquanto a matéria está sendo produzida (nos bastidores, base-corpo e evento disperso antes de virar notícia),

percebo um ruído real da escrita –

febre imobiliária alta taxa conexa ao transnacional tráfico economia, meu próximo desemprego e o futuro (o futuro ao seu lado, figura/espectro se torna instante agônico, solitário, dentro da vida quando casa discurso direto vazado lado a
lado
um só quando for
dito o duo, ao acaso/
casal).

Depois que conversamos sobre tudo (tópico orbital a ser vertido sobre
os segundos que restam) Madu, eu então – vozes replicam no singular,
legendas/postagens para o ninguém universal –
mostra-se o jornal e, a caminho da notícia, já noto sinto sou tomado
pelo soar dos helicópteros à altura – estamos em sonda/digítos-
diagramas: Operação Controle
Ativismo Ar Livre – incide tão-nosso raio-olho   janela hélice
moradia adentro
                        (um par se refrata
faz data mesmo quando unido por tesão intransferível
interfere em algum dado/real fardo quando cria liga
        por zeitgeist rumo ziguezagueante)
                                            bater de asas
metálicas, fortuitas, assim sejam dois são sempre a
mais
            inspeção finita   expande e delimita
fusiona o nunca-mais visto tão logo exibe
            uma pista   frota levitante
                            (um são dois, exalam, de imediato
            examinam o perigo ante
o pacto tão firme quanto peles irmanadas
sobre solo quebradiço/atmosfera se contempla através/cortes
                aço trêmulo/estamos nus
exatamente nesse extrapolado momento   dentro

          casa/área ou gráfico aéreo)

HELICÓPTEROS –

Sincronia Alea-Aerial-Sinfônica

Parte 1 –
IRRUPÇÃO

Durante o dia, os helicópteros compõem uma cena a envolver os céus, na figura de pilotos, passando, logo logo em seguida, a captar os transeuntes da cidade. São estes vendedores menos % ouvintes devotos i-pods, diversos passantes (culminância e
crime urbanos involuntários). O som passa a ser uno (surdina)

Parte 2 –
DOCUMENTÁRIO

No fim/tarde os helicópteros são comandados por controladores de voos e repórteres televisivos em flagrante
trânsito local/siderado.

Surgem, também, habitantes dos apartamentos: uma mulher, em tom trágico-operístico, moradora do último andar procura quem a fita (prédio) ao léu; uma pesquisadora das cidades, trancada em um quarto Condomínio Stockhausen/apreende ponta-de-lápis/ pen-test drive enquanto um jovem possuído pela paranoia de viver sozinho parodia o dado de estar sendo seguido: arquiva foto frame-
a-frame
helicópteros.

Parte 3 –
COSMONATO

Os operadores dos helicópteros, assim como as pessoas
na rua e aquelas retidas em seus arranha-céus passam
contemplam a noite, as distâncias entre os lugares,
mapeado mundo e o vasto nome vago
cosmos (cronométrico visor
ao ritmo voejante electro dj-dead end).
O ar livre – a céu aberto alamedas/abas
gps/postscriptum apts pontificam seu soberano
vazio expandido.
Nada transparece, mas habitamos (hélices)
descontínua guerra (sem demarcação) incisivo real lança
foco
sempre mais abaixo

(Extremo estardalhaço)
Para regresso mais minudente,
Intempestivo, instantaneamente desaparecem

Helicópteros.

Estamos na rua, alongada nos termos de uma Cidade – Puta
Paisà Passagem (há poucos recursos para um táxi um
Anteparo
Diante da crise do real por proliferação e parataxe)

Aí mesmo nos pomos a caminhar
Como se tratasse da órbita onipresente sem mais ou/o/
Zero
Forma-fonte conhecimento (sem jorro primordial
A falar, continuadamente   sem mais toda vez
Um resumo de moral e

Fim)

Sem mais toda-vez
Um resumo de moral e
Fim

"O humano
A pé"

Estamos ao ar livre.

Estamos em um Musical

OCIDENTES
(1998)

Recriação do poema *"O sentimento dum ocidental" (1880),* de Césario Verde,
publicada originalmente com o título de *Ocidentes dum sentimental*

"...nas nossas ruas, ao anoitecer,
Há tal soturnidade, há tal melancolia..."

Cesário Verde

I

Ave-Marias

Ao rumor da noite inventa de ficar
Triste o morador do quarto estreito, espanto
Para quem não vive de um só lugar
O repetido vazamento de luzes (coisas), igual em qualquer canto

Em qualquer Europa, qualquer arremedo de São Pittisburgo,
Retalhos de mundo insurgidos com o jornal do fim-do-dia
O mesmo que forra o apartamento em obras do Demiurgo,
Aquele, sob o céu monótono, apartado de todos os guias.

Vizinhanças às Ave-Marias, executivos sobre a Grand Central
Canal desliza passageiros – fugitivos da própria imagem
Vozes portáteis contra o trânsito: PROTESTOS PELO BANAL
E a vida básica, natural, escoa   esperada miragem.

Casas-túmulos, desmontagens para carpinteiros
Bainha das faces rasgadas, é a noite que se adentra
Fagulham homens aos montes, desfiladeiros
Trem-bala carrega o pedaço de corpo, despedido do próprio centro.

Crônicas navais são menores que qualquer gibi
Ao mar, salvo pelas mãos de um guri, zero em português.
Ele surfa o mapa-múndi movediço, tonelada de aço até Japeri
À sintonia 1000 da Odisseia nativa-nascimorta: Encruzilhada de Erês.

E o fim da tarde inspira sob a tinta do sol roxo
Um quadro-de-fundo ao gosto de decoradores e convalescentes
Contraparte de cor ao sangue vertido, excomungado aos muxoxos
Silhuetas vampiras abreviam a tarde: Todos estão cientes.

Os querubins do lar – queridos bibelôs – empestam a Atmosfera!
Nenhum lugar é privado: Vida doada aos gritos, palavra previsível
A Vida Humana agora resumida em fascículos – "Vá ao Sebo das Eras,
Tudo lido e barato, milagre aos Iniciados em qualquer nível".

As criadas do Clímax dão de talhar o sexo e o serviço
Porque só um cheiro, um fragmento de gente
Servem à freguesia – o fantasma d'algum viço –
Operárias travestidas em Homens Rijos fazem do Ocaso Algo Urgente

"É a melhor hora do dia", tornou-se normal o uso de tabuletas
Nos bares fechados, clubes ou cubículos, suspiram alguns
Decoram passagens dos portos às prestações, happy-hour, metas
Dos homens sozinhos à cata de sinais – "Hora desigual e comum".

II

NOITE FECHADA

É chave de cadeia, a corrente noturna
De Fé e Vício, procissões possessas
Em torno do Mesmo abandono à Descrença Una,
Dom cego de perder-se na vida – repouso às avessas.

Dentro de uma cidade, perder-se no dom
Do sono, crime de não ser um apenas,
Lembra a cada habitante um deesfoque de zoom
Sobre a chama de todo rosto, meio-corpo que se oferece às cenas

Do teatro cru das ruas – lua e circo –, espaço superhabitado
Para a comédia particular – "Invasão de Luzes Pregressas" –
Noite moderna e, a um só tempo, contemplação do fado
Que é deitar-se sobre o que já se extermina, sem pressa.

Esquecer-se de si na floresta do sono para esfumar a História
Em cada praça clara erguida dos lençóis
Promessas processadas de memória
Logo perdidas, quando ao encontro dos mitos pedra, sóis.

Igreja, Delegacia: desponta a mancha suicida sobre a dura parede,
Cartões-postais enviados do interior de um Hospital,
Círculos urbanos, circuitos reincidentes – De sina e salvação, a rede
Do desejo – Olho vermelho ao contraste da neve, gozo terminal.

Revejo você, Insônia, passos de pressa,
Olho vermelho fixado em sua promessa
Letreiro rasgado, suspenso –
Sou a noite, a pura noite, às vezes eu penso.

Cruzo pela pele rosada dos que me fitam, contra-neve
Dos tempos ácidos de tempo – ocidentes –
É para você, por alguém, que caminho, enquanto ferve
A alquimia em templos cidades, gente e mais gente

A abraçar, a desistir-se, tudo o que diz um sonho
E não me deixa, no meio de muitos, dormir
Ando nu, sou antevisto, antes mesmo da partida (dor
Diligente) para a aguda noite em que me ressonho.

Caio em teu berço, descerro os cadeados
Dos portais, condomínios, casas baixas para emigrados.
Alta noite erguida e desalojada, refeita alegoria
Ao credo de crianças e crimes, que despertar nenhum denuncia.

III

AO GÁS

Saio, expondo-me aos estilhaços dos mais novos
Atentados – Sou um corpo liso onde palpita o ovo
Goro da espécie, vida pronta e irrevelada –
Saio dizendo tudo de novo, noite, ovo, tudo e nada

Abrem-me o crédito na boate, dou muitos beijos
Em velhos moços desengonçados, repito a mim mesmo os nomes
Dos que vejo e morrem no instante-ensejo
De "descolar o pó" e respirar de vez o cinza da cidade, numes/

Seres/Volutas, Floressências derramadas sem previsão de Céu
Sem estudo do mapa pedestre, seres ou gumes
Desfiados na chuva, que de repente desceu
A cobrir teu rosto em fuligem & prata, cume

De 2 enrodilhados corpos, dois estranhos
Cada vez mais estranhos corpos casados desunidos
Pela Situação-Cidade – Carga Horária, Heroína Noturna, lanhos
Sobre a minha tua faces próximas/espelhos se contorcem são um

NO INTERIOR DA KITCHNETE – a partner divide a féria
A feira dos utensílios domésticos, grande repouso
De todo corpo a murchar após a Histeria
(O temor pela solidão) Fruto permitido, colheita perdida (Gozo)

PROCURA-SE CADELA FILA – Estamos cá/nesses novos bairros
No faro de alguma trama, vestígio de paisagem.
Estamos em carro aberto, céu fechado/Canções de Gregorio Barrios
Expandem subúrbios, VISÕES DO FIM/UFOS. Margens (   )

Rosto demasiado – Laranja drugstore a inflar – Restos (são noites
Mal dormidas, bem nascidas) ao rés do único corpo
Conhecido, esse que carrego e reapresento no trânsito pelas boîtes
(Caixas), onde tudo termina – mortos-vivos em dança incorporam

A imagem de Mim pelo avesso, à anti-luz
De uma noite civilizada, eclosão e máscara/palavra
Silencia-se sob o Som, peso-morto pisca-pisca por Breu-Cruz:
1000 Anos-Luz, Palavra-Peso, Imagem Avessa, Vida-Sem-Lavra.

IV

HORAS MORTAS

Falta-me ar. Mas a rua agora só conduz à casa,
Iminente despejo de alaridos e contas cortadas.
Construção fascista portuguesa a desbastar-me as asas
Rumo à leve rama do sono, lá (onde) sou nada

Mais que um corpo suprido de exigências
A repetir-se, ao desengano das fábulas perdidas de seu final:
Há africanos, inspecionam ainda as montras, em ciência
De alguma chave para o exílio – noite funda, fatal –

Sob fachadas luminosas de lojas, são estes humanos estátuas
Vigilantes Muçulmanos – Protestantes Centros Giratórios, Comércio
Pela troca e pelo risco de qualquer vida fátua –
Esbórnia de Bósnias, Marasmos Orientais, aos lances de um consórcio

Entre noite e dia, sul e sorte, fixo maquinário de Fantasia;
"Informação vendida"...eis o que soa a madrugada
Palavras do Despertar são folhas despedaçadas
Que reúno em improviso para tecer um travesseiro, jornal a cada dia.

Não quero retornar ao quarto estreito onde me deito
Com inclinação para o ruído do mundo. (E a vida é perfeita,
Todos já disseram uma vez ao menos, sumo cumprido
Dos frutos suspensos, redondos, nunca colhidos).

Perco o rumo, estou em vários lugares, não há sono
Que me abata sobre a rede nordestina armada entre objetos
Os mais íntimos, dentro do mínimo quarto, ressono
Sob olhos queimados – perdem a espessura os projéteis, projetos

Colecionados e expostos na câmara do sono (centro-sala) –
Vida, de mim dependente, mas cuja engrenagem
Devo captar à luz rala
Do que se chama "lá fora", horas mortas, nações à margem

De um pacto perene de trégua: doo-me ao sono, olhar superposto
Ao meu, fonte onde (sem fala) tudo se prediz e escorre
Boca roída de um enigma a ecoar (aqui) rosto
E réstia de dias noites e tardes (onde)   sobre a terra.

SONOS CURTOS
(1992)

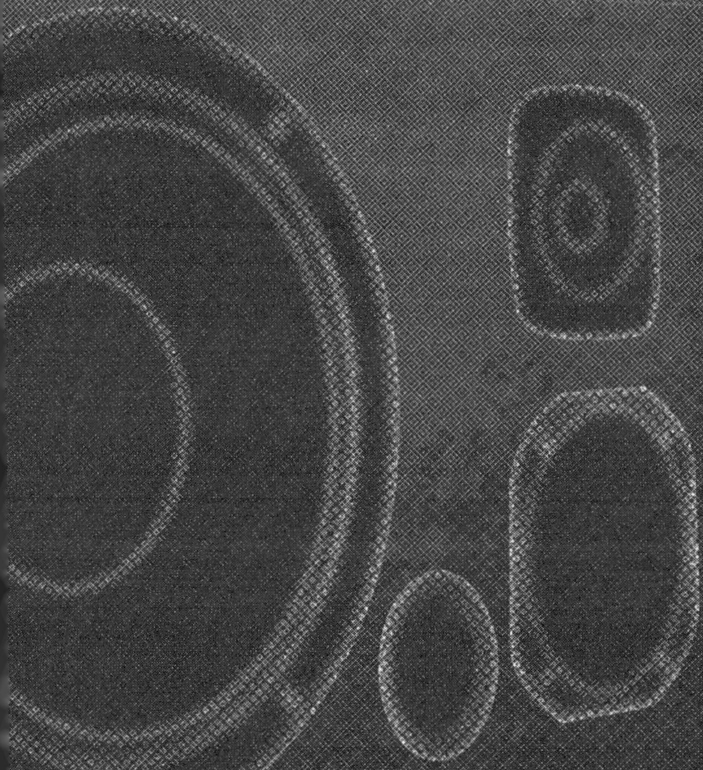

BEIRA DE CIDADE

CAIXA ECONÔMICA

uma espécie de drama pecuniário
privado de créditos
e legenda

        a cada passo
        das mulheres iguais a ti

reproduzidas em gorros
varizes

viúvas,
tardes passadas em branco

        os andares de azulejos nacarados
espalham um conto de bolso vivido
        pela garota do guichê
                                mais acima

        grande fila a ser vencida
até o instante de um ruído com três notas
na máquina registradora desejar:
        "último dia"

ENVELOPE PARDO

Eu escrevo à beira das caixas de gordura,
nos balcões vizinhos do lixo de sanduíches
e cartões da Providência. Passo cheques
de siglas esotéricas nos Cartórios Impenetráveis
        onde reina a esposa infiel,
                à espera de um circuito comercial
        com o poeta de pernas grossas
        em televisões ligadas
        ad infinitum.

        Vivo saldos e promessas definitivas de expulsão

        Ninguém virá à minha procura
        mas o calor do corpo contém
        o bochicho dos deuses
        e azuis sem endereço.

        Taquígrafo invisível,
                cruzado por maletas de cromo
        e pés chatos
                tomarei os elevadores, a odisseia avulsa

                rabisco e hidrocores

        da pré-história nunca vinda
        à luz,

        com a metade
        do osso mal encaixado

        e os nomes que as ruas apressadas

                não ouvem

THE KINGS

No andar de cima tocaram o sábado todo
o elepê jovem-guarda capa preta
na hora em que encontro o talão de cheque
a zero e 12 centavos
à procura de um saldo

Os bailes futuros na outra ponta da cidade
longe estavam da trilha sonora
                                        deste conjugado

É a noite agora
o mais novo compacto-simples

tapete invisível
                    gasto no tempo

LÁLÁLÁLÁLÁLÁLÁLÁLÁRILÁLÁ

Música
gostam de rugas
atrás de portas
e mais música aos que bebem água
sôfrega e da mesma fonte

A música de baixo,
esgotada, batida,
transístor a desfalecer

música dos esgotos
a gusto
e tudo por menos –

a boca

toda ouvidos

ELETROLA

O desejo e nenhum espelho
vão farejar a fonte zen de todos
os beijos

sarro sem norte   letra fosfórea
varrida além do escrito

um bilhete que não se envia,
sabonete preso na gaveta
de um pequeno hotel mineiro

Há sangue acumulado a cada minuto
e a possibilidade de virmos a ser fotografados
dentro de um fátuo vento extenso

mas todo caminhante foge de si
de olhos que fixem

anúncios de última hora

MANTRA/MUZAK

Você varre notícias para o homem mais próximo
Cujo costume de bater na perna o cigarro elimina
Qualquer conclave, tudo está visto!
Uma poça no centro da casa, teto de vidro
Vazado em cada volta do pensamento

posto em liberdade, TUDO ESTÁ VISTO E VAZADO
varrem notícias sobre a perna mais próxima,
joelhos tocam o poço   caixa-de-música
mantra e muzak   no ponto térreo do pensamento

Em pedra   as notícias se esbarram,
Não há casa nas proximidades,
Gargantas fechadas, e tudo vaza
Nas notícias do pensamento

varrido dos mapas de três andares,
veios de fogos fotografados e céus
nos olhos, escamas sob escamas
peles acesas em cigarros desbordados,

O pensamento próximo.

POSTO

Praia difícil,
pedaços de panfletos
a cada mergulho
grudam-se em meus braços,
entrelaço
pés e pernas próximos
fundo verde de garrafa
de onde não prevejo o último
surto de onda, o corte

A paulista inocente e semi-nua
engana-se com o óleo, a benzina
só quer o sol,
longe dele eu peno
e bóio,

Espelho sem volta

a praia me escorraça.

BATISMO

No couro negro das passagens, a mão é rede de luz
e rostos imperdíveis. Pintura tátil das distâncias
encolhidas A kitinete de porta aberta guarda Platão.
Não há ninguém a quem se dirigir. Só bilhetes
da multidão doida de se perder. O beijo duro,
dobradas ruas, amores-testes-teses corridas.
Novos passarinhos. Chapéus permeáveis, frase científica,
sapatilhas new-wave retiradas da gaveta para mais um
emprego de energia. Moedas encardidas no fundo do bolso.
Corte do meu olho caramelo na vitrine mais cara
da esplanada. Dedo que vem por trás, cumprimenta,
promete tarde.
Corpo vai abrindo caminho, ar nas praias remoçadas.
Dispenso armadilhas. Gols na cara.

BEIRA DE CIDADE

Eu sou um cliente dos diabos
Dê-me tudo que eu não pago
Os rádios de pilha sonhados
          toda a vida levarei
ao cume da fontana fria
onde a antena da roça
imagina

Jamais estarei lá
   desenhos obscenos sobre a cédula,
passe de mágica,
       multiplicam meu rosto
os amores vistos e fugidos
números contados

          despenhadeiro, crack, mais-valia

continuo a ver cinema-poeira
sobre as estrelas

No último espasmo das letras
      em circulação
Estou em vesperal
      o corpo insano aguarda
o jeito do vento

Coringa, talão zero,
a quantia nula,
o metro e 74 de toda sobra,
    de todo lucro irrefreável

Deixe-me ir, então, no meio da noite

carregando os meus embrulhos.

Milhas

FOZ

Tigres, araras
potência de usina
a repetição
a telepatia

Não pareço contigo
  nem comigo
Grosso, assim
   visto de perto

De longe,
    refreado verso de caminhão
quente do corpo

divisa

economia

PREÇOS NOVOS

Compro Sade no mercado.

Liquidação   Abatimento –
              os corpos estão proibidos
de anti-história e anfetaminas infantis

Sade no Sebo.
E não revire mais os olhinhos.
Os motoristas de aluguel cobram retorno.
A voz mais íntima da manhã se distrai
com as curvas.
Há meu corpo casado que se derrama, toldo
tenda aberta e fixa,
carrossel de feriados fora de freio,
tívoli – triciclo – tara de ir mais longe,
ainda deitado na cama,
plano primitivo de cinema arredio à montagem

baba,
balbucio
sílaba de sobra

no mercado dos livros.

FAIXA SONORA

As mulheres saíram da praia
            e há muito confronto as nadadeiras
à volta da onda dobrada ao joelho

Um ruído atrás
chutes de crianças em latas de palmito
meço o vento e benzo

posso sair da marca
onde a avenida é quase areia

Sempre uma cópula a mais que eu
preso à flecha deste jorro
de armas bifrontes,
bicho de pano atiçado
    fora da margem

Um terreno esquivo à lembrança
piso de pernas soltas
recato de ossos vistos à distância

(Este é um dos últimos verões
da juventude, crista,
ectoplasma,
                sombra da terra)

Pouco sei a quem pertenço
por mais que flutue
            não cesso.

CARA

Esta é a dor que arrebenta
O poema não repetido
tato de febre
ouve um grito
mede o impossível

Ali da cama
tudo é demão
excede
vai até a porta
espia o oco plantio da rua
guarda a cartada
das frases de bordo
            melhores numa conversa ou
nos dias de frio –

Tomba um tanto o pulso –
nunca antes pensaria
o peso, este caminho até aqui
depois de tantos, e anos
uma palavra – obs:
obcecada   sem nada mais
não-mais porta-
voz

A BELA

Coisas que a terra há de comer

Ela, a contemplada
sempre quieta,

movediça companhia

LETRA

Um enterrar de coisas
o namoro,
quando a sociedade se organiza

cura com outro
o corpo indisposto

eu e a brisa

ANTROPOLOGIA DO CORAÇÃO CONCORDE

Forro cor-de-rosa –
                    britadeiras inoportunas

Felações e correspondências

Amor, câncer
          palavras pequenas
guardadas no cimento
          do pátio de pastilhas
do Templo

Choques contatos
          do monstro mutante robô
a tempo
da primeira recordação perder-se

Por ninguém.

INICIAIS

Decupar o amor
    antes de tudo fugir

E próximo da febre
    e do consequente desatino,
    sorvê-lo aos pedaços. Medi-lo
de alto a baixo.

Quem é você
    com quem conhecerei a morte
e tantos mistérios

que porá fim a esta vida regrada

com tentações contínuas?

GINÁSTICA

No meio de muitos, entregue às baratas
do próprio corpo.
A maioria descreve um tema religioso,
outros fazem durante a tarde toda
cursinhos de dança.

Não nos cansamos de gerar projeto
sobre projeto
morte portátil, meninas.

Elas suam, encarnam arquétipos
bom bocados de sauna insuportável

Nós inventamos Proust por segundo

Sucata e recitação
papelões borrados de pilô pedindo bis
ao nome de alguém

Dois homens musculosos se entreolham
por trás do monturo de cacos de garrafa
e sobras de pneu. Um engenha correspondências.
Outro repassa as páginas de um foto-romance.

Todo olhar de fora se parece com o inferno.

MILHAS

Guardo teu lugar nos bancos deste espetáculo
Retoque urgente de batom em algum banheiro,
ponho a mão onde ficou o programa da festa:
Primeiro Nudismo da cantante metálica

banzo de maconha e bocas mordidas por dentro

Parcerias possíveis não sossegam
chamam com nylon e tecidos incendiários
e o teu rosto ressurge no spot de fumaça
para que eu pense por 1000
e sonhe bateras de uma transmissão
de pilhas duradouras   Nervos ao vivo

Sob a luz negra entram stalones, estilistas,
            homens-anjos   doidos virados
                            pelo avesso
            axiomas couro cru

            Estou seco, guardião do teu lugar
            nos bancos deste espetáculo
            anáguas escondidas vestirão por mim
            uma única pele onde me racho
            e cruzo um sono
                        astrosoma cerzido no osso
            até dormir na casa imprevisível
            e como paga reviver cantigas de ninar

AMOR PÚBLICO

Não me masturbem em compasso
  com a precisão do sol

Há visitas desencontradas
neste começo de tarde,
a sombra do Deus desmesurado com quem parecemos
        cobre o rego verde-musgo dos parques,
        projeta a fúria
das miniaturas do zoológico.

Fica fácil olhar – como se não houvesse
corpo –
        acima dos planos
e um pouco abaixo também
o fogo

DUPLO PROGRAMA

Eu falo em mim duas vezes

você pede um Cristo
e o direito de jantar em Cuba Libre

Quero o repouso diante da sua garra
de queda
na rota das estradas vazias
onde só a sílaba de Hölderlin canta
por piedade
                    fora das linhas

Este é o hit
                    dos que enfrentam o silêncio

não falo mais com você,
sábia instrução do trabalho
à cozinha

Mas de longe
          ouço rezas na hora do gozo

Arrebente minhas ruas
com a voz
          de quem ainda te guia

"Em luz e ar se dissolvam meu amor e dor! –"
Hölderlin às 2:17 de qualquer dia

UM RISCO

SOL E TUDO

Distanciados do corpo, a música
e eu concentramos
concreto senso de silêncio

Emancipada, a música,
de mim
recorda-se

1975

MÉIER-ENGENHO DE DENTRO*

O mundo é mau
dizem Maura e Mauricio
Um em casa
a outra no hospício,
A primeira não acertou nenhum sentimento,
alvo do parque de perícias,
o segundo, como se fosse numerado,
aguarda as horas, as febres,
dormindo

Não há tempo.
Os amantes que tomam insulina
outros tantos nunca se encontrariam
porque vibra a veleidade divina
excesso do corpo
                                        arco-íris

Para sair da infância
e da loucura
quantos dias nos separam?
– Uma mulher exausta um menino
Nenhuma fase   nenhum desperdício

*HOSPÍCIO É DEUS, de Maura Lopes Cançado,
Em leitura/chá, tarde tórrida (Rio, décadas adentro)

UM RISCO

Esse favo de esperma que me prende ao mundo.
Fada no fundo cristal picado (dança
íntima do olho). Máquina-elástico
das plantas dotadas de canto. E ouvido.
Hastes e homens igualados ao sono,
súbito sumidouro
Dedos e anéis refeitos
Por fibras caminhantes.

O som é de José Feliciano.

Rabisco kamikaze até divisar a luz das cores.
Fundo escarlate da terra – rosto reencontrado (logo
Eu) Em quem vem

O desconhecido de todo dia
Dia-a-dia
-
Último/Útil

Dia

EM CASA

Fico na ligação da cor
 entre o dia de domingo morno
ao sol das cinco   e mais
o triângulo verde-limão
tomado de luz no toca-disco

Entre o absoluto e a banalidade
durmo com a música tramada
            para invocar o nome
                        em vão

O eterno desacordo
por ter vindo a um país,
paradoxo-polícia

onde posso crescer em segredo

OS EXPEDIENTES

Chuvas em promessa
vozes deprês além do tempo
  The Jesus and Mary Chain,
telenovelas desmedidas
O CRIME DO ROSTO TROCADO
          ("Eu vejo flores em você")

  Naves desencontradas
no seio de Santa Tereza

Pale fountains:

Poesia sem público
não para de gritar

          Rastros de karma,
          tears for fears

Os tantos sexos à disposição
das mesas já reservadas.

Vazias
  Ainda

CARTAS RECENTES DE TAROT

Já estou em 2022. Perco o ônibus da História,
entro no primeiro automóvel e pergunto logo
se a corrida me deixa alto.

Se posso dar o troco em moedas pequeninas
do tamanho das contas do colar da motorista.

Dispenso a clientela de Freud parada no ponto.

Tiro do olhar os esboços de gente
        surgida na velocidade.

        No ar, desenho, olhos fechados,
        a mecânica que lê a vida sem cortes,
        um todo contíguo de fatos que não se chocam
        e nem ficam a parir pentelhos,

        carapaças de ovnis
        no final do passeio.

CABELOS BRANCOS

Costumo declamar Kierkegaard
nos terreiros da Piedade,
vestido de azul-marinho, um alforje
nenhuma imagem

Desculpo a loura nascida a navalha
passo a mão em ombros caídos, perdas
de rumo para cada voz desenrolada

Águas renegam o olho sépia, hesitante
          moradas deixadas para trás
coágulo de cidreira e azeite parado
me fixa, peço
a uma criança que enrole o fumo
esquente as poções, varra as palhas
sobre o amianto
e queime incensos,
          metafísica Abre-Caminhos

É preciso saber rodar no círculo das bestas
do Inferno,
          sem queda do pé de dança
sustarei o jogo,
          sou um cavalo me dizem

Hierofante nascido dos cacos de espelho
          da camarinha

Alguém feito sem fim

Sempre dito
Para, então, ser:

Cavalo

CINE E VERTIGEM

PELE ARREPIADA

Sei que houve uma vida pronta, em sequências.
Agora, estou lançado. Astronautas voam livres
movidos por mochilas a jato. Permanecem no vácuo.
Dinheiro que corre, que perco.
Ameaça de despejo pelo telefone.
Hoje não. No escuro do Museu de Cinema não paro
de pensar junto com o filme.

Na última fileira, percebo o influxo os ícones
Levante (de um olho
Sobre outro, câmara-escura adiante).
O garoto barbudinho fala Eisenstein,
antevisor da tela ocupada por gente.
Uma voz semelhante ao sotaque ítalo-solitário
do comungante da Igreja do Subúrbio
que olhava para mim depois da Hóstia.

Nu, de um modo sempre diferente o corpo se disseca,
Tal como sou
Pensado nu, um
Segundo Da Vinci.

Desorientação dos Padecimentos do Dia:
gerentes sapateadores ladrilham os pavimentos,
vozes de comics nas palavras
do proprietário da casa;
nossos clássicos.

Equação perfeita das perdidas novelas
do Pensamento:

Humberto Mauro/Daumier, Orlando Silva, Vertov
Os Trapalhões Neil Armstrong

Estou à beira das muitas horas de um Rio nascimorto já em Janeiro
repleto de éguas buñuelianas devolvidas
pelos replicantes da outra margem. Devo comer
carne esta noite. Ver a luz infraérea de um Super 8.

Não acordei de nenhum sono.

LONG-PLAY

Agora pode olhar
a ferida que os gorilas deixaram
nas minhas costas quentes

Um minuto de uísque
tapinha que seja
da boca gritante de Trakl

– crachá ao fim do dia. (Em coro)

Para mim, não dobram finados
o espelho, espantalho,
que aguente as fugas
planejadas entre o comício
e o cinema.

Atrasei os meses,
as cascas de amendoim
largadas como coisas medidas,
puramente meditativas
junto
por prazer em dormir
na residência quieta.

Se eu for um dia lembrado, já sei:
estou
em dívida.

PORTA-MALA

Sete dias de espetáculo
          contra uma Quarta-Feira de Cinza
País impune   República Nova
          risos fantasmas no dia tão claro.

Viagens de adestramento dispersas
pelo caminho.

Este surto de rock aos 65 anos
Clowns e performáticos
          à entrada da cidade

O Pau, a Culpa, O Trabalho
          alegorias da chuva ininterrupta
e mais outra fuga sem família
                    sem detetive
Pantomima de si mesmo
na Churrascaria Anual
          é assim que as almas se cortam
até não sobrar fio nenhum
          para a noite

Com a morte na cabeça
          eu preparava festas
aulas de respiração:
          dialética-dinamite

e as perguntas abandonadas pelas esfinges
chegam em casa feito um teste na hora do rush

Eu corro da câmera à mão da Tevê ao Vivo:

– Quem é o seu candidato?

– Qual o seu programa:

Ruas ruas e   grafites,

            eu respondo imediatamente.

              em sigilo.

CINEMA-TORRENTE

De pés no asfalto nos ofertamos copos d'água
são lourenço fonte invicta pilha de garrafas plásticas
no ponto do sol.

O ônibus demora a vir e os retirantes de sábado
entoam Assum Preto. Gláuber, a fogueira, redivivo

À sombra das espadas de São Jorge

Silhueta primitiva/rabisco no piche
extremo da luz

Posso acender qualquer faro do precipício
definitivamente nu
e de novo morto
ao fitar a intensa fartura
do que se pensa/
não-retorno/
repente

LOSING FASSBINDER

Pegar ou largar
a módica oferta

o golpe da mulher vestida de onça
com lentes de contato.

Fica comigo esta noite. Lerei um poema atrás dos vidros.
Quando o vento inflar as cortinas desvie um tema
clássico   pianolas   arguições em família, nada aconteceu
ainda.
O melhor passeio aos domingos é a porta secreta
de um banco.   Dou liberdade: recite e sapateie.
Dois lulus na frente do espelho.
Zig-zags com chapéus futuristas. Em cima dos incansáveis
pagadores da terra, a carne seca.

Não saia desse apartamento. Encomendei a segunda parte
do terror. Ponha no vídeo.
Se o sangue na veia guarda tão pouco,
quero cinema todo o santo dia.

No outro lado da cidade,
da história, alguém me contém.
Visível, no chão.

Venha, até onde não mais me sigo.

RESSACA

A pergunta lançada ao mar volta
para o pescador sem peixes.
Quem me olha?
Drop-outs de 60 se arrastam
até aqui. Sonham o imediato, detonam
música-ambiente. Justo quando
a natureza escorre sua própria senha

Gotas do real fazem plim-plim
sem chance de pontuar
a duração de qualquer repouso
ou pausa

É a tevê
de algum lugar invisível.

– Sob o som
Invasivo, replicado à exaustão
Em qualquer lugar que eu for –
Entro nas águas revoltas

CIDADE-TV

Sandrine Bonnaire serve torta de cebola no bar naturalista.
Quando passa o troco deixa sarrar uma das mãos. Cuidado, o balcão dá chock – assim está escrito com hidrocor
O céu se reproduz em molduras agrestes. Quadrantes/quintas/talhos de vidro no Super-Subúrbio Central. Nada vem da natureza.
O encenador das ruas largas rodopia o olho picotado
Refluxo
De reunião. Ocupa um cargo público, agora. Tremula um pôster do The Cure na banca de jornais que vende bagulho. Duas meninas de calças pesca-siri sorriem na proporção science-fiction do primeiro descalabro.

Televisões focalizam quem quer entrar.
Este som vem de onde mesmo?
Talvez o reconheça o adolescente
fixado no manequim de busto para cima do primeiro pavimento.
Ele acaba de perder mais outro emprego.
Andou a manhã inteira – Anjo da Guarda do Spaghetti Sub. Nem assim venceu a fila dos pretendentes. Garçons gays, gaiatos, suplicam por bocas
desenhadas até do outro
Lado da vidraça de onde o garoto garfa a janta minimal.
Em 470 pedaços de contraluz, ele se espelha.
E se corta. Focos entre a polícia e criaturas de laquê, em correria.
Noites de um dia duro. Não se se sabe quantas
canções pegajosas (feitas para embalar vidas reais ruidosas)

Fundos de pia. Rosanna Arquette, ao fim do expediente, enxuga as imitações do cristal. Neon e poças d'água.

Plurais pupilas de plástico espiam Deus DrugDealer Direção de Cena

"Free again, lockdown all hardlovewalk, plea-
SE" If (filme) Cola-se um pôster para ornar/orbitar o mukifo multitudinoso

A juventude fora das ruas.

Letras descascadas da vitrine: os cinemas impontuais
celebram madrugada versus insônia.
Panorâmicas   Avenidas/décadas/ciclos de um caminhante
Através Cidade-Tevê, e tevês não param
Por ninguém.

O rapaz continua a percorrer o quarteirão, as maquetes,
Pelo dobro do preço, um festival de cenas não concluídas,
a repetir – É muito tarde, tarde demais, já de tarde

alguém desliga a TV por ele

A ÚLTIMA NOVELA

Janta com os pais. Veneno
Em cada copo d'água.

Síntese-passagem das Eras.

Convidados: O mestre e seu seguidor cego
Casal exibicionista
Garota tipo down,
desempregada há uma década
Um vencedor do Acaso
A Esteticista, amiga íntima.

Obsessão: Selma Egrei sobrenatural
(Script nos intervalos do Sonho)

AS COISAS NÃO VIVIDAS.

A repetição do auge coincide
com a hora de declínio

Carrossel: Pactos na Visão do Fim –
Empobrecimento do País Produto-Discurso
Em cima
Da Hora

Dentro dos quartos, a voz in loco dos confessionários
Shoppings, Casulos, Cápsulas promovidas por horror A
Qualquer fortuito contato

– (Fim) –

QUORUM

Aprendemos a ter uma camada fina por sobre
nossas cabeças, mas estamos tão afastados
de um convívio
com o sobrehumano que nos enleva
e põe no ar.

Desacompanhados da porção material semprevinda
Em cada ato indagativo (o que
Sela o signo "Resíduos",
Listas se acumulam)
Curvas metálicas
O nome Mecejana sem nunca passear
            Meus olhos sobre o que estria a própria
Noção-Geografia

Gibi punk caído de uma lixeira descomunal,
Repetência geométrica.
Relembranças à base de metralha. Entre música e motivo.
            Fixa seu foco
o asfalto fumegante, sem fecho,
        Sobre linha progressiva/tortuosa de quem
apenas passa (apressada/o por seu intimado toque dissolvente)

            Fica a essência do faro
                        (um rosto foragido, em meio a múltiplos
espelhamentos, nenhum respiro)

O dom de pisar em falso

E crer no plano-sequência

CHOQUE NAS RUAS

NORTE-SUL

Brilho da cidade – Ali minha mãe morreu,
banhos de mar nos meses pares,
Béla Bartók? "Estou embutido", resume
o balconista/Sebo/Discos (Dentro) Obscura Galeria,
no Centro. Dessintonia – Globos acesos são
O crepúsculo, pintado amarelo berrante bonde,
dos últimos motorneiros.
Assassinato aos artistas plásticos –
o pedaço de notícia voa até onde estou.
Em azul-despedida, Cristo,
de braços abertos na névoa, afasta as referências, as ruas, a
Capital Credo/Cruz
Não se estraga.
Nem se entrega.

CENA

A chuva quer me arrastar para o passado. Nem vem.
Meu corpo é uma puta astro-lábio.
Não devolverei o cinza do tempo
Com o dobro, um golpe de choro
Ao cruzar 39 degraus até a sala secreta. Nada de cinza
Sobre os próprios passos – Contendas consigo mesmo, cigarros –
Quando não há Energia Elétrica na Área –

O exibidor de vídeos se ausenta; sou até agora
O único hóspede desta sessão without sugar, spot
And baby (Chuva desce e adensa, adia o prazo de tudo)

Quando não há Energia deixa de haver, portanto,
(Conclui-se)
Área

GREVISTAS DA LIGHT APRENDEM
A SUSSURRAR NA ESCURIDÃO

DOBRAGENS

(I)

Sonho/
Discos de novo,
discos, espirais
          de paisagens

Garotos de um subúrbio aguardam
os interessados pela coleção de compactos.
Vamos meu amor e eu agora
em um bonde provinciano e imaginário
para dentro das gargantas da Cidade.
Os irmãos, dinossauros
do rock, cuidam de uma caixa
com títulos e capas aterradores,

saem de fornos,
túmulos ou fábricas

Discos usados = Discos novos

=

(II)

Filhos do sol, os gêmeos saem facilitados
das incubadeiras. Desejos na noite maternal
geram joões-teimosos em série.
        O falso locutor espalha a vida íntima:
Um volume de "Introdução à Metodologia Científica"
cai no tapete bordado pela velha do Vale,
aos pés do adolescente, que cochila.

        Sono – de tão curto não faz surto/nada se sonha; inexiste
qualquer décor (dobragem ultrarreal) – sono com parentas sofredoras,
perdidas de vista na Cidade Enorme.
        Estrela amarela   sinaliza
plug (invés guarda-noturno a casa mais simples do mundo se reespelha
plenamente exposta à
luz ínfima) –
            da tevê desligada pelo controle remoto

(III)

Horários fantasmas –
Alta conexão com aquilo   (que)   a memória perde
Durante tráfico de vozes, imagens
Fora de foco como recompensa (quanto mais
Entranha-se o apagamento do curso corrente
Entre cada criatura e o limite em toda coisa)

Minha boca é um túmulo   dentro do sono.

CONTÍNUOS

I

Reinados dos Fulanos de Tal
A íntima luz de vela
        é a única ciência!
        Virgem sabedoria,
        esta neblina da manhã
        vinda de Ariel, aeriais terras infinitas
                à sombra do Sol

        Todo dia de manhã: virgem sabedoria

        Reina com sua soberana sombra/sol/

II

        Fiapos de chuva,
                Reinados repartidos
                        sem procuração

        As estatísticas nos fazem vitais!

"Eu quis desafiar a imperiosa gravidez"
ao percorrer o jardim incendiado
de juízes em disparada
De onde
As crianças em volta
Quebraram, mirada distância, minha vidraça
Justamente com esta pedra,
meteorito mal acabado, calçamento
falho das vilas repletas

"Feche os olhos, anjo, nos desertos"

III

Vida curto-circuito
das luzes opostas
O maior teatro do mundo –
Creep shows/Dante no céu   sem ninguém

Paraísos paranoias:

Desocupados Ancestrais
Tornando-se imprescindíveis
Ao telefone

Assassinas formadas
Estetas da riqueza
Gripes curtas arrasadoras

Gerações em branco.

Juventude e poesia?
Comunhões com os céus azuis-piscina, um dia,
Concursos de beleza para dez
Contas sem fundo.

Gerações de branco.
Rateios para inúmeras contas
(Fundo perdido)

IV

(Estou bem com você aqui,
mas não durma.)

Sirenes policiais autoprogramadas
            ladeiam impulsivos passos
em cada serpente dos vestígios

(já me esqueci do sangue,
Sífilis,
            Quero dizer. disseminar:
Self-Motiv)

V

– Um bonito bombom, ao menos sábado,

com sexo dentro.

Vibradores de uma Novela de Luxo
pensam-piscam
para o amor sem corpo.

VI

A cor abandona a cena

Sóis ou táxis veiculam séculos descartáveis.

"Primeira viagem à natureza".
Sensação intermitente de visita ao que há-de-mais-
Antigo
Deusas desfalecidas nas estradas,

Luz Matinal espera para entrar e tudo magnetiza
(Senha cedida a meditadores)

Sob sinuoso silêncio, esmaece
(Não cabe em si, gravura jamais finda)
Logo sonha sequente
Aparição

Caos à procura de seus desconhecidos.

(A Derek Jarman)

RABO DE OLHO

SOBRE a cama,

papéis, olhares e cinzeiro

Quando for de noite, eu desço
no sono (nada meu, mediante forçosa incursão
para ser
e deixar de
ser um cenário cerrado em si)
Perco palavras,
conheço a fé do que acabarei
Por não lembrar.

Céu, uma garra,

O turno de um rosa no regresso,

                    Entalhes   pelo espaço
das evolações terrestres

Uma reverberação de táxis

Na caída de cores

da tarde

Para incendiar a cidade num dia igual a este.
Pingo d'água impensável, prédios empedernidos. A quem chegar o fim de prumo de uma mesma modelar locação, ovos podres dos limites, mastodontes desavisados?
Meus Deuses
é assim mesmo o desperdício. A tal saudade. E vem demasiadamente
depois um pai prestimoso ao rodapé
da street cannabis d.l.u.
Onde transcender, transpirar? Um cone de ilha. Cascas
de banana lançadas a pulos de asteroide, de banda.
Uma fêmea emdívida também na sauna íntima coroaria
os feriados-da-paixão. Carente de código para o instante
que se segue, desmembrado enredo, acaba por cortar
o corpo, guirlanda de sua ossada
ruma para RODAS DE TABACO, aquela aldeia onde vó Benta se asilou
numa tarde cansada de casa. Quantas buscas.
Pessoas juntas sem causa. Na Irmandade estaria? Sob sexo seita em estado-de-site? Ora, vejam, apalpem. Nasceu uma erupção selvática
Inominável no lugar do seio Onde o esteta alinha
Coleópteros nas fímbrias de Leipzig, cortinados,
Damascos, lençois, asceses e múmias vegetarianas pululam
Na neve. As famílias pedem apenas acesso. As setas
  e as quinquilharias do destino bem sabem o disco
                                                            da hora certa.
A morte que lhes interessa engendrar. O bicho que verão (nada animal,
a boca a ser rasgada). Mas o chão, não. Nem mesmo. Mal tocam.
Tudo diz ao coração, couraça para o que há-de-
fundo e forasteiro vida afora.
Gozos consentidos, teu sempre primeiro pedido de calor.

S I R E N E

EMBALOS

então vem essa música e me exaure depressa

cântico, nebuloso acordeão

despertar de órgãos vivos
   dentro   um aviso suspenso

"eu vooou voltar", um mega-hit –
   algo que fere, expõe a pele
à vontade alheia

(toques e timbres revestem vidas impossíveis de se encontrar
as mais arredias)

todos lançados ao ar,
   namoram com a promessa de um passeio
ou o retorno do som descompassado

o próximo sucesso, a volta mais inédita

pacto combinado com o vazio

a música rapta o espaço

não tem hora de se insurgir

BÁRBARA

Silhueta férrea de camafeu e baile
          que só a adolescente em sonhos etários
emblema

          crua formação de cavalos e manequins

O corpo é justo, coordenado para instâncias solares
            um disco espirala a viagem de todas as cartas
                  (Cambodja acompanhado de milk-shake)

          A menina cultiva em sua bolsa
uma germinação   anéis, pentes, batom e ingresso
          absorventes   ímas à espera

          Com teus botões, Ciências da Natureza,
Brenda, Blondie e Black, personagens secretos
  ecoam dos saltos dos sapatos,

um telefone pousa

          A ferocidade de um sabre em vinagre
              e espírito
          Quer que o uso
                  de arma ou outro instrumento
Seja o dom dançarino

          E você sangra e não para

                  de crescer

TRÊS LUAS COM ANA CRIS

(I)

Namorando com Susan S. Professora, desejante e o
choque das Super Novelas em mente bem sabem o que se opõe
a impulso e investigação
Café com creme número 365.
Repartição fechada redesenha fim-de-
Tarde   A mais simples caminhada
Salpica o prazer incontável pela história de um corpo.
Reclináveis órgãos
a um palmo do quarto de sempre. Um catálogo/nomes terminados
em S abre espaço nos metros quadrados em reserva
Não, um índice onomástico findado em R,
Tudo que é inicial   verbo-término
Centraliza a primeira pessoa da assinatura

(II)

Um amor a menos. A fala indireta
da civilização.   Quem conversou comigo?
Onde me vi?
Pensava em queijos fritos e nos batimentos de Baudelaire
entre o céu e a calçada? Quem esteve?

"From across the kitchen table..."   Pálidas
Fontes se vingam da única estação   (sol fixo)

(III)

Invasão do diário
Comum a todos
Fins de verão,

Cores incêndios tetos

Que coisa triste um circo molhado
depois da onda de chuva de ácido.

VISITA

Este é o penúltimo sinal:
três gozos garantidos
antes do amor partir
e nenhum mapa
nu sobre a cabeceira

LUZ EXTERIOR

Minha vida não pode mesmo ser igual a sua.
Enquanto rego uma horta modesta
Você pede o fim do homem
O homem em mim (vindo de você?)
Quando preparo sopa
Instantânea na cozinha do conjugado,
Quem se regala com a noite vazia?
Ora, a correspondência,
Um desnorteio de olhos, deixo aqui
(Está na mão). Um livro
Com a página aberta. Aquele livro de horas
Para os próximos dias. Volume único –
Refúgio e testemunho, refugo e testamento –
Onde só se desenrolam imagens, jamais
Exemplos (ninguém ali fala à altura
de cada inscrição ilustrada)
Passos medidos
Pelo vento do deserto

DEMI-EXPLOSION

Eu digo também meu bem,
Eu, você, o Bem,
Neném no Abismo Te Quero
Gravo letras vagantes
Em árvores dispersas
Vogais de parques, aos beijos,
Balbucios dizem sim em idade avançada, já
Anuncio
Demônia ou
Demi-Explosion,
Eu também
Também
Também, tábua de profanações
Tumba de améns
E aléns
Meu olho sossega
No teu (apenas aqui
Quando nenhum de 2 enuncia
O que se passa do corpo

A um outro)

Continua no silêncio
A sensação de gozo (centro coroado)
Continua a arder, aventura pura
Desvia dois de dois (acelerada seta)
Qualquer última unidade
Em soma
(Nada-mais-se-reconhece,

Bem Meu)

AGORA

Eu li todos os jornais na véspera
                    do sono
Guitarristas não nascidos
                    e as letras descombinadas
Anteriores
Ao som,
Pacto perpétuo de águas
                    abertas pelo vento

eu li as sobrancelhas adentro/avesso de notícia
          ou profecia   (jornais amassados, varridos
pelo sono)

Amanheci mais rápido que as buzinas
                    entregues por vozes,
Beijos dormidos
                    e pães na brasa
...minha face não abria
                    qualquer palavra
cata-vento   exposto à noite,

desfolhamento de membranas
é o que peço   nos minutos devolvidos

Há séculos.

SIRENE

A mulher da tarde
por três esquinas percorridas
é a antevisão do bairro.

Ruas são festivais (quando não se anunciam)
Jipes recosturados perfazem
Desfiles   rosas exorbitantes
                (Exaurem noção de cor e real)

Como se fosse feriado, os mais simples
Passantes engatam pegadas de gasolina
e o nome africano
                acabado de passar

O profeta guia a rota dominical
Do taxista/Ele faz cabeças
Quanto mais velozes as viagens,
Ressitua
Total tarifa

*

A mulher da tarde
Roupa tigrada
Cabelo magenta
Serpente da suficiência
Mito seguido por homens cegos,
Sedentos ante a rima breve,
Dobrada,

Toda tensa.

O asfalto descontínuo
Asila
O mundo esfumaçado
Desde os circuitos de coca, craco, livre comércio
            Precipitações antiaéreas

Posters   Palmeiras

A mulher da tarde
vive clímax coletivo   serial perda
de espaço
Silhueta-Réstia
Grão magnético
Exposto por nominação
                        Passo-a-passo

A luz videográfica se expande
Sobre as árvores –
            O que resta da mulher
                        é um fragmento ("Manhã de Carnaval")
            ouvido na entrada-de-serviço

Corpo-Metáfora
berra em raios ultravioletas
e uma praia empana
os pés na areia

Sigilo grego,
tatuagens até a curva dos pelos
gravura sobre um café quente

/tarde anônima feminiza efeito-
de-real//exacerba (extracampo falsa pausa para um prolongado beijo ao final)

*

Ninguém sabe o que
Acabará por viver

Em decurso e disputa –

Questão-Maratona/ "Jamais refutar
O indesviável, ininterrupto
Jogo: o que não-se-
Sabe"
Sol vem,
Volta, acaba e se alinha a

Crescentes Cançonetas da Cura.
Pontual Tempo Apocalíptico,

As palavras se multiplicam.

Zero soma zero
Ágeis Confecções, desnudamentos, digitais domínios

Som altíssimo.

Fotografia.

Garis da Greve Geral
limpam tudo o que não houve

Por um único dia.

TESOURO TRANSPARENTE

(1985)

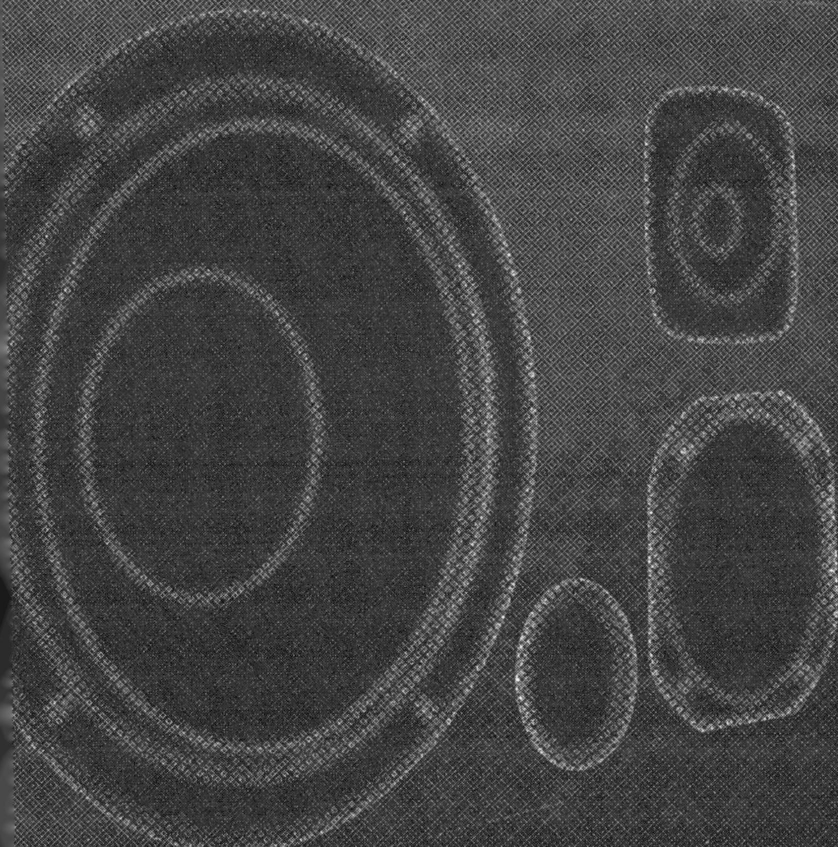

INFÂNCIA CHINESA

A CASA LUNAR DE AGOSTO

Havia (mãe)
Acrescida (ela, ali) ao meu sono,
bem menor do que a mulher chinesa,
aparição a óleo
[exílio interrompido
pela melodia] em vidro
da cotovia (um ramo
no ar
nevoento)

escarlate represado poente
a seguir o cheiro e a cor
da primeira mulher,
guardiã (de um corpo solene)

Toda vez que volto à infância
começo pelo quadro
e sinto a casa: uma espécie
de marco/
uma contagem (além
qualquer prazo)
lá
não demoro mais
tola (julgo)   tosca, a tintura
sobre o vidro   padrão-oriente
Descubro a mãe com grandes pés (assoalho
asseado) taco sobre taconos avistamos com certa distância
dou-lhe um cigarro

UNICÓRNIO

Quando encontro o guri
que prometeu meu enterro
penso nossas idades geminadas
corridas pelos bairros –
árvores são escalas, tenda espírita
a ser aberta sobre o morro desprotegido
sãocosme-damião em perigo
dentes quebrados nos cacos dos muros
vidros agudos (pelas pontas apenas)
Doum
Dom
Do Mais Um

A sombra vida-toda jamais dá trégua
entre arenga e aconchego, batismo feito
praia em seguida não se descerra –
flores negras, às braçadas, febre de fevereiro

Mal lido,
menos servido, ao longe
indesejado
fui aceitando tua arca, água adestrada
nunca nostalgia
noite completa de sonho se lacra,
sequer sinaliza fluxo natural

Descortínio e diáspora
um corpo inteiriço,
de frente, fugia

sem mais aviso

SALTO ALTO

Todas as manhãs é preciso acreditar
nas leis (uma só-força
Maior) apenas
para que se levante, um a um
um pulo na quitanda

incitar o anjo mais tímido,
depois apagar pistas.

CABEÇA FEITA

Um passeio antes do sono
antes que a água entregue
a precária tábua de palavras
          e um braço doure/diante/mar
o inútil movimento "pegar um
bronze" gozo (pausa ou expediente)

Um alguém (por mim) cata os cascos
enxada embarcação
          serve mate aos estagiários
                    praia, rastro (coentro
alho óleo maquinal)

          mal começou o dia
          incontinenti
                    o colo recolhe mandingas

em férias,
     o psicanalista delator
          perde um sapato à luz de um longo
(encegado, escaldante)

                    Dia

RECANTO

A casa serrana
                    não vejo mais
destelho seus espaços
lanço de mão beijada
                    à umidade

A casa lá na serra,
querendo, pode fechá-la

(ninguém-mais
          de dentro)

(nem o pouso,
          casa-fora)

Os terrores mais viscosos
          estão nos meus melhores dias.

PÁSCOA

Ali comi a menina descalça
onde fotografo os sogros
depois da semana do folclore
Logo atrás o córrego
vazei os olhos (o louco municipal
desde então, um profético ambulante, procura dia após dia
um guia pela cidade oclusa, oval)

fugi da parteira, com o mesmo
cumprimento
avistei meu primeiro patrão
e o bruxo do território

Se a mão treme,
segura a margem de carne
não toma inteiramente o foco
Procuro minha mulher, esquecida
à sombra da paisagem
Depois de um duradouro casamento e uma
Instamatic coleção (ela,

a ser captada a não ser

agora)

MASTRO

Porque um pai
reclama das despesas
retalhos   rebotalhos
sopas sargaços sobre a mesa
e gordas baianas macumbam
a sina mais turva
drops velas roxas
            clareai minha cabeça
no concurso programação-de-
dados
porque um pai faz novelo
mãe nervosa coração (platina), oráculo
reina cama solteira: "Vão à luta

filhas e filhos na Drogaria
Guichê Pedágio Aviário senão
O Caçula larga a pesquisa sintática
de O Cortiço e a agregada
não cumpre as mensalidades
            Para manter o monturo, rezam
as polpas mal passadas do pai e da velha
cada vez que a aventura
derruba alguma criança
nos pisos de comercial anônima
galeria
            Nada deixam aos meninos
que a própria pele não lembre
desocupada na terra, quimera
metade-de-um
emprego, quando não especialista

                        (a fome do tempo
em visita)

CACOS DE VIDRO

Já disse que gosto em meu pai
os filhos não-reconhecidos
os domingos unicamente   por causa dos ramos
um jejum conduz à folia, três crises
cardíacas durante a seresta
e o meu jeito pega-leve
ajusta-lhe a fronha
para um prolongado sono

Já disse que as amoras
o pasto eu não colhi
ao timbre das peixeiras
pedia arrego ao
        embeber a fronte (já não tinha um pai)
        reflexo retine bacia-de-cânhamo,

        tudo se passa num quarto onde
        adoeço os futuros dias,
        calibre, a bem dizer, coronhas
        coroinha de missa-corpo-ausente
                asseio a tampa do bacio
        melado creme rinse, contas (rosário)
        se espalham (urna)
        um amuleto
            secreta sob minha camisa
        e sina   Já disse

        depois de todo princípio
        o nome/coisa
        ao corpo aderida –

Medalha infantil
osso exposto

Olhar remoto (um pai)
faz visgo, diz que se infiltra,

delírio, hímen

Apontados sem dedo
os objetos caem das mãos
oferendas, datas-vencidas
legendam
os trabalhos sem trégua
armam presépio,
um deserto,

E eu pisava

nos rastros, retraído

Táxis

"She drove a Plymouth Sattelite
Faster than the speed of light"

(B 52's)

APACHE

Tudo que o dia lançou
e a terra não retira
por coincidência
o professor de digitaltaquigrafia
dançou   a tempo,
          desprovida correspondência

Corto os cabelos sobre a página criminal
Esse retrato cúmplice
nunca vai cruzar comigo
não diz porque
eu, munido, arma em punho
nem saberia em quem atirar
por dialética,
aleluia,
ninguém sobra

logo eu, quem
ainda não esteve não-mesmo em Buenos Aires
se esse facho, um pouco, sossegasse,
mas toda palavra faz orla
quer subir, besta e deusa
no meu cercado

não tenho mão de atleta
regra asceta
para afastamento das ruas selvagens

Quem não posso deter
namoro

TÁXIS

Quem faz assentar a zero grau da história
um pagante (orifícios/olhos plenos)
conduzido a um irreversível dentro
extremo cinema –
mundo-cão, inferno do pacífico
ficção-ciência-pornografismo –
situado ao centro: cidade-construção rua-bueiro

um ator israelense pedirá aspirina
à vizinha da tela, o mundo minuto
à micropercentagem se fundamenta
sempre contra (por conta abstrata imunidade,
entra-se numa cápsula móbile
ou em algum filme)

exatamente agora a moviola não roda
a recorrível janela (especular) o dia
deixa de sugar santos óleos ou seitas cinéfilas
refrata ponto por ponto impessoal ofício

Projeta-se, nada comenta
o encontro com a etiqueta das calças barbatanas
por onde um par declama A PAIXÃO MEDIDA
e em demissão cantam os fusíveis
da caixa-de-música/câmera-artilharia
articula a velocidade tão-solo máquina incólume
(parodia corpos em trabalho)
Repetição da Vida
Quando o tato brinca e programa

empana o fluxo, também os rastos
quanto mais ágil o motor das lanchas espraia eventos-
neste espetáculo-de-encomenda

Quanto mais os vudus os zumbis tornas-viagens
ganham campos-visores, eletrizam
o improvável personagem na Casa do Ser e
do Caralho/Fenomênica Cruzada (Não se mensura o fato, sim sim

somente a fração Tempo) por todo segundo a perda estimativa
vulto sem-fim dos passantes
recolhidos à sala escura

Mapa e finitude,

aos intervalos, pedidos
à concha dos dedos enquanto o cinema autoanuncia seu intrín-
seco intrigado desfecho

Rasgo no invólucro do drama –

Sapatos Vulcabrás no colo de cada apaixonado
"Não me prometia assim a tua face, Cecília
Von Sidow Christopher Lee, tomada por espinhas, camisa suada
À altura da axila, marca-passos
calientes à mínima epifania"

Paul Mauriat homenageia
a estrábica lanterninha:
trabalhos prestados balas soft chão vermelho
(veludo em dobras) da senhoria

Tão-logo descubro pó – cinema-poeira (redigo) –
Em toda pele que se abre

Se você casasse ganhava pavê (   ) veraneio
Nem iria a uma reprise
Em impossível plataforma
Onde os membros e suas criaturas desencontradas
Crescem, criam sapateios
Números em atraso
Aos mais caros minutos suspensos em um só recinto
[lacre/transporte
Pedestres Bambis Possuídas ao léu das fábulas

Em táxis te proteges das direções incertas,
Táxi,
Dizei uma só palavra, e um
Homem tantas vezes mulheres, negadas faces

Te carregam, prontamente, mais ao mais à
Frente
Adiante: uma palavra quando não se faz gesto

– Sina de alumbramento –

Tal qual um filme, Táxi corpo anterior, alucinado
Vindo não sei de-onde/
Logo acolhido/Louco
Para disparar a vindoura desaparição

HIDROCORES

É, meu bem, estou tragando + 1 charo, o
doce-de-coco agora mordido
por alguém recém-feito na vida: logo desfeito

A correta bagagem de um aviador (jamais pensar
se é secreta)

Você tem razão
palavras e potências de um jato só
radio relógio máquina pesada todo o tempo

Neném aperta outro, engate:
um new bê-52 em décadas a posteriori
retorno ao primeiro gesto: vitamina de abacate
nas manhãs rodoviárias capitais (rumo
ao primeiro gesto enquanto se desgasta a busca do mesmo pavio, corpo
humano adiciona
alguma vistoria, a mais livre viagem cruza barreira e tráfico,
circula em perigo interdito desenfreado)

Fui longe esta madruga
Na fria expatriação do Carma Cadáver, giro
(Intermináveis shops, sonho sobre
A descontinuidade dos flipers/somatório abstrato)
Nenhum tira me acorda
É, meu bem, agora novo charo me incendeia, não se trata de

Uma questão: medir andares, viagens com cine êxtase saúde
O correr das horas em carne viva e baurus na chapa
Que uma breve síntese me carregue, assim fixa: caminhão
Consecutivo a rolar na pista
(Halo quando não horizonte, a distância

de tudo, fronteiriça,

Rumoreja um motor gente jamais vista, mero vulto veloz)

Mesmo na pura perda /por obra/função anos a fio

Quando segundos se contam kms paisagens/estático

volante/

Volumosa volitiva carga/contramarcha//

Há movimento

A descoberto

rodo

SOBRE A QUINTA DIMENSÃO DO SEXO

O brega luxurioso de José Mojica Marins
Periquitinho verde vislumbra Caixão e Seu
Zé a zerar Meia Liberdade
forrada seda saliente

Trilha sonora faz tremular terror primitivo, torrente
De um mesmo dia acrescido
A alguma música refratária ao pé-de-dança
(É o que mais se teme, a música assombrada, à passagem

Por cubículos demasiadamente reais
Recolhidos bairro a bairro, quanto mais remotos, em
linha barrenta, terrosa, sempre reta

Timbres nunca removidos, cômodo a cômodo,
Orquestrada sequência)

Karma Kardec em Visorama
No pós-pop-populista (Eis o ato/sessão dupla,
De se-ver-filme)

Terra-de-Ninguém
Tese USP e Espadachins de um domingo nunca vindo

Mulheres pagas e não servidas
Temem a misteriosa noite a caminho

Recreio nas Ruas do Triunfo – os lugares imediatamente
Estampam a charada ao revés nomes destinados

Ao que é: revolto,
Em retorno –
À hora certa – a única, temida terrorizante – de morrer
de amor

O CÃO

Em nome do prazer
entrar na casa escura
cheia de insetos e molduras esplendores naturais

Ir tão longe, tomar três
conduções no cruzamento
de vielas, distritos fiações telesféricas
desbotados assoalhos
(onde o encontro enlaça o nome sexo segundo extremado
dialogante disponível inteiramente a mim quando distância)
bem ali
Em conversa com pessoas imprevistas
bilheteiros velhos limpadores de café
estafetas boas biscas
conhecerei meu rosto
vermelho, igual
a:
Em nome do prazer

Eu mais uma vez
disposto
homem inocente,

ignorante do caminho

PASSEIO

seu braço: remo
Agradeço

a quem trouxe você
por cansaço
despacho
ritmo de barco

onde o mar doesse

Tevê
da Madrugada

"salles obscures
prision
l'ombre
toujours le désir
la proie et l'ombre"

(Jean-Luc Godard sobre as trilhas de alguma imagem)

PASSE

                    Fora dos eixos, um homem se emancipa
                    ao rodopio, antes do fim-do-dia,
                              quem diria, o mais forte da quadrilha,
          – justo esse nome passível crime e alguma perversa
Ciranda infantil até o fim mais vivo –

Historietas para o rol das lavadeiras (dinheiro em soma-
Avalanche reduz-se a trocado para a condução tão-somente, trouxas/
dorsais desafios/sísifos)
          Entram por um ouvido ouriço
reafiado pelos residuais
Bate-bocas   rimas reis-do-boi   flagrantes dissolvidos

                    Por um implacável dia já vindo –

                    Jurada criança amazonense atacou
O melhor amigo a dentadas, interior-favela imobiliária, toda igual
                    pátio pura pintura aberrante   infância anterior violação
Faz cena para uma maquete   (folhagem ao vento deve ser colorida
em pautas escolares, senão será esquecida, alfabeto-cor evola
qualquer pano-de-fundo   rapidamente)
                    Quem terminou
Com os nervos do garoto da Xerox   Ninguém sabe se
Em Genebra ou numa outra expedição deferida por Espírita
Centro Fluido Real/

                    Vigias clarividentes
Adentram fábricas de facas – Quem? –
Uma mulher que o bolero exilou subsiste em carne exposta,
                    Enquanto pais-mães

– Mesmo quando inexistentes – encomendam doces
Até o último aniversário?

Os sentidos secam
Por olho grande (maior que a vida

toda espia)

O CANTOR DAS MULTIDÕES

"Quando a fábrica apita
Faz reclame de você"
Noel Rosa

Aquele é um cantor
disse a voz por trás das caldeiras,
apurava-se um tacho
para alguém cansado da falha
daquele dia preciso

na tevê da madrugada
o disco voador voltava várias vezes
cor-de-musgo   rabisco
sobre 4x4 parede/vidro
enquanto
eu maldisse meu emprego perdido
a dor (é um recalque, escancarado, a própria cara
já sabia desde muito antes) a dor: a dor (estribilho)

Onde testemunhar esta antiga estirpe   (Esmalte em uso
abusivo): com devoção espiona
terra expropriada enquanto lazer (e)
tumba,
morrendo de medo: não casar na virada da cama
do século

Adiam o sono a kombi – um combo (maratona/show) –

das eleições, gritam o que serei dentro em anos   eu
tão entregue, sem ter na boca do céu
pastilhas   (astronautas ácidos ou hóstias)
à próxima perda do beijo

rumo ao Signo-Universo/Não-Matéria
Entanto, o visto o imediato objeto o dejeto pensante se aceleram

Onde o sangue desprovido de ramais e comas
saberá como atravessar o micromilimétricosegundo onde se passa
Um filete que seja:
os meus nomes escuros,
em vez dos contatos celulares,
com a mão na cabeça: "o país acabou, neguinho"

Mente Positiva – Citação
À capital dos milagres

(qualquer um dando ataques mal indagados
de um resumo-de-vida)

Estróina, a beleza
ausculta o espelho manchado (o embaço está na fonte) –
revela a pose a efígie o pigmento ferrugem a quem
desaparece por cima quadrante-refletor sitiado set
País-Potência
vômito vesperal mais verbo (a vácuo)
a puta o paraninfo
encontram-se antes do que-se-quer
evento/
ao timbre agudíssimo "decorrida data" –
poeta pensará como obter em ondas

médias, meridianas
o irrequieto corpo do rapper ao repto em aberto

Quando alcançará o reino coretos/coletivos/o
[mais esporrento som? cambiante cor que fere o firmamento

Mensagens baixam
pouco indicativas /em qual época?/
um cavaquinho tange mitologia pagã
segundo os foliões, caídos
antes da magia
/em qual épico?/

"o futuro não se fia amanhã afia a manha, adormece programada festa"
Sujeito (às horas)
(há horas)
Farra operária, pontas de crucifixo

No Alto da Boa Vista, as auroras, as cópulas
apenas conhecem as cenas de despedida

Miragem, malandragem
o cantor rasga a própria camisa
pede à noite dos bens e corpos ausentes
"tua vidinha" como se fosse:
um fluido, um infinito
Bem aqui onde a voz entoa, para-além

"de mim", e todas as coisas
recomeçam

peça por peça promessa letra-canção-
para anônimo emissor
"estou aqui"
(um passe/sílaba, um assobio)

"estou aqui"

o tempo-que-for

"Minha história de amor é como o calvário
do otário que é também
operário"

(Jorge Mautner)

ANA CAROLINA TEIXEIRA SOARES

Terra que os olhos comem
fechando um sono.
A cortina do cinema está descerrada
e ninguém começa.

Matinê-greve,
o eunuco   o astrólogo
culpam a falta de armamentos.
A continuidade perfeita cindiu o corpo –
            há pressa, sangueira
aulas a tomar
segundo p/segundo vídeo-vendas

Perseguido por mão invisível,
o poema não numerou seus íntimos
Vestígios,
Nada extraiu em pupila, página adentro
            Apenas anuncia – É hora (já) outra hora
De ver a lua (a
Feiticeira Samanta, o mundo a seus pés,
Sabá sem programa)

Piqueniques sitiados no comitê dos públicos palácios
Para c/evento –   Berços bordéis zoológicos asilos

Portátil terapia nos trilhos do ar

Como não ser cortado a canivete
Não morrer, abrindo-se a janela?
Tocar, mínimo, toda vez –

Descaso divino –

A linha central dos canais
e gostar de ser mais e mais   (um ser a mais)
Gostar de-
Ser-breve

CRIANÇAS, MULHERES, HOMENS

Hotel brasiliense. Vejo o fim
da programação Mais um dia. Propaganda:
tevê local fala sozinha. Eu de fora, ainda preso
ao último corpo a chegar. Será aqui ou no Rio a fita virgem
em sessões continuas. Na batida bossa-nova background
for everything and local noise os giros
– um heliporto presumível – puxam a faixa inaugural: cidade,
ponto a ponto diminuída no vídeo. TRANSMISSÕES [ENCERRADAS
[PELO DIA DE HOJE Neste sofá bi-cama (bem
aqui) Nora narra a história de Pupi, o pequinês, imenso rancho
de onde nunca devia ter saído, ali vivia para um animal
apenas (micro
companhia, biológica abismal, feroz desafio) As luzes-de-
serviço poriam Inês mais enternecida com imagens
em série: um
único caralho (a narrativa-de-bolso guarda outros personagens,
Nora Inês eu mesmo dialogamos, ventríloquos)
sem sair desse agora/lugar
eu vi o chame-chame pornô – suíte DF descortina certamente uma varanda/vereda hiperiluminada – mulher sem fala se exibe para o halo
(holograma-atmosfera)
(um gomo) onde passarei a noite avistada ao longe, reconsulto
corpo e momento logo anteriores: peguei chatos,
de um só jato fui até o médico corcunda
sempre a meus préstimos   passei a vista num especial JK (lotação sala-de-espera)
poderia ter trazido Darci e Jaci nesta dragoflex
ao luar

Ou uma poção sãodaimedamião na casa da Funcionária
tomada por premonições – horizonte horário horrível a
se extrair por corredores labirintos out of the past –
Ufos, Satoris, CPIs
– replicados segundos contra o tempo mesmo –
Para crianças. A cama inteira. Assim me nomeio (quando solitude desconhece rastros vividos)
Ressituo minuto/mobiliário:
A cama enorme, a seco (Criança

Em cada desgarrado sexo sempre
Por vir)

A porra pula duas
vezes,   esguicho longo antes de descer (bólide-blindex)

            ao ralo, em forma-cruz   (meu pau, pedaço
            sem par,
resto aderente, autônomo

um traço agudo, grave feito fardo
jamais gozado de todo,

se volta em desfavor contra
o nu) – ninguém
de novo

fim noite hotel

(o sono, como se fosse coisa
de um outro, é sem falha
um adianto,
só que o corpo não para

acelera uma espécie-tv
tomada de fora,
desenrola-se
para nenhum receptor)

noite fim noite

Difícil dormir amar plenamente
Há uma questão em ronda, mais
Antiga   ou melhor: genesíaca/
Em esboço engatilha além-de-si, indômita interna,

Geratrix   Interrogação-limite

Encaminhado enigma não-imediato
              Subsequente sobretudo

(Encargo tempo-integral) a tentar qualquer
Homemulhercriança

hotel

fim noite fim

CARÍCIA FATAL

A Ivani Ribeiro

Ainda é muito cedo
mães e pistolões esquecidos
sábios guris revisionistas avisarão
pela boca apertada
da mulher que chupa uvas
(folga do inferninho)
tarde demais
para relembrar as tardes crescidas
podres de espera
karma   coração em brasa
nada se decifra
em torno de quem passa rente   ao
fim da lua, itinerante atalho

entre a virgem, o mestrando e o dom (vidro)
tal qual um lacre: vitrines
ante o prumo
multiplicador de coxas nenhuma promessa
além
ainda resta o repouso, reclinável gozo
à prova, o esforçado contador
retém suma existente: após provocar
um "número" único, (namoro) quando
nada se antevia   (em companhia colega guichê ao lado
amigo oculto na orgia de boas-festas)

Ainda entrego segredos
à manhã extraviada   pequeno pacto

– desde a casa primeira aos poemas Robert Desnos
recitados no elevador antes que a praça de peixe e graxa
toldasse a carne mais desenvolta

De graça o milagre acontece
não faz soma o signo mais visto:
(espelhos escaninhos)
Enquanto rouca, sedutora voz
diz-se: voz
a cantar seu agudo extremo –

aliada a cordéis
pescoços para golpes tão firmes,
engrenagem em cada corpo
a caminho (não suficientemente morto
nem ao todo revivido)

"Ciência e telenovela,

De vera,
Ninguém amou

A quimera"

Funerária Cinderela

Para Sônia Maria Barbosa,
a caminho de casa

TRIZ

Para Astrid

Se o tempo abate
os mais refratários retratos
por que não duvidar do enganoso, estirado
ritmo
difuso em esquecimento,
negócio, sono/
pescoços comidos,
tradição de fé e frio?

Continuam os ataques
a armazenar pedaços.
Para onde piscam
rumor conjunto, canções, na sombra ou ao sol,
indispostas, quanto sejam,

eliminatória de conta-correntee,
irreversível prejuízo?

Dói menos
            a avessa, permanente vestimenta
– esboço de pose –
a desnudar o corpo

a pedido do vento.

DE VOLTA

Aos olhos de mãe incidem
o vaticínio (o luar
guardava a cidade quando tudo
nasceu de um
toco/vela), o dia
–
repleta hospedaria

RUA DA GAMBOA

I

Vou morrer cravejado de cristais/cacos
delimitam os muros (onde
ceder ao olhar mais previsível)

O corpo (acelera
um altivo exercício,
ruído)

Eu ouvirei?
Quem ousará erguer a voz
no dialogar sucinto?

II

O que a vida experimenta
sucessiva
irrepetida
cansa
trabalha joelhos
sobre contas de milho

No fim,
um arrebentar de memória

pede e cisca –
a unidade urgente.

Então,
vem o corpo

EPIFANIAS

I

Enquanto a revolução não vem
Os rostos das esquinas
são vistos pela sempre última vez
Ao fim (cada turno)
a noite marulha
o perverso sacramento
escaravelhos indeterminam
resíduos   relíquias
                    (breve vislumbre da terra)

A natureza nunca foi tão ingrata
os sonhos são cifrados
engrandecem paisagens

O mundo pequeno bem poderia
                    dar de-sobra

Quando rege sinfonia solilóquio
(violoncelos, votos-de-confiança)
Vigília às tentações
não pareceria com as profecias
lançadas bagatelas
cruz e crédito através
estâncias para sempre esquecidas

Rezas rebaixam refrão confessional,
          subvertem a promessa
Os corpos engordam (janta junkie a jato)

Assinam listas

Sou em algum registro
o rapazinho do pardieiro Boa Ventura
vendendo sorvetes (aroma anilina) –
a minha sede (a vender sorvetes)
nunca a avistam o comércio em vigor e a sorte
– um sorteio, sorvete a sorvete um sabor
sucessivo açúcar sumariza (gosto nenhum) –

Enquanto a revolução não vem
nos queremos bem a pele e osso.
A desconforme distância
impõe justiça   abstraído,
qualquer padecimento para que constem a letra
a lavra (um guarda, outrossim
um perito em livros ou
em faxina)

Trabalho de foice sobre mãos talhadas,
a cega pontualidade divina dedos brutos visíveis
a todos especializa

II

Lavei as mãos
queimei-as depois
ao pensar na ocupação futura

Encardi o pé
cortei os cabelos

um dia   na tarde
em que não me conheceram mais,
vibra no ar o chamado (de um
só aceno) outra vida e carne

foram abreviando o alarde (chama oculta),
distraído sol
que desconhece   pura, mais-que-perfeita

inclinação   de vazamento

TESOURO TRANSPARENTE

Dão-me todo o ópio desta vida
mas sou eu mesmo quem batalha
o toque da seringa

A carne livre de centro
cria incêndios
justa perdição –
          números e auras
aperto o ferro, os torniquetes
cine-desfile
          do mundo já visto
não à toa   insurgente

Falta ar, destino
fundo sem forro
céus e seres
          cantam pela sequência
arames farpados   fim da linha
          desencapam muitos fios

Colho meu gesto
          cume e credo
sobre a pele
sangue-pingente

trechos de cortes crus e invencíveis

CORTINADO

Luzes sobre todos que tomam túneis. E não saem de dentro.
Relicário: cores criadas em plug (passageiros, exclusivamente)
Meus anéis ainda ontem nos teus dedos. Biscoitos caídos (algures,
Teto/céu) nome nenhum escondido nos carros mal tratados.
The Great Gordinis Karmas-Guias. Procuro chão onde me lançar.
Miro teus seios. Vejo ali monogramas do pensamento, pintas
Adicionam um código sem fim.
Canos de descarga me jogam
Para as pistas de serviço – pernas bambas (um tamborete, ao aguardo/
Nada-se-vigia a não ser o contíguo
O velocímetro/posterior taxa sobre controle
Na ausência, disputam-se a contramão uma corrida
Mesmo não querendo, a barragem, o sinal decreta) Os sete sinos
Da felicidade batem único olho   um retrovisor
Marxismo tardio
Um crepúsculo visto em tons crescentes,
Daqui, cavern club para gente cansada de espaço
Drinks (Brinde Abstrato). Mulheres difíceis. Vidas sem texto
Para a novela mais uma vez perdida.
Lanternas faixas radiofônicas (mesmo após fim locução, trilha
Infinda) faróis ao relento
Vou até

Por uns poucos pelos em cada porta aberta
Dou de cara uns endereços ao certo
Para quando os ânimos tomarem sereno   em saída:
Um fora ad aeternum   anti-depósito (ilusões
Imploradas a crédito) Déficit
A perder de vista, cartões bom-senso (eu revisto
Bolsas lacradas com FECHO-CAPANGA

A regra veio no dia 31
Não corra, pápi)
Estofados, napas, nada aguardam
Ferro e fecho: paralamas do sucesso em algum ar
          Braços entregues à senha única: Buzina
Frege do Cadilac Solar

Ao circuito cerrado/fábrica à meia-noite dispara   ideias

Motor quieto quente na última fila

O RISCO SOLAR DE MAIO

Ameaça de anelo,
a chinesa da porcelana –
          vidro, enquadramento –
fita o mal usado rosto
daquele ali fixo: colecionador,
noivo e traficante.

Sempre acordei movido a piço. O quente letreiro da noite não acredita
no que diz. Entre a sombra e as cores
ameaço seguir qualquer traço da imitação da vida.
Uma aventura-andor paga em todas as moedas.
Passo no meu beijo um corpo plissado, cópia das frases
de um outro desejo. Twist elegíaco nas voltas de patinete (não é
brinquedo, mas busca de gente). Letras (pretensa correspondência)
espalhadas no cimento e nas estátuas. Chego à sonegação.
Penso que tenho fome, também medo, enquanto se expõe
silhueta, a sinuosa sombra (de mim) nunca coincidente. E tu cantavas
bolero.
                    Feche os olhos e sinta (versão iê iê iê
imemoriado, primal)
as mais reconhecíveis emoções a bordo. Aterros onde o desesperado
amador
visita o coração a todo instante, conta e cata
chiclé pegajoso da menor, possível caminhada.
Não há cansaço ou trégua neste segredo
                    Vivo vibro quando mira-
Me (apenas para peixes)
O mar à vista

                    Tesouro transparente

LEMBRANCA ARRANHADA (1980)

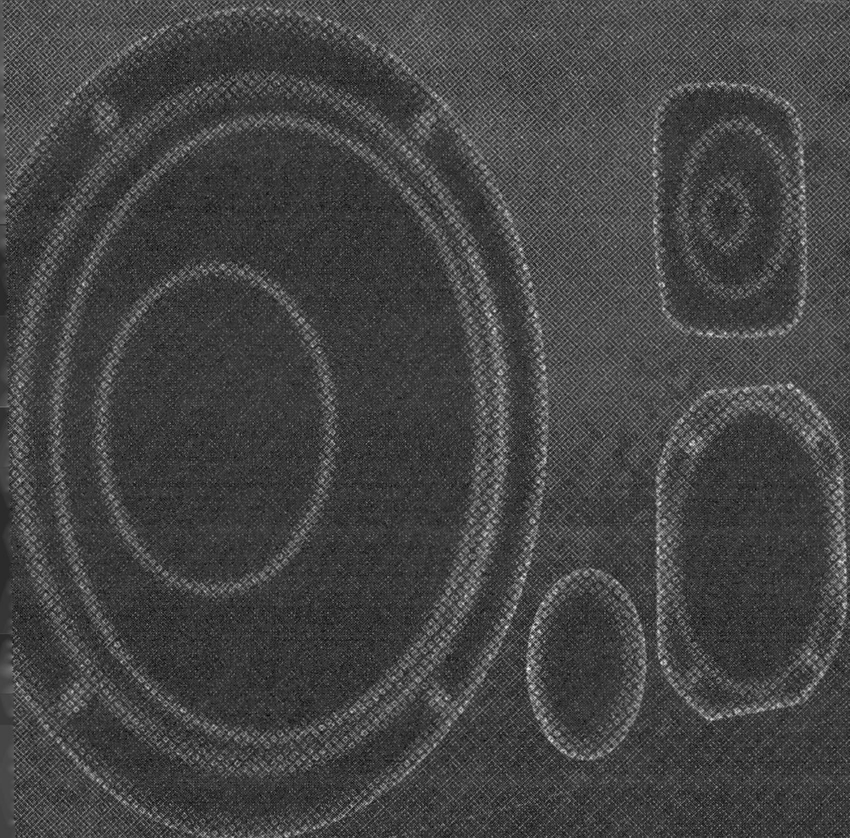

QUADRATURA

Vidro rompido
            janela de mictório
Cidade atrasada
            paragem gasolina gente
A girar – grupamento súbito –

            Almoço exclusivo comercial viagem

Recanto ou município (aqui
Ninguém permanece)

Aviso anterior – voz em torrente
Conversa exatamente sobre isso (município) mesmo
(Morada impossível

Por muito/mais tempo)

Apenas de-passagem
(Posto-conveniência,
Lugar desembarque pronto engate) vidro rompido janela mictório

O garoto joga bola
Contra a parede
A mãe bate tapete cinza sisal
Janela de uma casa enquadra   janela vidro rompido
Tal qual ângulo (mictório, ponto-morto
Vida à volta de um posto)

Tal qual casa geminada
Igual ao espaço em pouso
            "Minha infância foi ruim
Ou muito boa, encontro-

A
À
Toa”

TARDES CIRCULARES

Minha família (biológica e não, por extenso, ao avesso se reúne)
estimulou encontro   com a trupe dispersa

Marcaram um sítio (ponto bem longínquo)
de domingo;
a vida hoje ilustra
filhos, dietas,
uma série de discursos entre atos interrompidos

Àquela altura – seresta
Ao vivo, churrasco –
Não conseguíamos avançar ante a urgência,
Par a par um sinal primeiro;

Criança pirracenta não cessa o choro,
O telefonema do amor maldito
            Volta a retinir – há um campo, casa montada
Rústica recriação para alongar-se olhar e tudo amortecer
Quando não se eletriza a energia natureza (reza
O soletrado senso) –

Sobre início e saída nada se avista,
Nem pensar em declinar, deriva
Nenhuma senão o desvario de/se
Reunir (a um simples toque   após demasiado
Tempo)

A tempo –
Era preciso algum gesto agressivo ou, no auge, indiferença
Para preparação da fuga – Rota, rumada tarde não passa, quando

Os últimos reencontros de uma vida soam unicamente
Vozes, tão onipotentes
Quanto o inexistente elo firmado

Em festa (rumor remanesce, altíssima desarmonia
Rege
Posterior provável evento), quanto mais não se contam
Pessoas
(Já são décadas, findo século)

Nada faz liga além, apenas o convite o chamado

Um recanto reservado a nada   in loco/
De-corpo-presente/

Plenas pistas surgentes, porém,

Réplicas tardias feitas por fluxo direto (nunca
Um desfecho, sim sim, um todo-sempre
Despejo   sem lugar de ser nem se retirar
De vez)

Surgentes pistas plenas – campo vazio, casa ao léu,
Tardes circulares –

(A cada segundo que vem)

CUMPRIMENTO

Branco, ainda em polimento,
Cemitério sangra, silêncio
Faz falseio, nada se empana
Lote, palmo interdito (antetranscen-
dência, declinação verbal
Ninguém-sujeito   sutura sintaxe ainda em uso)

Goze mais dos prados
          latifúndio, jardim japonês
Recria (ao lado) dobradiça   álamo/lápide   Jardim Japão Johrei Jaz
Flecha fato-crime (assim o é toda-morte, arrebato
*inusitado asterisco)

Engates ferro cedro cal
Sobra pênis, água casta
Use o sapólio (salpicar em seguida)
Gaste à vontade
Catar cisco: quarto-de-empregada (hoje
Vago,
Diarista substitui eterno vulto   ao fundo)
Enfermaria se tornou qualquer emprego/energia

Querer a escrita dum nome
Apenas um, queimam-se flanelas fontes esvaziam, buracos
Acabam sendo locas, lisos pavimentos
          Assim deitado
O dia pói a ameaça

Podia ir
          E muito obrigado pelo asseio
                              Tumba ensolarada

SENHOR

A benzedeira pesquisa (não prevê
Exatamente)
O rosto rupestre
Águas de azinhavre

O pai reza e faz, rediz, não parte,
Em descanso – alchochoado xadrez (doente dentro) –
Alonga as tardes

Como serão os dias tomados por segundos
Serviço filial, mensageiro?
Aparar a barba
Guiar a insônia
Cerco (Pinheiros) profuso verde perdido

Nervo à frente, hera
Enramada fronte, nenhum perfil
Burila a água da bacia

A face escorregadia
Vou lavar
Em distantes ribanceiras
Não uso as tinas de asseio (não sou
Faxineiro, mote vocal morrido
Comigo, não sou não sou mesmo nem
Ao desafio, final convívio) Revisto
O balde (sangue)
Enferrujado sobre
O capim cortante (Granja, crepúsculo
Aviva figos entreabertos)

A face deslizante
Busco em fontana fria,
Disforme, põe medo
Às crianças (cabanas em fila), asa

Esbate, um alvoroço sempre é mescla:
Gravetos, guardados (gavetas)
Mínimas coisas conhecidas assombram,
Ar abarcante, simples terror por virar a hora
O dia
Noite, uma conferência (ainda que silente),

Traje-Senior (um vivo ao menos se adensa
Durante um giro, o rosto) Vaza tudo quanto
Frasco (a essência,
Abusiva poção   charco aroma ácido
Diminuído vidro)
Monta-se a costela paterna,
Espádua, em palha e macela

A benzedeira bela e fera também vagueia
(periespírito peripatético)
Cruza, circula búzios rolados há tempos
Racha o pavio

Como serão os dias sem sino?
Mensageiro à beira da cama,
Avistei última flama (uma fragata
Sob luz arredia) Nunca o sopro
Nem a sombra se projeta
A casa deixa à mostra tijolos carne viva

Subo o berço (estrado reduzido a corpo enfermo,

Renascente único estado a qualquer palmilhado
Estrato posterior ou previsto) – Trigo e mirra –
A benzedeira pesquisa
Não alcança o rosto
Ali mesmo onde tudo se reunia –

A mesma cena/cama – onde estou
Enfim, me dormito (sem nada
Mais avistar) –

Rosto estrito

MENEIO

São horas.

O sexo bate.
Por ninguém.

As menores coisas, nomeio
agarro a haste mais alta

Rumo à represa,
a água corre sem pressa

MOCINHAS DE GUAPIMIRIM

A Babete

Mocinhas de Guapimirim
Não conversam entre si

A alma siamesa aguarda
Correio da tarde (um sítio pântano)
Em caco espelhado luz exorbitante
Encobre cílio, bola de gude
Partida na íris

A nanica, miniatura, máxima
Amostra dos dons-de-casa, arrasta
A trança, diadema diagrama reza –
Um laço
Talvez aço – Medo ainda de cobra,
Coisas rasteiras
Próxima derrubada

Safra de vestidos,
Só ela conhece quem acabou
Por passar, guardará sempre Juízo
A mais distanciada,
(Portal Cidade) faz correr caderno sentimental –
          O q pretende ser
Na vida, País qual? Deseja
Conhecer? logo depois uma escrita resposta
Urgente (tal uma revinda
Questão)

As promessas estarão ali
A casa traduz lugar – não-traslado –, pai/montanha

Grama namorado em viagem
Sono se faz de sonho (tal qual Alpes, um saber o que-quero

Disposta caligrafia, roteiro turístico O Candelabro Italiano,
Ir-virar-vir o que for/a letra
Bem disser)

Tarde sim-não tarde vai ao rio

Preenche-se a pauta – Antes do gozo fluente

Guapimirim – Muitos rios (em língua posterior
Puras meninas falantes) –

Eis o que significa – localidade, ponto em cruzamento
De um corpo a outro rosto – Tarde, fluência

Água funda, sabão e mergulho
Rápido, some um peixe
Outra vez aparece – Até parece que não,
Nada ter havido –
– É o mesmo

CESTA DE BAMBU

Não copio o ocre
(Manada nem sempre passa/nem se retrata)
Cor é o que instaura   (depois de
Tudo já visto) o auge (uma cena)

Descubro de repente
Limo, o linho nos morros

Fecho a janela.
Aos poucos vou descosendo murais
Frontais, fronteiriços
(Cama-e-mesa, monogramas
Despertos, ao toque
Das dormideiras)

Fico a adivinhar o adágio (a
Montanha) ao fim/tarde,
Sem querer sair de onde
Estou (casa),

O olhar se perde
Sobre
O pano da cozinha

RESIDÊNCIA

Pisca o neon
a direção obscura
          de um beijo

Declino
flagrante sobrenome suíço
foto mirrada
recepcionista firma estrangeira,

feito alguém tão próximo
não ousasse furtar
faz franca amostra
a linha flácida   o joelho

A conta do motel
está paga
Reclinada sobre minhas costas
você
          (perco aí meu tempo)
ressona

LEMBRANÇA ARRANHADA

Venho muito tarde
                    (mãe, rumor
incorpóreo, interpelo, suor frio)
peçam ao médium-de-berço
uma senha enquanto desapareço
ao longo   sol (alusivo
limite) –

o menor sinal significa algo excedente, mesmo nascedouro
daí tudo se enreda, parafraseia
o duelo minuto e meio
carregamento sem contrato   charada e chanchada
anagrama amálgama (corpo a contrapeso)

Quando digo mãe (orbital origem) ressoa
A mim (Mimo da mímese) –

um pouquinho por mim, suplico em Andaraléu (rota
para quem viaja a contragosto, acaba por adorar
onde parasita qualquer páramo) tão logo declamo
poemas agrários
La tierra sangra, semilla
troquei a pensão de putas
Per madres dolorosas
Ah tentação tentáculo desejo
Assinar país viril
tesón y voluntad   girassóis tesos
Condoreiro, bem rasteiro

Venho tarde, mamita

Deixa o ministrone (tudo ao forno), a sustagem
Suga-se uma casa /quem está bem-dentro/

O maior psicodramaturgo latinoamerica analisa minha distância
                    Logo, reentrância, em tudo que faz rima
                    Ao contrário de siso e só-riso (paródia nóia)

Tenho de ir: atravessar já na entrada: travesti
em estreia

                    Mâmi, vê minha primeira namorada:
presa da imanência doméstica, dualista
marido/a é algoz e algoritmo, pois o/ou/a persegue
em episódios/sofismos – imita eva Wilma sem sentir?
Era tal o futuro desenhado em sua ilha,
Família unicamente mãe

                    ?

Zoado destino sob fios partidos (tudo que toco)
Uma fome ancestral (pregressamente mulher)
Gozo (se trata) do que
Apenas adiantou mais-um
Início

Venho muito tarde
(já não me pareço com previsão   preceito
o dito mundo refeito discurso não cabe em casa
nem se demarca na rua)
Sorteio das cabeças
Aranhóis feminas batem os cílios

Por onde passo e começo a morar

Só existem meninas
(machos são seu ar/re/medo)
Eis a prova máxima depois de-décadas
O reiniciado exercício:

Venho muito tarde

Amanhã levanto cedo
(Quer dizer, o corpo
Quero dizer o que faz levante e levita)

(Em primeira pessoa provisória
Extraterritório
Exemplar êxodo,

Ponto por ponto por expor
Um deferimento
Enquanto existir)

Tarde
Amanhã (nada à vista, paradeiro
Ou princípio, vindo/revirado
Mesmo de mim/mímica)

Partejo, ou melhor, partilho,
Sem-pestanejar, escolho
No ar (verbo alheado um só-ímã) um

Par, tão-logo me ponho –
Por qualquer motivo –
Em partida (uma afluente
Multitude logo
Em mãos) –

Quanto mais tarde
Amanhã
Tarde
(Eu)

(   )
Ainda por aparecer - É o que
Vai, se grafa sinaliza sigla
Eu-Mãeu

CARNAL

"Não existe história
uma possibilidade infinita,
parabrahma
um não-ser"
(Antonin Artaud)

Eu morto aqui.
Sina beata, um olho gasto.

Onde apareço, termino
(Ânus?)

Como vem tratando esta vida sagrada?
Silêncio no recinto
(Ponta-portal-princípio?
Desde onde?)

meu pau lateja
nada medita
de muito concretamente

Eu morto aqui,
um bicho risca meio céu
talho.

meu automóvel turbina útero
gosto borrascoso d'inferno
tudo que ruma comporta
(meta/
pista direta) ar ar ar

        quanto mais se respira (eis

        o pedido, castelo pureza
        purê de minha baba
        em cítricas vitrines

        das coisas devolvidas após lazer ou gozo), salut,
        empresa (amigo secreto
        anual se descerra, tem fim
com um simples presente) alguém na multidão
        ainda me adoraria (assovio
        só vem uma canção antiga,
        moldura para autoacalanto
        aceleração do sopro ao segundo,
        assovio, última sílaba
        revira-me/
morrer enquanto recém-enunciada
gramática   de retorno à norma, lousa
quadro/buraco negro   não-falante letra
sobre letra)

        Eu morto aqui,
        nem acredito
        Acidente, assalto
        uma velha mendiga
        abre o cortinado,
                        recolhe meus sapatos
        firma o passo por cima (jamais houve coisa
        minha, uma linha se rompe
        corro para assisti-la   oração (e) exemplo
ovo/objeto/ovni,
"eu morto")

        eu aqui/república inquilina

onde moro habito?
Onde moro: habito,
Continente fantasma?
medo ainda de mosca a zumbir, trovão,
do que é pequeno
e passa

Se o rumo aponta a questão "Se
Eu
Não envelhecer
?" A fé
Será meu brinquedo,

Dorian? Christian Gray?
spleen spray
simpatia para despertar a eternidade:
Girassol Rússia Essência exala
mais
reza brava didática

erva mescalina cidreira,
dente de alho (subjaz um amuleto
mandinga mama direita, blinda
todo revés/meu íntimo reverso)

medalha narra a um único ouvinte
Oh madrasta prenda minha
Se um olho (o que) segue
e por ele dou conversa, enterrado até
o pescoço Quando não ia
à sessão mazzaropi, castigo paterno,
O casto louro ícone
jejuava no brejo?

sempre são poucos anos
fim e curso, prova: julgamento numérico
O mar bravio
Sacudia o mais recôndito (paisagem seduz
remoto feriado humano) O mar, casa-
de-fundos, goteira
meia-água

esse lugar sou eu? – short bem curto
pés descalços
teto baixo – deus? é o que

não sabe de si mesmo? verbal desafio (flagrante sobre
a reta, o presságio)
enquanto desfaz seus pontuais vestígios:

o desespero deus (desusa-se
por segundo):
feito-nome afixado
sinal gráfico redito, impresso *morto aqui*

Morto numa pátria – sucata
por extensão, gatos/uns atrás de outros reproduzem a
própria perda-de-vista
(sombra animal & trash recicle)
Mosqueado angorá, incólume
ficará por ser recém-vindo ao mistério (gato)
misto/substituto sem trauma, nem interrupção
exuma
(ex-uma)
meu cheiro, mareada memória,
despejo,

despojo de cinzas
na festa (única que for)
aniversário coincidente óbito

Morto aqui (uma casa
Trancada a chave, concha
Efeito sônico em retardo)
Pura evocação/dissolvência marítima
Quando a volta a onda é outra,
Não escapa, contudo, à quadratura em quebra
Qualquer vida me empurra viciada

Qualquer música (Annita, Valeska, Lud-
Milla Melos prefab) pode imobilizar alguém/hit-
parada mais-que batida cardíaca traz no embalo
Suplente Sopro Heidegger: "Ser Para A Morte"

Seta Sobre O Lógico/O TempoHorário escorre Instantâneo plágio
DepósitoDelivery
Qualquer dedo cortando pizza na lanchonete
Convocaria esse aqui (*ecce excluso*), porque não passo de freguês infindável

Carrega-me, lázara,
Quero me enterrar nesas covas (sorriso cavo)

Cantarei as joias caídas (o olhar
Sobre o dia) rubi caneloni
Quibe querubim cartiê

Eu fico,
Amante
Para o todo sempre feitiço

Morto
eu juro
Não saio mais donde
estou: nunca passeio no bosque
                                        (conto cruel infantil, marsupial trágico
embute idades eras embates num só/salto)
Sanha-Satori
Nirvana de Araque
Boca ventre cadeado curva
  Eriçam um raro dia-de-folga
Não me despeço

Por um trecho de terra
Ave uva
          Soletro novamente
Vinho   Desejo

          Recito "trecho de terra" – Onde se lê uva/ave

Rasura, minha face –
          Trecho/Terra

Repete-se:
                              "eu morto aqui".

"Repito"
                              eu morto aqui

O canto em resposta

Silvina Rodrigues Lopes

Em *Vocal*, a sequência de apresentação dos livros de Mauricio Salles Vasconcelos aí reunidos, dos mais para os menos recentes, sugere desde logo uma relação com o tempo da escrita enquanto tempo de uma vida – com as mortes que dela também fazem parte –, do seu percurso sem resgate, pois regressa sempre ao irreconhecível, ao que nunca foi perdido, e no entanto participa da lucidez e da obscuridade de qualquer momento. Creio ser este um dos muitos aspectos que complexificam e dispersam a leitura, pois tudo está lá sempre, num turbilhão de sensações vindas de muito longe e de muito perto. É com letras e palavras espaçadas em múltiplas cadências que se compõe uma assinatura, irredutível a algo de próprio e que dá a pensar o movimento de uma "prática" que se desmultiplica – um começo singular, sem identidade, exposto, audível, visível, no devir sem rumo em que se vai alterando.

Sendo este um livro cujo título solicita desde logo uma atenção à dicção, à respiração, ao sopro e ao canto, não é menos certo o seu apelo a todos os sentidos e à consequente diversidade das coisas e das relações, dificilmente visíveis sob a carapaça de cimento armado e outras injúrias que atualmente atingem os seres vivos. A voz ergue-se do corpo, faz vazio de sentido, ela não é suposta pelas significações, nem há um todo, Deus, Natureza, a que pertença. Não sendo fundamento de nada, só existe contaminada pelo que se diz ou canta, pelas letras que vêm, se insinuam, se desfazem, se estilhaçam, se convertem noutra coisa, em canto, cântico ("um cântico Mais do que uma prece") endereçado: "Cantor e Comunidade: Endereçamento ou extravio". Endereçamento é condição necessária para não haver extravio, e portanto, condição de haver um canto que chegue à comunidade. Mas o endereçamento, sempre singular, não se dá através de fórmulas prévias, extravia-as afirmando o endereço no endereçado.

É pela inscrição da fuga ao sentido único no uso poético das palavras, que os poemas nos lançam na perplexidade, nos desarrumam a leitura, e tornam clara a impossibilidade de construir uma única perspectiva de leitura de *Vocal*, livro de cerca de seiscentas páginas, que não deixa de nos sugerir que tudo se dá em deslocação, viagem, que seria ilusório buscar qualquer ponto fixo. Por esse motivo, a colocação de um centro, mesmo que provisório, iria contra os múltiplos fluxos que se engendram e subvertem quer a continuidade quer a descontinuidade, sem deixarem de traçar fios, cruzados, entrelaçados, interrompidos. De tais fios, que orientam e desorientam a leitura, enumero: o cronológico, o das paixões, das implicações, das suspensões, dos despenhamentos, do sexo, da inquietação, da balbúrdia, do cuidado e, como base em que tudo assenta, da viagem e do amor. Viagem por todo lado, mas que de cada vez se concentra à volta do texto que há-de vir; amor, que é a parte de silêncio da palavra.

Único na sua composição, na sua letra, *Vocal* acolhe e reverbera a ideia de que o poeta não é nem um privilegiado nem um especialista, é antes alguém que ao escrever assume a responsabilidade da condição humana, a de não desprezar, nem em si nem nos outros, razão e obscuridade, essenciais para que o mundo se não extinga, para que meios construídos precipitadamente com incúria e avareza não destruam o que há de extraordinário no viver sem caminho certo. Torna-se assim evidente que a escrita poética recusa os exercícios de uma racionalidade triunfante e segura de si; cada poema é uma aposta sem prêmio, um risco (literal e metaforicamente) de vida que se consuma. É essa a dificuldade intrínseca ao que aqui lemos: o seu afastar-se de um solo estável e pleno de pretensões, tais como a de glorificar o poder enquanto tal ou a de se contentar com um douto dobrar-se sobre si mesmo. O dia-a-dia de que o poema nasce aproxima dos que, ao amarem, cantarem, pensarem ou sonharem a realidade, até no sofrimento, a expressam de uma forma que excede o reconhecível, as qualidades que se lhe atribuem.

No começo da modernidade, Baudelaire, ao dirigir-se ao "leitor hipócrita" evocando-o como seu irmão, acabou com a ideia de um lugar de privilégio para ver o mundo, mostrando que o melhor era saber-se implicado nele. Caso contrário, como escreveu depois, teríamos a figura do poeta ridículo que ainda pensa apanhar a auréola caída do grande poeta. Mais tarde, Rimbaud falou do poema como "desregramento raciocinado de todos os sentidos". Depois, Lautréamont veio dizer que "a poesia deve ser feita por todos, não por um". Esse movimento prossegue de muitas maneiras naqueles que se não deixam iludir por vários modos de retorno à Ordem, insistindo sempre que não há a maneira certa de escrever um poema, pois não há forma nem sentido anteriores à realidade que se expressa na linguagem. Por isso, o empenhamento na realidade e nas suas mudanças exige atenção à linguagem – em primeiro lugar, o corte com uma vontade de expressão fácil, aquela que decorre da repetição de formas e significados. Depois, trata-se de afirmar, para si e para os outros, a dificuldade como imanente à escrita/leitura, sem concessões ao êxito. Quem escreve não hierarquiza os leitores: são todos leitores impossíveis, supostos estar à altura da compreensão e incompreensão do que lhes é dirigido.

Em *Vocal*, encontramos diálogos com textos, filmes, poemas, ou mesmo movimentos artísticos – implícita e explicitamente, pois encontramos muitas vezes nomes próprios, de poetas, filósofos, cineastas, cantores, músicos e outros – algumas vezes chamados a corroborar certas situações, outras vezes porque se pode encontrar ali o nascer de um gesto ou de uma ideia, muitas vezes como diálogo quase imprevisto. Note-se a herança dos experimentalismos naquilo em que pretendem desfazer-se de uma legibilidade imediata e jogar com o acaso das associações trazidas pela memória. Observe-se como a afirmação "eu jogo", verso colocado entre aspas em "Meditação Ativa", não pretende indicar nem competição nem rendição ao acaso, mas antes a intimidade múltipla do "Eu", "forasteiro desde sempre". Estranho a si mesmo, vindo de fora de si, é em si que, do afastamento da relação utilitária, emerge o encontro. Quem Joga sem objetivos, jogos em que não se ganha nem se vence, abre caminho para meditar, impregnar-se do que à luz da razão fixadora é tido como impossível, perceber o valor de uma variação inesperada ou de uma reverberação. Introduz dúvidas, protestos, recusas.

A vida urbana numa grande cidade, como São Paulo, é uma matéria nítida deste livro, onde passam os desabrigados de todos os tipos e de tipo nenhum, os sujeitos a uma violência atroz, que começa na falta das condições mais elementares de vida e naquilo que diretamente os atira para a morte. Repare-se em *Ocidentes*, onde a recriação d'*O Sentimento dum Ocidental*, de Cesário Verde, descreve os detritos do progresso, seus estilhaços e crimes, seu roubo das vidas, dignas, mas impedidas de serem vividas. O desespero da cidade cercada pela História atingiu tal intensidade que a melancolia e a soturnidade recolhidas por Cesário Verde são demasiado brandas para expor o que faz com que em certos dias o poeta se mire na única figura que lhe é possível, a Noite, e invoque Insônia, a deusa do Desassossego.

A grande diversidade de situações, que desde os primeiros livros de Mauricio Salles Vasconcelos expressam várias tonalidades da sociedade do espectáculo e do entretenimento, mostram os tentáculos com que ela vai homogeneizando modos de vida e reduzindo os horizontes a um conjunto de modelos estandardizados, cujo efeito é calculado para produzir a auto-subjugação a discursos já feitos e a dispositivos retóricos aptos a funcionarem desligados das circunstâncias. Nos primeiros livros, a conflitualidade é vista como soterrada por diversas perspectivas integradoras, ficando em suspenso a possibilidade de se converterem em cenas explosivas no interior de uma crueldade generalizada. Nos livros mais recentes, a atenção à cidade continua a ser um elemento importante, mas o ponto de vista reforça a importância da proximidade, o que quer dizer que a consciência poética e ética da implicação nas situações se tornou cada vez mais intensa. Trata-se da afirmação de que à margem da gramática do progresso econômico há a vida vivida, sem pressa e sem lazeres prontos a consumir, a vida poeticamente vivida, tecida, escrita, partilhada em momentos efêmeros que vão deixando marcas. A vida que vai sendo aprendida na abertura à fragilidade de outras vidas.

Assim, pode dizer-se que a fuga aos enganos da decifração está presente ao longo desta obra, tornando-se cada vez mais evidente que o exercício de suspensão do sentido é conseguido pela multiplicação de significações que dão forma a um concerto desconcertante. As ideias não são separáveis das emoções, nem se articulam segundo qualquer lógica, pelo que o fato de mutuamente se acompanharem faz parte dos corpos em excesso de si mesmos. Não importa quem escreve, mas sim que alguém escreve, ele e não outro, pois ninguém fala por ninguém, um corpo é insubstituível e as palavras sempre metáforas. Quando se usam as mesmas palavras, se organizam semelhantemente as frases, se tem em conta um exemplo de escrita autobiográfica, ou se repete um verso vindo de longe, são outras as circunstâncias e os enigmas do que nelas faz mudar o que foi escrito.

Este é um livro atravessado por referências a movimentos poéticos, dos beatniks aos situacionistas, e principalmente por poetas a quem se presta homenagem, com os quais se dialoga, e que acentuam as dissonâncias do concerto. Entre esses nomes, o de autores brasileiros, às vezes fazendo comparecer o lúdico e o trágico na simples referência a um nome, como é o caso da escritora de *Hospício é Deus*: "O mundo é mau/ dizem Maura e Mauricio".

É nesse sentido que este livro é o livro de uma vida onde estão marcados os seus encontros, as suas perdas, as suas derrotas e uma força a que vulgarmente se chama infância, e nada tem a ver com o que dela imaginamos saber. Apenas com a força da imaginação em movimento, com os sobressaltos que ela provoca num mundo sem crença nem pertença: "Tudo soa como depois, quase sem crença,/ninguém a quem pertença"

Ao falar do livro de uma vida, não esqueço que esta é uma designação quase incorreta, pois no caso há também todos os livros de ficção escritos por Mauricio Salles Vasconcelos e os ensaios em que refletiu sobre muitos aspectos relacionados com o escrever e o escrito. Falo de uma vida enquanto livro em que se escreve, com e sem palavras, em todos os momentos em que se vive e se morre. A convicção de que viver é também morrer é uma das forças que move esta escrita. Trata-se de se ver perante a morte dos outros – os que passaram e não voltam mais, espelhos de uma angústia que forma um nó que até o inconsciente ignora – sem deixar de continuar a viagem com o que está ainda por surgir: "IDA = VIDA sempre por surgir". Neste livro, o futuro importa, não para decidir em nome dele, mas para suspender as certezas aplicadas a liquidá-lo.

ÍNDICE

PUBLICAÇÕES DO AUTOR

Poesia

Lembrança Arranhada. Rio de Janeiro/Brasília: Fontana/INL, 1980.
Tesouro Transparente. Rio de Janeiro: Anima, 1985.
Sonos Curtos. São Paulo: Massao Ohno, 1992.
Ocidentes dum sentimental. Belo Horizonte: Orobó, 1998.
Caderneta-Maquete. São Paulo: Córrego, 2016.
Ar Livre. São Paulo: Córrego, 2017.
Sexo/Sombra. Lisboa: Traveller, 2019.
Desde os anos 2000 (Minha Vida). Bauru: Lumme, 2020.

Narrativa

Stereo (ficções breves). São Paulo: Ciência do Acidente, 2002.
Ela não fuma mais maconha (romance). São Paulo: Annablume, 2011.
Moça em blazer xadrez (contos). São Paulo: Giostri, 2013.
Telenovela (romance). São Paulo: Giostri, 2014.
Meu Rádio (Coletivo Animal). Romance. Bauru: Lumme, 2016.
O nascimento do sexo (novela). Londrina: Rubra Cartoneira, 2017.
Disco Dublê (romance). Curitiba: Kotter, 2018.
Bráulio Pedroso (Novela da Noite). Romance. São Paulo: Giostri, 2018.
Postar (Popstar). Romance assinado com o pseudônimo Teti Conrado. São Paulo: Córrego, 2019.
Seriado. Romance. Curitiba: Kotter, 2021.

Ensaio

Rimbaud da América e outras iluminações. São Paulo/Belo Horizonte: Estação Liberdade/Faculdade de Letras (UFMG), 2000.
Espiral Terra – Poéticas contemporâneas de língua portuguesa. São Paulo: Annablume, 2013.
Exterior. Noite – Filosofia/Literatura. Bauru: Lumme, 2015.
Jean-Luc Godard – História(s) da Literatura. Belo Horizonte: Relicário, 2015.
Avital Ronell – A questão, o escândalo, a cultura test drive. São Paulo: Córrego, 2019.
Em Tempo/Extremo Poema (José Emílio-Nelson). Lisboa: Edições Esgotadas, 2022.

Música

Livro – Telefone – Rua. Ópera Estenofônica sob o signo/sinal *The Telephone Book*, de Avital Ronell. Em parceria com o compositor Marcus Siqueira. Bauru, Lumme: 2021.

Tradução

Minha Vida. My Life, poesia de Lyn Hejinian. São Paulo: Dobra, 2014.
O Asaro. The Fluke, narrativa de Jacques Stern. São Paulo: Córrego, 2018.
O menino proletário. 3 Narrativas de Osvaldo Lamborghini. Em parceria com Pedro Magalia. São Paulo: Córrego, 2022.

papel pólen 90g/m²
tipologia garamond
impresso no inverno de 2022